KB113177

남편 버리기 연습

남편 버리기 연습

정선남 지음

To practice throwing away a husband

창작시대

꿈은 포기하지 않으면
이루어진다

좋든 싫든 주부에게 가정은 삶에서 많은 비중을 차지합니다. 그렇기에 가정생활이 괴로우면 하루하루 힘들어지고 결국 인생 전체가 재미없게 됩니다. 가정생활이 버겁고 남편과의 관계가 힘들어지면 결혼 생활이 절대로 행복할 수 없습니다. 결혼 초 저 또한 시행착오가 많았습니다. 결혼과 동시에 예기치 못한 경제적 불행으로 남편과 갈등을 겪었습니다.

가난한 집안의 딸로 태어나 중학교 졸업과 동시에 산업 현장으로 내몰려 자립하며 살았습니다. 모든 행복이 빗겨가는 인생을 살았습니다. 결혼을 하면 곧바로 행복의 문턱으로 입성할 것 같았지만 현실은 그렇지 못했습니다.

극도로 어려웠던 결혼 생활이었지만 남편과의 갈등을 잘 극복하고 행복한 가정을 이루게 되었습니다. 누구보다 불행했지만 역경을 딛고 행복을 찾기까지의 과정을 진솔하게 담고 있습니다. 환경에 굴하지 않고 공부를 통한 성취감을 맛보며, 자신의 꿈을 이루기 위해 얼마나 많은 노력을 했는지 고군분투한 경험담을 담담하게 이야기하고 있는 책입니다.

어릴 적 꿈은 작가였습니다.

고등학교 학력이 전부였지만 꿈을 포기하지 않았습니다. 꿈은 포기하지 않으면 이루어진다는 사실을 경험했는데, 바로 이 책이 결과물이라고 할 수 있습니다. 불가능도 꿈을 꾸면 이루어집니다.

딸이 중학교에 들어가면서 사격을 시작했습니다. 처음에는 반대를 했지만 딸의 꿈을 위해 응원해 주기로 마음먹었습니다. 그렇지만 운동선수의 길은 잦은 슬럼프로 순탄치 못했습니다. 힘들어하는 딸을 응원하기 위해 대학원 진학을 결심하게 되었고, 엄마의 도전이 딸에게 강한 동기부여가 되기를 바라는 마음이 간절했습니다.

대학원 입학을 앞두고 딸과 약속을 했습니다. 딸은 국가대표 선수를 목표로 열심히 할 것을 약속했고, 그런 딸의 이야기를 책으로 쓰는 것이 저의 목표였습니다. 비록 첫 목표와는 조금 비껴갔지만 딸과의 약속이 계기가 되어 '남편 버리기 연습'이 세상에 나오게 되었습니다.

　이 책의 제목이 던지는 '남편 버리기 연습'은 그저 상징적 질문일 뿐입니다. 주체적 삶의 주인공이 되기 위한 끊임없는 물음입니다. 여성의 주체적 삶에 대한 성찰은 살아갈수록 더 중요해집니다.

　당당하게 자신의 삶에 주인공이 된 과정을 공유하며 어딘가에서 '과거의 나와 같은 고민을 하고 있는 주부들에게 위로가 되고, 다시 꿈을 꾸라는 메시지를 전하고 싶어 책을 썼습니다.

　이 책은 화려하게 성공한 사람이 아니어도 '평범한 환경에서도 얼마나 행복하게 살 수 있는지와, 특별한 성취가 아니어도 지금 내가 행복하구나, 지금 행복을 느끼는 데서 성공이 시작되는구나' 하는 자신감을 얻어 인생을 긍정적이고 낙관적으로 바라볼 수 있도록 돕는 메시지가 될 것이라고 확신합니다. 삶에 지쳐 꿈을 꿀 의지조차 상실한 사람들에게 한 번 더 용기를 낼 수 있도록 도와주는 책이 될 것이라 믿습니다.

　이 책이 남편과의 갈등으로 어려움을 겪고 있는 많은 사람들에게 보내는 희망의 메시지가 되길 소망합니다.

2017년 3월, 선비골 영주에서
정 선 남

제5장

여자는 죽을 때까지 사랑하고 사랑 받고 싶다

글 마치면서

제1장

아내들은 다
아프다

나보다 더 아픈 사람이 있을까 ‖ 아내들은 다 아프다
결혼 후 여자의 진짜 인생이 시작된다
가정의 행복은 아내의 행복에서 나온다
아내들은 위로 받고 싶다 ‖ 부부 사이에 틈이 생기는 이유
결혼, 아는 만큼 보이는 것들
가끔은 비겁하게 살자

나보다
더 아픈 사람이 있을까

부부라는 것은 쇠사슬에 함께 묶인 죄인이다. 때문에 발을 맞추어서
걷지 않으면 안 된다.
－고리키

결혼과 동시에 IMF를 맞았다. 남편이 총각 때 보증 선 것이 결혼
후 바로 터져버렸다. 처음 보증 선 것이 터졌을 땐 '아, 그래 뭐 그
럴 수도 있지' 생각했다. 그런데 그것은 시작에 불과했다. 두 번째,
세 번째 그리고 그다음 줄줄이 터지기 시작했다. 처음엔 정신을
차릴 수가 없었다. '이게 뭐지?' 그냥 멍했다. 그런데 이것이 정말
나한테 일어난 현실이란 것을 받아들이기까지 그리 오랜 시간이
필요하지 않았다. 이 상황을 만든 장본인, 남편을 이해할 수가 없
었다.

한 사람에게 보증을 선 것이 3건이나 되는 것도 있었다. 아무
리 사람을 믿어도 그렇지 어떻게 이렇게 보증을 생각 없이 섰단

말인가 싶어서 화도 났다. 이후에 보증을 서게 된 사연을 듣고 나니 상황이 더 기가 막혔다. 지난번 보증 선 것을 해결할 테니 다시 보증을 서달라고 한 것이 그렇게 여러 건으로 엮이게 되었다는 것이다. 그렇게 가까운 지인들한테 남편은 뒤통수를 제대로 맞았다. 그때는 이자가 20~30% 정도 했던 시절이다. 남편 월급과 비디오 가게를 운영하던 수입은 고스란히 이자로 들어갔다. 아니 늘 이자가 우선 순위였고 생활고는 극도로 심해졌다.

그 이후로 몇 년 동안 나를 위해 물건을 산 기억이 별로 없다. 주로 언니나 동생한테 물려받거나 우리 사정을 아는 지인들이 도와주어 간신히 버텨 나가는 수준이었다. 이자 때문에 결혼 예물이 하나둘 사라져가기 시작했다. 신혼을 제대로 즐기지도 못하고, 서둘러 전세 아파트를 나오게 되었다. 신혼살림은 지인의 방 한 칸을 빌려서 보관했다. 그때부터 생활은 가게에 딸린 골방에서 하게 되었다. 햇빛도 안 들어오는 방이었다. 둘이 누우면 더 이상 여분의 공간이 없는 좁은 곳이었다.

이때 우리 부부를 가장 많이 돌봐준 지인이 남편의 선배 부부이다. 지금도 가족처럼 지내고 있는데, 그때 도움 받은 은혜를 가슴 깊이 새기고 있다. 그 보답을 살면서 평생 갚아야 한다는 마음이다.

문제는 원인 제공자는 야반도주를 한 상태이고 보증 선 사람들이 고스란히 피해를 보고 있는 악조건 상황의 연속이었다.

어느 날 할머니 한 분이 가게로 찾아오셨다. 아들 결혼을 시켜야하니 돈을 내놓으라고 했다. 알고 보니 남편의 친구 모친이었는데 남편의 부탁으로 같이 보증을 섰던 것이 화근이 되었다. 우리도 정신이 없는데 친한 친구까지 어려운 처지에 놓이게 되어 참으로 막막했다. 주변 사람들을 사지로 내몰고 달아난 파렴치한 그 사람이 한없이 원망스러웠다.

내가 보증을 선 것도 아닌데 나는 죄인마냥 연신 죄송하다며 머리를 조아렸다. 할머니의 아들도 이자 갚느라 정신이 없다고 했다. 결혼을 해야 하는데 어떻게 할 거냐고 호통을 쳤다. 남편에게는 당장 자신의 금전적인 고통도 큰데 설상가상으로 친구까지 사지로 내몰게 된 사람이 되어 따가운 눈총까지 견뎌야 했다. 자연 그 친구와의 관계도 소원해졌다. 열심히 살아도 매번 이자 갚기에 버거운 생활은 정신적으로 육체적으로 엄청난 스트레스의 연속이었다. 그렇게 하루하루 지쳐 갔다. 내가 사인을 한 것도 아닌데 하루아침에 빚쟁이로 전락한 삶을 살았다. 돈의 원금과 이자는 아무리 갚아도 좀처럼 줄어들지 않고 버겁기만 했다. 전화벨이라도 울리면 가슴이 철렁 내려 않았다. '아, 이번엔 또 뭐라고 얘기를 해야 하나?' 두려웠다. 조금 지나자 이번에는 카드회사와 관련된 사람들이 들이닥쳤다. 사건의 주인공은 달아나고 없는데, 그 사람이 남편과 친하게 지내던 친척이었기 때문에 우릴 찾아와 괴롭히기 시작했다. 어디로 도망갔는지도 모르는데, 도망간 곳을 알려 달라는 것이다. 며칠 비디오가게를 드나들더니 정말 우리도 당한 처지란 걸 알고는 철수했다. 덩치 큰 사람들이 찾아오니 내가 무슨 범죄자라도 된 것처럼 가슴이 울렁거리고 가게 손님들 보기에도 창피하던 시간이었다.

약속을 저버리는 사람들 속내가 참 이해하기 힘들었다. 보증을 서거나 돈을 빌려주는 사람은 상대방을 믿는다. 하지만 약속이란 쌍방이 지켜야 성립이 되는 것이다. 약속을 저버린 사람이 상대방이 이해해 주겠지 하는 마음을 가진다면, 이는 타인의 인생을 힘들게 한 비겁한 변명일 뿐이다. 아니 얄팍한 거짓말이다. 더 이상 누구에게도 용서받을 수 없는 행동이다. 그러나 현실은 피해자가 더 혹독한 사지로 내몰리게 된다. 오히려 약속을 저버린 사람들의 입이 더 많은 거짓을 늘어놓느라 더 당당하게 보이기도 한다는 것을 뼈저리게 느꼈다. 위장된 당당함은 오래가지 못한다. 진실은 언제든 드러나기 마련이다.

사실 따지고 보면 남편도 피해자인 셈이다. 남편의 믿음을 배반하고 이용한 사람들이 나쁜 사람들이기 때문이다. 배신감은 나이와 상관없이 상처가 큰 법이다. 그렇기 때문에 믿었던 사람으로부터 받은 배신감은 치유되기 힘들다. 이러한 경험을 통해 내가 깨달은 것이 있다면 주변에 싫은 사람이나 인연을 끊고 싶은 사람이 있다면 돈을 빌려주거나 빌리면 비교적 쉽게 뜻을 이룰 수 있다는 것이다. '에이, 설마'라고 생각하는 사람이 있다면 한번 실천해 보시라. 의외로 아주 쉽게 이 말이 사실이라는 것을 확인하게 될 것이다.

가난은 살아가는 데 많은 것들을 포기하게 만들었다. 가난은 사람을 지치게 하고, 마음을 병들게 했다. 가난 때문에 한동안 웃음과 소원해졌다 어려워진 살림은 좀처럼 나아질 기미가 보이지 않았다. 극심한 고통의 삶에서 벗어날 희망이 보이지 않자 더 좌절하고 부정적인 사람으로 변해 갔다. 세상의 모든 사람이 나를 공격하는 적군으로 보였다. 피해망상이 찾아든 것이다.

그러던 중에 반갑지 않은 손님, 우울증이 찾아왔다. 축 처진 남편의 어깨가 안쓰러워 뭐라고 바가지도 못 긁고 출근하는 남편 주머니에 힘내라는 메모를 넣기도 했지만, 정작 나를 위로해 주는 사람은 아무도 없었다. 그 당시는 모든 게 부정적이었다. 스스로 삶을 지탱해 나갈 의미도 희망도 잃어버렸다. 그렇게 삶이 암울하고 지긋지긋했던 적이 없었다. 갚을 빚도 많고, 사는 것이 재미도 없고, 미래 또한 보이지 않았다. 견뎌야 할 삶의 무게가 너무 컸다. 머리를 푹 처박은 채 하루하루를 어떻게 버텨 나갈까 고민이 깊었다. 잠들기 전 매일같이 차라리 내일은 눈이 떠지지 않았으면 좋겠다는 생각을 했다. 우울한 상태에서 지혜로운 행동을 한다는 것은 불가능한 일이다.

남편이 출근하는 날은 혼자서 새벽 한 시까지 가게를 지켜야 했다. 가게를 닫고 새벽에 잠자리에 누워도 제대로 잠을 이루지 못하는 불면의 밤들이 늘어났다. 어느 날 남편이 출근하고 나서 혼자 술을 마시기 시작했다. 그러다가 나도 모르게 그냥 이대로 콱 죽어버리고 싶다는 충동이 들었다. 그래서 술기운을 빌려 자살을 시도했다. 그때의 마음이 지금까지 손목에 지워지지 않는 흔적으로 남아 있다.

이후 나의 삶은 어차피 살아야 할 삶이라면 '나답게 살아 보자'라는 다짐으로 인생의 전환점을 맞게 되었다.

김정운의 《나는 아내와의 결혼을 후회한다》에 보면 '행복하기 위해서는 일정 정도의 수입이 보장되어야 한다.'는 말이 나온다. 나는 이 말에 전적으로 동의한다. 나의 경험상 틀림없는 사실이다. 생활 경제가 어려워지면 가정의 위기가 시작되는 법이다.

얼마 전 단골 미용실에서 들은 이야기이다.

혼자 살던 시어머니가 몸이 아프게 되자 어쩔 수 없이 모시게 되면서 부부 사이에 문제가 생기기 시작했다고 한다. 그러던 중 시어머니와 사소한 일로 다투게 되었는데 남편이 일방적으로 아내를 다그치게 되었고 화가 난 아내가 대들자 남편이 홧김에 이혼하자는 말을 하게 되었다고 한다. 홧김에 내뱉은 말실수가 결국은 진짜 이혼으로 이어지게 되었다는 가슴 아픈 사연이다. 이 부부의 근본적인 문제는 남편이 아내의 아픈 마음을 헤아리지 못한 것에서 비롯되었다고 할 수 있다. 남편이 먼저 아픈 시어머니를 모시느라 고생하는 아내의 마음을 헤아려 "당신한테 늘 고마워." 등의 말을 평상시에 했으면 어땠을까? 남편의 따뜻한 말 한마디면 이 세상 아내들은 어떤 어려움도 거뜬히 이겨낼 힘을 얻는다. 주변에는 여전히 고부간의 갈등이나 시댁 문제로 몸도 마음도 아픈 아내들이 많다.

아픈 아내들은 어쩌면 스스로 부정적인 생각에 갇혀 있어서 더 아플 수도 있다.

왜 나한테 이런 일이 일어난 걸까?

왜 나는 이런 남편을 만나서 고생하고 있나?

도대체 왜 나쁜 사람들은 자기 행동에 책임을 지지 않는 거지? 왜 삶은 무조건 나더러 이해하라고만 하나?

만약 이런 부정적인 생각에 갇혀 있다고 생각되면 최대한 빨리 그 감정으로부터 탈출해야 한다.

생각은 그 사람의 정신과 행동을 지배하게 된다. 부정적인 생각은 몰아내고 긍정적인 기운으로 가득 채워야 행복한 삶으로 가는 여행을 즐길 수 있다. 부정적인 생각이 깊어지고 생활이 어려워지면 행복은 점점 멀어져 간다. 수시로 찾아드는 부정적인 생각들을 없애기 위해서 나는 스스로에게 동기부여가 되는 방송대 공부를 시작하면서 삶의 활력을 다시 찾을 수 있었다. 결혼 초에 겪었던 경제적 어려움은 살면서 돈에 대한 인식과 돈으로 인한 인간관계의 어려움을 잘 극복하게 하는 마음의 근육을 단련시켜 주었다.

돈으로 인해 궁핍한 생활과 뼈아픈 고통을 경험한 사람들은 잘 알 것이다. 남이 하는 부탁을 거절하지 못해서 또는 정에 이끌려서 내린 결정은 큰 책임이 따르고 결국은 나의 발목을 잡게 된다는 것을.

아내들은 다
아프다

역경이 존재하는 이유가 있다. 역경은 우리가 무언가를 얼마나 간절히
원하는지 깨달을 수 있는 기회를 주기 위해 존재하는 것이다.
─랜디 포시

'백지장도 맞들면 낫다.'는 속담처럼 무슨 일이든 부부가 함께하면
일 처리가 훨씬 수월해진다. 아내의 마음도 남편이 헤아려 주고
지지해주면 가정의 행복을 쉽고 빠르게 이룰 수 있다. 그렇지만
현실적으로 아내를 지지하고 응원을 해주는 남편을 찾기란 그렇
게 쉽지가 않다. 특히 경상도 남편들은 무뚝뚝하기로 둘째가라면
서러울 정도다. 남편은 경상도 토박이로 1남 5녀 중 둘째이다 보
니 말 안 해도 비디오 수준이다.

　다음은 외동아들의 진가를 톡톡히 맛보던 결혼 초기의 이야기
이다.

　결혼 전에는 미처 몰랐던 사실이다. 남편은 남자가 부엌에 들

어가면 무슨 큰일이라도 나는 것처럼 생각하는 사람이었다. 임신 초기에 입덧이 너무 심해서 몇 개월을 정말 힘들게 보냈다. 말로만 듣던 쓴물이 나올 때까지 토하기도 했고, 나중에는 피까지 올라왔다. 급기야 비디오가게에서 쓰러져 병원에 가서 링거를 맞은 적도 있었다. 그런데 문제는 나는 못 먹어도 남편 밥상을 차려야 한다는 사실이 나를 무엇보다 힘들게 했다. 지금 생각하면 내가 그땐 왜 그렇게 미련했나 싶을 정도로 남편에게 순종했다.

　임산부니 그냥 나 몰라라 할 수도 있는 상황이었는데 말이다. 경제적으로 어려운 시기라 뭘 시켜 먹을 생각도 못했기에 더 궁핍했는지도 모른다. 밥을 하면 밥 끓을 때 올라오는 냄새가 역겨워 헛구역질을 해 가면서 밥상을 차려야 했다. 밥상을 차려 주면 남편은 고맙다는 말 한마디 없이 밥을 먹고는 수저를 그대로 내려놓고 물을 찾았다. 남편에게 큰 걸 바라지도 않았지만 남편은 내가 다 챙겨 줘야 하는 '어른아이'처럼 굴었다. 집안 살림에는 아예 손도 까딱하지 않았다. 밥을 먹고 난 후에 반찬 뚜껑이라도 닫아 주면 좋겠다고 잔소리를 하면 "네가 닫으면 되잖아."라고 싸늘한 대답이 되돌아 올 뿐이었다. 어디 감히 남편한테 그런 걸 얘기하느냐는 곱지 않은 눈길도 따라왔다. 도무지 대화가 안 되는 상황의 연속이었다. 대책 없이 마음에 푸른 멍이 늘어 갔다. 억장이 무너진다는 말은 이런 경우를 두고 나온 말이 아닐까.

　이때 있었던 일 중에서 나중에 두고두고 바가지를 긁은 사연이 있는데 입덧을 하면서 삼겹살이 너무 먹고 싶어 식당에 먹으러 가자고 한 적이 있었다. 남편은 더워서 자기는 가기 싫다며 나더러 혼자 가서 먹고 오라고 해서 결국은 삼겹살 먹는 걸 포기했었다. 입덧과 관련해서 정말 엄청나게 많은 가슴앓이 사연들이 있다. 한 가지 더 말을 하자면 순댓국이 먹고 싶다고 할 때는 냄새 나서 자기는 못 먹으니 또 혼자 가라는 것이었다. 그땐 너무 서러워서 언니한테 얘기하니까 언니가 함께 가주어서 맛있게 먹고 온 기억이 있다. 첫 아이 때는 남들은 밤에 자다가도 벌떡 일어나서 심부름을 한다고 하지만 남편은 늘 별나게 굴지 말란 소리로 일축하곤 했다. 여자들은 사소한 것에서 마음을 많이 다친다. 지나고 보니 특히나 임신 때는 더 심할 수밖에 없다. 누구한테 하소연하기도 어처구니없는 내 현실이 너무 서글펐다. 남편에게 의지하고 기대는 건 고사하고, 더 상처받기 싫어서 난 내 나름의 특단의 조치를 취했다. 누군가는 웃긴다고 할지도 모르지만 나는 결혼 초기에는 꼬마신랑이랑 사는 사람이라고 마음을 고쳐먹기로 했다. 남편 노릇이 서툰 꼬마신랑도 남편이니 내가 보호자가 되어야 한다고 생각하니 그나마 견딜 만했다.

둘째가 태어나고 몸살이 심하게 난 적이 있었다. 그때는 집에서 살림만 할 때였는데 도저히 일어날 기운이 없을 정도로 아팠다. 남편이 출근하고 어린 두 아이를 보느라 병원에 갈 상황도 되지 못했다. 하루 종일 굶으면서 겨우 아이들을 챙기다가 잠이 들었을 무렵 남편이 퇴근했다. 내심 남편에게 말이라도 '힘들지' 하는 따뜻한 위안을 받고 싶었다. 이런 작은 기대는 큰 착각이었다. 퇴근한 남편은 대뜸 언성을 높이며 남편이 퇴근했는데 집에서 살림하는 여자가 저녁도 안 해 놓고 뭐하냐고 불같이 화를 냈다. 얼마나 아픈지 어디가 아픈지는 안중에도 없었다. 눈을 겨우 뜨고 몸이 너무 아프니 뭘 시켜 먹자고 하니까 비아냥조로 "자~알 한다. 집에 드러누워서 밥을 시켜 먹고"라고 하질 않는가!

하늘이 무너지는 게 이런 기분일 거라는 생각이 들었다. 기운이 있으면 한 대 패주고 싶은 마음이 굴뚝같았다. 아니 욕을 할 줄 알았다면 시원하게 욕이라도 해주고 싶었다. 저 사람이 내가 알던 사람이 맞나 싶었다. 그의 입에서 거침없이 쏟아져 나오는 말들이 가슴을 아프게 파고들었다. 아니 사실 좀 충격적이었다. 내가 선택한 남자가 겨우 저 정도의 인격을 갖춘 사람이었나 싶어서 화가 나기도 했다. 아무리 이성적으로 생각해 봐도 이해가 안 되는 남편의 행동을 어떻게 해석해야 하나 머릿속이 복잡해졌다. 더욱 이해하기 힘든 것은 남편을 아는 거의 모든 사람이 남편 칭찬을 한다는 것이다. 남들에게는 법 없이도 살 사람이라는 평판을 받는다. 남의 부탁 절대로 거절 못하고 한 없이 선량하고 순한 그런 이미지의 사람이다. 그런데 나한테 하는 행동은 대체 무엇이란 말인가 혼란스러웠다. 그때를 생각하면 어떻게 그렇게 남편은 철이 없었나 싶다.

세월이 지나도 남편은 별반 달라지지 않았다. 가정을 행복하게 하려는 노력은 절대 금물인 사람처럼 보였다. 여전히 밖으로만 분주하게 돌았다. 가족의 기분 따위 안중에도 없는 냉혈 남편이다. 가족들 기분이야 어떻든지 남들 앞에 보여주는 것에는 목숨을 걸

정도로 남의 이목을 중요하게 생각하는 사람으로밖에 느껴지지 않았다. 무슨 가족 모임이라도 있으면 가족을 굴비 엮듯 줄줄이 엮어서 출동을 시켜야 흡족해 했다. 함께 참석하면 남편은 딴 데로 가서 시간을 보내고 함께 간 가족은 안중에도 없다. 그런 남편이 이해가 안 되고 섭섭했지만 싸우기 싫다는 이유로 나는 어느새 남편에게 맞추기 시작했다. 이런 사소한 것들이 쌓이면서 점점 남편에 대해 희망이 사라지기 시작했다. 과연 이 사람과 평생을 살 수 있을까를 생각하면 가슴이 조여 왔다.

짧은 몇 개월의 휴식을 끝내고 다시 일을 시작했다. 집안일과 직장생활을 하는 주부들은 육체적으로 정신적으로 힘들 때가 많다. 집안일을 안 도와주는 남편과의 삶에서 부부 싸움은 잦아질 수밖에 없다. 남자들은 퇴근하고 집에 오면 손 하나 까딱 안 하는 것이 대접 받는 것이라고 생각하는 것일까, 아니면 그런 식으로 행동하는 것이 자기 권위를 찾는 거라고 착각을 하는 걸까, 궁금할 때가 많았다. 나뿐만 아니라 모든 여자가 이런 이유로 많이 싸울 것이다. 더 기가 막히는 것은 내가 힘들다고 말하면 남편은 "너 좋아서 하는 일이잖아. 누가 일하래? 힘들면 그만둬."라고 반응한다. 직장을 다니는 주부라면 누구나 한 번쯤 들어봤을 말일 것이다.

아내에 대한 배려보다는 버릇처럼 윽박지르는 것이 습관인 남편들, 이 정도면 남편이 아니라 적군이다. '말 한마디에 천 냥 빚을 갚는다.'는 말도 있는데, 만사 자기중심적인 남편이 참 야속하기

그지없다. 부부 관계는 함께 가꾸고 키워 가야 하는 것이지 어느 한쪽의 일방적인 희생이 있는 관계라면, 불행이 등에 업혀 있는 형국이 아닐까? 이런 생각이 들 때마다 아내들은 적과의 동침을 하고 있다는 딜레마에 빠지게 된다.

이쯤 되면 남편이란 존재는 날 도와주기는커녕 내 인생의 목표에 오히려 걸림돌이 되는 사람이나 다름없다. 철없고 결혼생활에 미숙한 남편을 둔 아내들은 다 아플 수밖에 없다.

사실, 여자들이 결혼을 통해 바라는 것은 그다지 큰 것이 아니다. 남편이 진심으로 건네는 따스한 위로의 말 한마디면 충분하다. 남편에게 인정받고 사랑받는다는 느낌만 충족되면 적은 월급으로도 거뜬히 버틸 수 있고, 속을 뒤집는 시댁의 비위도 얼마든지 맞출 수 있다. 하지만 현실은 가정을 위해 오롯이 헌신했지만 정작 자신의 몸과 마음은 기댈 곳이 없는 이 땅의 아내들은 지금 많이 아프다.

결혼 후
여자의 진짜 인생이 시작된다

좋은 결혼 생활은 개인의 변화와 성장, 사랑을 표현하는 방식에 있어서의
변화와 성장을 가능하게 해준다.
－펄 벅

'여자 팔자 뒤웅박 팔자'라는 말이 있다. 뒤웅박은 입구가 좁다. 그
안에 무엇인가를 집어넣으면 꺼내기가 무척 어렵다. 안에 든 물건
을 꺼내려고 무리하게 힘을 가하면 박이 깨지게 된다. 결혼을 '뒤
웅박에 비유하곤 하는데 이치를 알고 나면 고개가 끄덕여지는 말
이다.

살아 보면 '여자는 모름지기 남자를 잘 만나야 한다.'는 말이
실감나게 다가올 때가 있다. 성격 좋은 사람이니 큰 다툼 없이 서
로 이해하며 행복하게 살 것이라는 기대는 큰 착각이었음을 깨닫
는 데는 그리 오랜 시간이 필요하지 않았다. 서로 다른 환경에서
성장해서 한 지붕 아래 살게 되면 서로 다른 생각이나 기질과 인

생철학이 다르기 때문에 곧장 부딪치게 된다.

남자들은 연애 시절에는 뭐든지 다 해줄 것 같이 군다.

"자기야, 나 몸에 열이 나고 어지러워."

"어, 정말? 조금만 기다려. 약 사다 줄게."

그런데 결혼하면 이렇게 변한다.

"여보, 나 아파. 오늘은 당신이 아기 좀 봐줘."

"나 바쁜데, 하필이면 이럴 때 아프고 그래."

"바쁘면 됐어. 내가 알아서 할게."

"아, 됐어. 얼른 낫기나 해."

다정하던 남자친구는 온데간데없고 퉁명하기 그지없는 남편으로 변한다. 서글프지만 이것이 현실이다.

결혼하기 전에는 미처 생각하지 못했던 일들이 현실에서 하나둘 고개를 내밀게 되면 머리는 아득해 질 수밖에 없다. 또 결혼은 두 사람만 하는 것이 아니라 남편의 가족과도 인연을 맺게 되는 것이다. 이른바 '시월드'는 인간관계의 어려움 중에서 최상의 스트레스로 다가오는 경우가 허다하다. 이것은 성격이 좋고 나쁨의 차원이 아니다. 결혼 전에 '나만 잘하면 되겠지' 하는 단순한 생각은 이내 철저한 착각이었음을 깨닫게 되는 것이다. 곧 결혼은 환상이 아닌 현실임을 직시하게 된다.

아이를 잘 키우는 게 여자의 인생이라고 믿었던 후배가 있다. 그녀는 결혼과 동시에 전업 주부가 되었다. 가족을 지킨다는 명목으로 가정에 올인했다. 그녀는 아이를 잘 키워 놓고, 하고 싶은 일은 나이 들어서 얼마든지 할 수 있다고 생각했다. 하지만 아이들이 중학교에 입학하고부터는 이 생각이 조금씩 흔들리기 시작했다. 점점 집에서 혼자 보내는 시간이 늘어나자 다른 사람들은 모두 직장에 다니면서 자기계발도 하는데 나만 집에서 뒤처지는 게 아닌가 하는 불안함이 몰려왔다고 했다.

사실 집에서 육아에 전념한다고 하더라도 아이를 24시간 돌보는 엄마는 없다. 엄마도 사람이다. 모든 시간을 아이에게만 헌신하며 보낼 수는 없는 노릇이다. 아이가 초등학교에 입학할 즈음부터 틈틈이 자투리 시간을 쪼개어 자신의 미래를 준비하는 데 써야 한다. 아이가 성장하는 것에 맞추어 엄마의 성장을 계획해야 할 때이다.

결혼은 인생의 종착역이 아니다. 결혼 후 새로이 시작되는 것이 바로 여자의 인생이다. 결혼 후를 새로운 도약의 시점으로 삼아야 한다. 그러므로 끊임없이 배우고 탐구해서 제2의 인생을 준비해야 할 때이다.

결혼 18년차인 후배는 말했다.

"집에서 살림을 열심히 하면 행복할 줄 알았는데 지금은 하나도 즐겁지 않아."

아이들은 다 커서 자기들 시간이 바빠 엄마를 모른 체했고, 남편은 은연중에 맞벌이를 했으면 하는 눈치라고 한다. 슬슬 남편에게 눈치가 보이고 전에 없이 주눅이 든다며 불안해했다. 막상 사회생활을 시작하자니 도저히 용기가 나지 않는다고 힘겹게 심경을 토로했다. 후배의 남모를 아픔을 보면서 결혼의 본 모습이 보였다.

후배에게 뭔가 도움이 되고 싶어서 한마디 했다. 비록 큰일은 아니더라도 지금 당장 할 수 있는 아르바이트라도 찾아서 시작해 보라고 했다. 그리고 그동안 마음속으로만 간직해온 하고 싶었던 취미 생활 하나를 시작해 보라고 권유했다. 경제 활동의 단절은 어떤 일을 결정할 때 적극성이 약해지게 된다. 전업 주부에게 경제적 자립은 엄청난 힘이 되고 위안이 되는 이유가 여기에 있다. 또 하고 싶은 취미 생활을 시작하게 되면 나를 가슴 뛰게 한다. 가슴이 뛰는 사람은 얼굴 표정이 먼저 살아난다. 사람은 행복하기 위해 산다. 행복은 스스로 만들어 가야 한다는 게 평소 나의 신념이다.

후배의 믿음처럼 아이를 훌륭하게 잘 키워내는 일은 세상에서 가치 있는 일임에 분명하다. 하지만 오롯이 내 인생을 희생할 필요는 없지 않은가. 요즘은 육아는 보육시설의 도움을 받을 수 있다. 살림도 지혜롭게 하면서 나만의 시간을 가질 수도 있는 것이다. 여느 엄마들처럼 내 마음을 채울 수 있는 즐거움을 찾아야 한다. 여자가 결혼하고 출산 후 육아에 전념해야 하는 시간은 대략 10년 남짓이면 된다. 그 이후부터는 자신의 인생을 살아야 한다. 당장 집을 박차고 밖으로 나오라는 말이 아니다. 가정이 영원한 보금자리가 아니라는 것을 말하고 있는 것이다. 그러니 자신의 행복을 스스로 만들어 가야 하는 것이다.

10년 동안 나의 희생과 정성에 힘입어 안정적이고 행복한 가정이 유지됐다면 자신을 위로해 줄 해답 하나쯤은 찾아보라는 얘기를 하고 싶다.

칼릴 지브란은 이렇게 말했다.

"태양을 등졌을 때에는, 자신의 그림자밖에 볼 수 없다."

우리들 삶은 때때로 굴곡지고 매사가 순탄하지만은 않다. 그러나 자신감으로 무장하게 되면 얘기는 달라질 수 있다. 좌절과 곤경에 봉착했을 때, 우리는 자신의 마음을 컨트롤해야 한다. 지금 겪고 있는 난관은 내 인생에서 유익한 자기 연마의 기회라고 생각하자. 긍정적으로 대응할 필요가 있다. 지금 당장 미래가 안 보이고 꿈이 없다고 불안해 할 필요는 없다. 다만 우리 안에 있는 꿈의 존재를 일깨울 준비를 하면 된다.

이제부터라도 내 안에 꿈틀대는 소리에 귀 기울여 보자. 결혼한 우리는 막강 파워를 자랑하는 여자이면서 아내이자 엄마가 되는 것이다.

결혼, 내가 원하는 나의 인생을 시작해야 할 때이다.

남편은 결혼기념일을 처음부터 참 잘 챙겼다. 반면 생일날은 전혀 신경 쓰지 않았다. 섭섭한 마음에 왜 생일은 챙겨 주지 않느냐고 따졌다.

"결혼은 우리 둘이 만나서 가정을 이룬 날이니 생일보다 훨씬 중요한 날이야. 그러니 난 결혼기념일은 꼭 챙겨 줄 테니 생일은 기대하지 마."

이것이 남편의 대답이었다. 그렇지만 내 생각은 달랐다. 생일은 내가 이 세상에 태어난 날이고, 이 땅에 태어났으니 남편을 만나 결혼도 가능했던 것이라고 생각한다. 그러니 생일이 각자에게 는 더 의미 있는 날이라고 여긴다. 서로의 생각이 참 달라도 너무 다르다는 것을 실감했다.

어떤가? 이처럼 남자와 여자의 의견 차가 크다는 것을 느낄 수 있을 것이다. 나는 이때 남편이 나와 같은 생각을 하는 사람이길 원했던 것 같다. 하지만 성격도 가치관도 다른 사람을 나에게 맞추려고만 한다면 오히려 불협화음만 나게 된다. 결혼은 서로 다른 역사를 가진 두 사람이 만나서 새로운 역사를 만들어 가는 과정이 다. 그때 두 사람의 서로 다르게 살아온 삶의 철학이 무시되어서 는 안 된다. 그 두 역사가 존중되고 지켜져야 부부만의 새로운 역 사를 써 나갈 수가 있다.

행복한 결혼 생활에는 기준이 따로 없다. 무조건 여자가 사랑 받아야 하는 존재라는 통념에서도 벗어나자. 무슨 일이든지 여자 가 사랑 받고 위로 받아야 한다는 구시대적 발상도 스스로 걷어내 야 당당히 내 목소리도 낼 수 있다.

부부는 서로가 존중하고 동등한 관계여야 한다. 나 자신도 이 렇게 말은 하지만 막상 행동이 안 따라 주는 경우가 종종 있다. 결 혼기념일이라든지 생일날, 왜 꼭 여자가 먼저 받아야 한다고 생각 하나. 결혼은 함께한 것이지 남편만 한 것은 아니지 않는가. 선물 받기를 원한다면 아내도 마땅히 남편의 결혼기념일 선물을 준비 해야 동등한 것이 아닐까.

아내가 생일상을 차려 주면 남편도 아내의 생일상을 차려 주면 된다. 일 년에 한 번 서로를 위한 기본적인 배려라고 생각하자. 상대에게 바라지만 말고 나부터 실천하고 당당히 요구하자. 기념일을 잊어버리고 지나쳤다고 섭섭해 하거나 싸울 것이 아니라 먼저 필요한 것을 얘기한다거나 날짜를 알려 주는 것도 좋은 방법이다.

구체적으로 내가 갖고 싶은 것을 남편에게 말하고 기념일 날 기분 좋게 받는 것을 무드 없다고 말할지도 모르겠다. 그렇지만 당사자가 만족한다면 방법이야 어떤들 무슨 상관이겠는가. 몇 년 전부터 이렇게 하니 훨씬 기분 좋은 날이 될 수 있어서 만족하고 있다. 이제는 내 생일날 미역국을 나보다 더 맛있게 끓여 주는 남편이 고맙다. 결혼은 결국 부부가 함께 만들어 가는 행복임을 잊지 말자.

가정의 행복은
아내의 행복에서 나온다

행복은 생각하고 말하고 행동하는 것이
일치할 때 찾아온다.
─마하트마 간디

'나는 지금 행복한 사람인가?'라는 질문에 곧바로 '난 행복해.'라고
대답할 수 있는 사람이 과연 몇 명이나 될까? 잠시라도 망설였다
면 온전히 행복한 사람은 아닐 확률이 높다. 세상 사람들을 두 부
류로 나눈다면 행복한 사람과 불행한 사람으로 나눌 수 있다. 그
런데 겉으로 보기에 행복한 사람이 불행하다고 말하는 경우와, 불
행해 보이는 사람이 행복하다고 말하는 경우가 있다. 왜 그럴까.
아마도 행복이란 자신의 가치관에 따라 움직이는 것이기 때문일
것이다.

행복에 대한 기준은 사람마다 다르지만 행복한 사람들이 공통
적으로 가지고 있는 특징이 있다. 그들은 모두 '내 인생의 주인공

은 바로 나라고 생각한다. 내가 어떻게 사느냐에 따라 내 삶이 변할 수 있다. 나의 삶을 누구에게 기대거나 의지하지 않고 주체적으로 살아갈 때 행복은 더 가까이 다가올 것이다.

그러려면 아내인 내가 먼저 행복해져야 가족의 행복을 이끌 수 있게 된다. 이것은 절대로 이기적인 방식이 아니다. 부모가 행복한 모습을 보이면 아이는 무의식적으로 부모의 태도를 닮아가게 된다. 부모의 발전적이고 성장하는 모습은 아이에게도 그대로 옮겨져 저절로 행복을 배워 나가게 될 것이다.

이 세상을 혼자 산다면 행복할까.

물론 혼자 사는 것이 행복한 사람도 있다. 그러나 혼자 산다고 모두가 행복하지는 않을 것이다. 그렇다면 결국 우리는 비슷비슷한 삶 속에서 자신에게 주어진 어려움을 잘 극복할 때, 행복할 수 있는 소질이 개발되고 발전될 수 있는 것이다. 서로 다르게 자라온 부부가 만나서 함께 살면서 겪는 충돌을 어떻게 극복해 가느냐는 문제는 중요한 의미를 가지고 있다.

나는 행복한 부부를 꿈꾸었지만 어떻게 해야 하는지 깊이 고민하지 않았다. 방법도 잘 알지 못했다. 간혹 내가 불행하다고 느낄 때 그 이유는 늘 남편에게 있다고 생각했다. 나의 모든 불행은 남편으로부터 시작되었다는 비관론자였다. 남편뿐만 아니라 때로는 남편 주변인들에게까지도 불만이 가득했던 때가 있었다. 문제의 원인이 늘 밖에 있다는 생각에서 벗어나지 못했다.

이 책을 쓰면서 알게 된 사실이지만, 나는 행복에 대한 몇 가지 편견을 가지고 있었다. 지난 일을 곰곰이 생각해 보면 나의 잘못도 많다는 것을 알게 되었다. 가정이 평화로워지기 위해서는 '무조건 내가 참아야 한다.' '인생이 별거 있나, 다 그렇게들 사는 거지.' 웬만하면 내가 참고 사는 것이 속 편한 일이라고 생각했다. 이 생각은 내 마음만 잘 다독이면 상대의 마음을 가라앉히거나 특별히 애쓰지 않아도 되는 일들이 많아서 당장은 효과가 있는 것으로 보였다. 일단 남편과의 갈등을 차단하게 되는 손쉬운 방법인 셈이었다.

하지만 겉으로 보이는 게 다는 아니라는 것을 여러 번 경험으로 알게 되었다. 겉으로 보이지는 않아도 크고 작은 갈등은 결국 가슴에 쌓이게 된다. 마음속에서는 공허함이 밀려와 행복에 대한 갈증이 일게 된다.

지인의 이야기이다. 막내딸로 자라서 한없이 밝은 성격의 소유자인 그녀가 장남과 결혼을 하고 나서는 성격이 완전히 바뀌었다고 한다. 그녀의 시어머니는 하루가 멀다 하고 전화해서 시시콜콜 잔소리는 기본이고, 명절에는 하루 일찍 가서 장을 보고 음식을 혼자 모두 해도 늘 시어머니의 잔소리로부터 자유롭지 못했다.

직장 다니는 아래 동서가 오면 그 차별이 더욱더 심해진다고 했다. 동서에게 봉투를 받아 든 시어머니는 일하느라 힘든데 애쓴다며 칭찬 일색인 반면, 그녀에게는 곱지 않은 시선과 핀잔뿐이라고 했다. 시어머니의 차별은 그녀에게 번번이 상처를 줬다. 말끝마다 직장 다니며 용돈을 주는 동서와 비교를 하며 그녀를 무시하는 시어머니 때문에 명절 끝에는 늘 부부 싸움을 했다고 한다. 그녀는 착하기도 하지만 시어머니가 너무 무섭고 자기편을 들어주는 사람이 아무도 없어 그동안 모든 불합리한 것들을 감수하며 살았다고 한다. 남편에게 하소연해도 자신은 어쩔 수 없으니 알아서 잘하라는 대답이 전부였다고 한다. 오히려 자신도 중간에서 힘들다는 남편 때문에 더 힘들다고 했다.

우유부단한 남편도 문제지만, 시어머니 눈치 때문에 늘 긴장과 불안의 연속이다 보니 시댁을 가기 전부터 가슴 두근거림 때문에 노이로제에 걸릴 지경이란다. 그야말로 명절 증후군을 혹독하게 치르고 있었다. 시어머니와의 갈등이 깊어, 평상시에 자신도 아이도 제대로 신경을 쓰지 못했다고 한다. 지옥 같은 고통을 참은 것은 오로지 자신의 아이를 위해서라고 생각했다. 그런데 문제는 삭히지 못한 불만은 결국 자신의 아이에게로 향했다. 가슴 속에 불만이 쌓여 갈수록 언제부터인가 자신의 얼굴이 어둡고 짜증만 늘었다면서 어깨를 들썩이며 울었다.

이처럼 많은 엄마들이 '나 하나만 참으면 돼', '아이를 위해서' 등 여러 가지 이유로 자신의 불행을 견뎌 왔다. 참 안타깝다. 그런데 아이를 위한 행동이라고 생각했던 것이 결국은 그 피해가 고스란히 아이에게 대물림되는 악순환으로 이어졌다. 행복은 손 놓고 기다린다고 해서 누가 가져다주는 것이 아니다. 행복은 적극적으로 쟁취하고 불행과 맞서 싸우는 용기가 필요하다.

남편은 내가 문학회 활동하는 것을 탐탁하지 않게 생각할 때가 있었다. 모임이 있을 때마다 남편의 질긴 잔소리를 들어야 했다. 다시는 나가지 마라며 짜증을 내기도 했다. 특별한 이유는 없었다.

다만 저녁에 주부가 집을 나간다는 사실을 못마땅하게 생각했다. 가끔 늦어지는 귀가는 남편에게는 쉽게 용납이 안 되는 것이기도 했다. 내 입장에서는 자주 나가는 것이 아니었는데, 남편의 입장에서는 왜 매일 나가느냐는 식이었다. 무조건 남편의 잔소리를 견뎌야 했다.

그때 그런 생각을 한 적이 있다. 어차피 내가 모임을 계속 나가야 한다면 남편이 익숙해질 때까지 내가 견뎌야 한다. 그 견딤도 하나의 능력이라며 위안으로 삼았다. 문학회 모임은 계속 이어 나갔고 시화전이나 기타 문학 활동도 꾸준하게 했다.

세월이 많이 흐르자 어느 순간, 그렇게 나의 활동을 반대만 하던 남편이 이젠 나를 인정해 주기 시작했다. 긴 시간 묵묵히 버틴 견딤의 승리였다. 이제는 내 글에도 관심을 가져주고 응원도 해준다. 행복은 어떤 상황에서도 포기하지 않고 조금씩 스스로 만들어 가야 한다는 걸 알게 되는 계기가 되었다.

결혼 전에는 긍정적이고 낙천적인 성격이었는데 어느새 웃음을 잃어버렸다면 혹시 자신이 불행을 껴안고 사는 것은 아닌지 돌아보라. 불행의 원인을 심도 있게 고민해 봐야 할 때이다. 불행의 원인이 자신에게 있는지, 혹은 외부에 있는 것인지 곰곰이 생각해보라. 문제가 있다면 문제의 해결 방법 또한 있는 것이다.

어찌되었건 모든 문제는 내 안에 있다. 생각을 고쳐먹고 행복을 향한 발걸음을 옮겨야 한다. 불행을 홀로 견디는 것은 아무것도 보장할 수 없고, 미래 또한 없다. 나와 아이, 우리 가족 모두를 위해서 내가 먼저 행복해지는 것이 가장 소중하다. 엄마로, 여성으로, 아내로 살아가는 내가 진정으로 행복할 때, 가족의 행복도 보장되는 것이다. 나는 가끔 계획적으로 나를 칭찬하기를 하는 편이다. 이를테면 이만하면 열심히 잘 살아왔다고 스스로를 토닥이며 내 마음에게 말을 걸어준다. 그리고 가끔은 나 자신에게 실질적인 선물을 할 때가 있다. 이런 행동은 나 스스로를 무척이나 행복한 사람으로 만들어 준다. 평소에 비싸다고 생각되는 물건을 어떤 계기로 자신에게 선물을 해 보라. 또 다른 인생의 행복을 맛보게 될 것이다.

누구에게나 행복은 최우선 순위가 되어야 한다. '행복'이란 단어를 국어사전에서 찾아보면 '생활에서 기쁨과 만족감을 느껴서 흐뭇한 상태'라고 나온다. 그런데 생각해 보면 이 말이 참 주관적인 개념이 아닌가? 구체적이지 않는 이 행복이라는 말은 지극히 주관적이고 유동적인 개념으로 해석할 수 있다. 그렇기 때문에 행복은 마음먹기에 달렸다는 말이 통용이 되는 것이다.

내가 행복하다고 생각하면 행복한 것이고, 반대로 불행하다고 생각하면 불행한 것이 된다. 행복과 불행 중 어떤 것을 선택할 것인지는 전적으로 당신의 선택에 달려 있다. 어쩌면 행복은 생각보다 쉽게 얻을 수도 있다. 바로 당신이 마음먹기에 달려 있기 때문이다. 나는 당신이 불행보다는 행복의 편에 서기를 바란다.

아내들은
위로 받고 싶다

삶의 원동력은 무엇일까?
첫째도 욕망, 둘째도 욕망, 셋째도 욕망이다.
─스탠리 쿠니츠

난 누구보다 치열하게 살아왔다고 자부한다. 한때 '카톡' 상태 메시지에 '오늘이 마지막인 것처럼 더 치열하게!'를 입력해 놓고 스스로를 채찍질하기도 했다. 크게 이름을 날리거나 유명 인사가 되고 싶은 것은 아니었다. 그냥 조그맣더라도 주어진 인생에서 시간을 낭비하지 말고 알차게 사용하자는 정도의 치열함이었다. 그런데 조용히 뒤돌아보니 분망하기도 했고, 혼란의 시간도 꽤 길었던 것 같다. 이른바 성공한 사람들이 말하는 치열함하고는 조금 거리가 있는 것이었다.

기껏해야 한 가지 마음먹은 것을 늦더라도 마무리하는 정도의 삶을 살아오면서 왜 그토록 동분서주했는지 모르겠다. 이제는 몸이 자꾸만 느슨해지고 있다. 전에 직장에 다닐 때 다리를 다치고 난 이후부터는 몸이 자주 제동을 걸어온다. 후유증이란 것이 나이가 드니 더 뼈저리게 피부에 와 닿는다. 회복도 늦을 뿐만 아니라 완전 복구는 불가능하다는 사실이 마음까지도 내려놓게 한다. 생활의 모든 템포가 몇 박자 늘어졌다. 뭔가로부터 압박되고 스트레스 받는 일은 멀찌감치 떨어져서 관망하기도 한다. 꼭 남의 일처럼 먼발치에서 바라보는 것들이 많아졌다.

스스로를 다그치며 살아온 세월이었기 때문에 지나온 세월이 불행한 세월은 아니었다. 늘 무엇인가를 앞에 놓고 살아왔기 때문에 순간순간 즐거웠다. 그렇게 지나온 시간이었기에 우울함은 물론이고 심심할 틈조차 용납되지 않은 세월을 보냈다. 다리를 다친 이후로 몸은 인생이 꼭 즐겁지만은 않다는 것을 알게 되었다. 그렇지만 즐겁지 않은 것도 내 인생이다. 내 인생의 크고 작은 것들을 비켜 가거나 모른 척하지 않았다. 다만 무엇인가를 새롭게 받아들여야 할 때는 충분한 시간이 필요했다. 그동안 인생의 많은 시행착오를 겪으면서 웬만한 일에는 크게 놀라지도 크게 서두르지도 않게 되었다.

초등학교 동창회에서 최근에는 부쩍 건강에 대한 이야기를 많이 한다. 나이가 들어간다는 증거이다. 한 친구가 웃으면서 그런 말을 한 적이 있다.

"야, 우리도 나이 먹은갑따. 이제는 전부 입만 열면 건강 얘기뿐이네."

정말 그랬다. 하나같이 어디가 아팠네, 어디가 아프네 하는 얘기뿐이다. 성 구분도 사라지고 남자 동창도 아줌마처럼 수다에 동참하게 되는 것이 중년의 동창회이다. 남자 동창들의 남성성은 사라지고 그냥 친구가 되는 나이가 중년인 것 같다. 서로의 집안 사정도 속속들이 알고 있는 터라 더 허심탄회하게 얘기하다 보면 정보 공유는 덤이다. 서로에게 조언의 역할도 톡톡히 하게 되는 것이 초등학교 친구들이다. 아니 중년이 되어서 더 친숙해진 것 같기도 하다. 다 같이 다른 사람의 고통과 아픔에 함께 울어줄 수 있는 마음의 여유가 생긴 나이가 되었기 때문이 아닐까 싶다. 이전에는 사회 돌아가는 얘기가 더 많은 비중을 차지했다면 이제는 가족의 소소한 이야기들로 넘친다. 대화 내용이 나이를 짐작하게 한다는 대목과 일치하는 것이다.

여자가 나이 들어 몸이 약해진다는 것은 당사자에게는 참으로 슬픈 일이다. 의기소침해지고 스스로 작아지기 시작한다. 혈기 왕성한 젊은이들을 보면 더 그런 생각이 든다. 문득, 누군가에게 까닭 없이 위로 받고 싶어진다. 그래도 열심히 살아온 내 인생 화려하진 않지만 이만하면 괜찮다고 다독다독 위로 받고 싶다. 무릎 인대 파열로 1년 정도 고생했을 때 '아, 이렇게 나도 끝나는 걸까?' 우울했다. 3개월간 다리를 되도록 사용하지 말고 지내라는데, 정말 답답해서 미치는 줄 알았다. 몸의 회복은 마음같이 따라 주지 않았다.

주부는 다쳐도 주부 역할을 그만둘 수가 없다. 조퇴하거나 결석할 수도 없는 것이 주부다. 수술한 것도 아니니 환자도 아니었다. 단지 보호대를 장기간 해야 한다는 사실에 짜증이 났다. 처음엔 금방 낫겠지 했지만 한 달쯤 지나자 이러다 영영 다리를 절며 살아야 하는 게 아닐까 괜히 불안했다. 다리를 구부리지도 못하고 늘 쭉 펴야 했다. 알게 모르게 생활이 불편한 게 한두 가지가 아니었다.

마음대로 걷지도 뛰지도 못하는 다리 때문에 한동안 너무 우울했다. 집안일을 도와주지 않는 남편에게 서운한 마음이 더 크게 느껴졌다. 그런데 시간이 흐를수록 묘하게 수긍이 가는 것들이 늘었다. 다친 것이 내 몸에 휴식을 주라는 계시로 느껴졌다. 난 종교인이 아니다. 그런데도 그런 생각이 들었다. 나이 들면 한번쯤 몸도 푹 쉬어 주어야 한다는 의미 부여를 하기 시작했다. 나이 들어가면 몸이 약해지고 아픈 것은 당연한 일이다. 이 받아들임에 익숙해져야 한다는 자각을 하게 되었다. 평생 끌어안고 살아야 할 나의 몸, 더 조심하고 더 아껴 써야 한다는 생각이 들자 스스로 위로가 되었다.

여자들은 나이가 들수록 세월의 흔적이 몸에 쌓인다. 그래서 몸이 많이 아프다. 중년에 이르니 더 실감이 나는 말이다. 여자들이 자신의 몸에 대해 진지하게 생각하게 되는 시기는 사춘기와 갱년기이다. 이 시기는 몸에 대해서 더 크게 피부로 느끼게 되는 때이기도 하다. 사춘기 때와는 또 다르게 갱년기의 몸의 변화는 어쩌면 어느 정도의 절망을 포함한 것인지도 모르겠다. 볼 빨개지는 사춘기처럼 얼굴이 시도 때도 없이 붉게 달아오르는 변화에도 당황스럽다. 그럴 때마다 마음의 허리가 휘청거린다. 나이가 들어간다는 것은 나의 부족하고 약한 존재를 자꾸 인정해 가는 연습이 잦아지는 것이었다. 누구나 그럴 것이다.

세계적으로 공인 받았다는 '화병火病'은 한국 사회에서 살아가는 며느리들의 공동 질병이다. 시어머니와의 갈등은 세대를 뛰어넘어 별 차이가 없다. 연령에 따라 강도만 조금 다를 뿐 고부 사이는 여전히 껄끄러운 사이다. 그런데 예전에 며느리들의 불치병인 이 화병을 요즘은 시어머니들도 함께 앓고 있다는 것이 세월이 만든 변화이다. 그 시어머니들은 바로 지난 세월의 며느리들이다. 바로 나의 시어머니인 것이다. 이 사실만으로도 지금의 며느리들이 시어머니에게 위안이 되어 주면 좋겠다는 생각은 나만의 생각일까?

아내들을 위협하는 요인들은 수없이 많다. 고부간의 갈등뿐만 아니라 남편의 외도나 폭력, 도박 때문에 가슴을 쥐어뜯는 아내들이 숱하다. 이러니 아내들은 감정의 기복이 클 수밖에 없다. 그러나 남편들은 아내들의 감정 상태에 많이 소홀하다.

요즘 아내들이 아픈 이유를 생각해 보면, 나이가 들어서 찾아오는 호르몬의 변화 때문만은 아닌 것 같다. 여자가 예전에 비해 안팎으로 할 일은 많아졌지만 여전히 여자여서 묶여 있는 현실이 좌절하게 하는 이유가 크다. 여자들이 더 큰 꿈을 꾸고 그 꿈을 이루기에는 공간도 턱없이 부족하다. 마음대로 자유로이 훨훨 날아갈 공간이 많이 부족하기 때문은 아닐까.

그동안 마음껏 날지 못하고 움츠렸던 중년의 여성들은 스스로를 위로하는 것에 서툰 편이다. 부단히 노력해야 한다. 이제부터라도 스스로를 위로할 줄 알아야 한다. 누군가에게 위로 받으려고 기다리지 말고 스스로를 위로하자. 이만큼 열심히 달려왔으면 충분히 잘 살아온 것이다. 충분히 위로 받을 자격이 있다. 서럽고 아픈 기억은 수시로 비워 내라. 입만 열면 아프다는 말을 입버릇처럼 하는 것은 누군가를 괴롭히거나 불편하게 하는 원인이 될 수도 있다. 이것 또한 마음으로부터 비워 내자. 인생에 찾아오는 아픔들은 덤으로 받아들이자. 그 덤 때문에 내 인생 통째로 흔들리게 내버려두지 말자. 덤이 절대로 내 인생의 주인공이 되게 해서는 안 된다. 모조리 비우고 비워서 더 넓은 품으로 따스한 감정들을 가득 담아야 할 때이다. 내 가슴속이 따뜻해지면 몸도 마음도 따뜻해지고 내 입에서 나가는 말들도 온기가 날 것이다. 이제는 세상의 한복판에서 조금 물러서서 조용히 구경만 해도 좋을 중년이다. 이제는 남의 아픔을 건성으로 듣지 않는 나이가 된 것이다. 그 옛날 내 엄마가 지나간 세월을 따라가고 있다고 생각하니 내가 듣기 싫었던 말들은 입 밖으로 내보내지 말아야겠다는 다짐도 하게 된다. 듣기 좋았던 말을 생각해 보니 별로 없다. '늙으면 입을 닫으란' 말이 그래서 생겼구나, 머리로 이해하는 나이가 되었다. 이런 지혜로움도 나쁘지만은 않다. 더 이상 스스로를 위로하는 일에 인색하지 말자!

부부 사이에
틈이 생기는 이유

가장 과묵한 남편은 가장 사나운 아내를 만든다. 남편이 너무
조용하면 아내는 사나워진다.
ㅡ 디즈레일리

처음부터 나쁜 남편은 없다. 결혼은 서로 사랑하고 좋아서 하는
것이다. 그런데 살다 보면 어느 순간에 나쁜 남편 나쁜 아빠가 되
어 간다. 요즘은 맞벌이 부부가 대세다. 그러나 높은 맞벌이 부부
비율에도 불구하고 집안일은 여전히 대부분 아내들의 몫이다. 나
역시 직장 생활을 하면서 이 때문에 힘들었다. 남편은 집안일에
전혀 도움을 주지 않는다. 남편의 입장에서는 아내의 몸이 아프든
말든 집안일은 아내 몫이기 때문에 당연히 해야 하는 것이라 여긴
다. 하지만 내 입장에선 공동 분담을 해야 한다는 생각을 했기 때
문에 늘 불만이었다. 이 상태로 시간이 쌓이면 부부 사이의 냉각
기는 빨라질 수밖에 없다.

남성들은 집안일은 단순한 노동이라고 생각하는 인식이 아직도 강하게 남아 있다. 식사를 준비하고 세탁을 하고, 방을 청소하는 일 등의 집안일은 단순하게 보이는 것이 사실이다. 그러나 이렇게 간단하게 보이는 행위에는 대단히 중요한 의미가 포함되어 있다는 사실을 알아야 한다. 아내가 집안일을 하는 것은 가족에 대한 애정의 척도이다. 그렇기 때문에 아내의 입장에서는 마땅히 남편도 동참해야 한다고 생각한다. 특히나 맞벌이 부부라면 더더욱 그렇다. 집안일은 애정이 없으면 할 수 없는 중노동이다. 이 세상 엄마들이 위대한 이유는 이 모두를 지금껏 훌륭히 해왔기 때문이다.

청소가 힘들다고 도와달라고 하는 아내에게 "그 까짓게 뭐가 힘드냐, 운동도 되고 좋지 않냐."라고 말하는 남편이라면 이미 당신 아내의 가슴은 차갑게 식어 가고 있다는 걸 알 필요가 있다. 집안일에 비협조적인 남편이라면 당연히 부부 사이의 틈이 생길 수밖에 없는 이유가 된다.

여성가족부가 발표한 2015년 가족실태조사에 따르면 전반적인 부부 관계 만족도 조사 결과 여성의 불만족이 지속적으로 상승하고 있는 것으로 나타났다. '대체로 만족한다'는 응답(43.5%)이 가장 많았고, 보통(37.1%), 약간 불만족(8.7%) 순으로 조사됐다. 그러나 성별로 나눠 보니 남성 응답자는 50.6%가 배우자와의 관계에 만족한다고 응답한 반면, 여성 응답자는 46.2%만이 배우자와의 관계에 만족한다고 응답했다.

2005년, 2010년 조사 결과에 비해 부부 관계 만족 비율은 낮아지고 불만족 비율이 높아지고 있으며, 특히 여성의 만족 비율은 2010년 49.2%에서 2015년 46.2%로 지속적으로 낮아지고 있다. 연령별 만족도를 보면 20대(72.5%), 30대(60.7%), 40대(53.2%), 50대(43.7%), 60대(45.2%), 70세 이상(49.5%)로 50대의 만족 비율이 가장 낮고 20대가 가장 높았다.

가족실태조사는 건강가정기본법 제20조에 따라 5년마다 실시하며 전국 5,018가구를 대상으로 2005년, 2010년에 이어 세 번째 조사다.

위의 조사 결과에서 유독 50대가 부부 만족도가 낮은 이유는 생각해 볼 문제다. 그 시대는 다들 그렇게 살았겠지만 남자가 부엌에 들어가거나 집안일을 한다는 것을 있을 수 없는 시대였다. 남성들의 40대 이후의 나이는 자신의 마음을 잘 표현할 줄 모르는 나이, 자신의 감정을 솔직하게 전달하는 것이 서툰 세대의 대표 주자이기도 하다. 그러나 요즘은 그런 남성들의 인식도 많이 바뀌고 있다. 여성들의 사회 진출이 늘어난 만큼 인식도 많이 달라졌기 때문이다. 이 세상 아내들은 아침 일찍부터 일어나서 밥을 하고 아이들 시중을 들어 준다. 점심에는 직장에서 일을 하거나 집에서 청소나 빨래를 하고, 저녁에는 장을 보거나 식사 준비를 한다. 그리고 밤에도 밀린 집안일로 쉴 틈이 없다. 남편은 매일같이 아내가 하는 일들을 당연한 것이라고 치부해 버리기 일쑤이다.

가사나 육아 노동은 남성들이 생각하는 것보다도 훨씬 힘들고 고된 일이다. 그럼에도 불구하고 남편이 전혀 도와주지 않고 위로의 말조차 한마디 없다면 아내는 '이 사람이 내게 애정이 있기나 한 건가?' 의문이 생긴다. 간혹 힘들다고 말하면 그때마다 반응은 한결같다.

"엄마도 형수도 다 그러고 사는데 유별나게 굴지 마라."

"힘들면 회사 때려 치워라."

도무지 소통이 안 되는 말을 늘어놓는 게 남편들이다. 이럴 땐 '정말 남편은 나의 편인가' 싶다.

이런 말들은 아내의 가슴에 지워지지 않는 상처로 남는다. 상처가 생기면 부부 사이에 거리가 생기게 된다. 남편들의 배려 있고 따뜻한 말 한 마디는 아내를 미소 짓게 한다. 말에는 커다란 힘이 있다는 사실을 잊지 말아야 한다.

무기물인 '물'도 인간의 언어에 명확하게 반응한다는 놀라운 사실을 실험을 통해 밝혀낸 사람이 있다. IHM종합연구소 소장이고 ≪물은 답을 알고 있다≫의 저자인 에모토 마사루 씨는 오랫동안 물과 관련된 연구에 심취했다. 그는 물이 내보내는 파동이나 물이 보여주는 결정 모양을 연구하여 물이 분명하게 인간의 언어나 문자에 반응을 보인다는 사실을 밝혀냈다. 그가 찍은 물 결정 사진은 서적을 통해 이미 일반인에게 공개되었고 전 세계 사람들에게 커다란 반향을 불러일으키고 큰 감동을 주기도 했다.

에모토 마사루 씨는 먼저 물을 샬레에 떨어뜨리고 영하 25°c 이하의 냉장고에서 얼린다. 그것을 영하 5°c의 관찰실로 옮겨서 2

백 배 현미경으로 관찰하고 결정을 촬영하였다. 물 결정은 놀랄 정도로 모습이 다양해서 천태만상의 형상을 나타냈다. 도시의 수돗물 결정은 비뚤어진 모양밖에 만들지 못하지만 약수라는 천연의 물은 아름다운 결정들을 만든다.

그는 다양한 형태의 실험을 통해서 물의 결정이 변하는 모습을 촬영하였다. 그리고 매일 '감사합니다'라는 말을 들려준 물의 결정은 형태가 가지런히 정돈된 육각형 결정을 띠고 있었지만, 매일 '바보야'라는 말을 들려준 물의 결정은 정돈되지 않고 무참하게 파괴된 것처럼 처참한 모양의 결정을 띤다는 것을 알아내었다.

이 이야기에는 평소 우리가 말을 할 때 어떤 방식으로 말해야 하는지를 알게 해주는 귀중한 교훈이 담겨 있다. 밖에서는 더없는 호인으로 인정받는 남편이라도 가정에서는 180도 다른 모습으로 말과 행동이 달라지는 경우가 많다. 가까운 사람일수록 더 잘해야 하는데 오히려 지나치게 예의에 어긋난 행동을 하는 것이다.

이 때문에 벼랑 끝으로 몰리는 부부가 많다. 조금만 더 상대를 이해하려고 노력하고 배려하는 마음을 가졌더라면 이 상황까진 가지 않았을 것이다. 가까운 사이일수록 자신의 감정을 제대로 컨트롤하며 솔직하고 적극적으로 표현해야 한다. 사람을 좋아하고 사랑하는 마음을 표현하는 것은 가족 관계를 넘어서 대인 관계에도 커다란 역할을 하기 때문이다.

내 남편에게 그리고 아이들에게 진심으로 애정을 표현한 것이 언제였는지 곰곰이 생각해 본다. 세상에서 누구보다 당신을 아낀다고, 가끔 잔소리를 하는 것도 당신을 염려해서였다고 터놓고 얘기한 적이 별로 없었던 것 같다. 아이들에게도 마찬가지다. 내가 얼마나 사랑하는지 너희들로 인해서 내가 얼마나 행복한지 표현하는 데 인색했다.

따뜻한 손길과 사랑을 원하지 않는 사람은 없을 것이다. 사랑받고 인정받고 싶은 것이 공통된 심리다. 무엇이든 가족을 위해 다 해주고 싶은 것이 엄마들의 마음이다. 그러나 전업 맘의 경우 아이와 남편을 위해 헌신하고 최선을 다해야 한다는 마음 한편에 허무함이 커서 자신의 존재감을 못 느낄 수 있다. 내 편이 있어서 공감해 주고 나를 지지하고 응원해 준다면 힘이 불끈불끈 솟아날 것이다.

아이도 남편도 시댁 식구도 배척하지 말고 모두 내 편으로 만들어야 한다. 가족들을 사랑하고 아끼는 마음이 전달되면 내게 소중한 사람이듯 그들에게 나도 소중한 사람이 되는 것이다. 틈은 어쩌면 부족한 것을 채우기 위한, 잠깐 숨 고르기를 하라는 쉼표일지도 모른다.

결혼,
아는 만큼 보이는 것들

슬픔에서 해방된 삶을 살고 싶으면 앞으로 일어나려고 하는 일을
마치 이미 일어난 일과 같이 생각하라.
－에픽테토스

결혼식 때 주례가 혼인 서약을 읽었다.

"신랑 ○○○ 군과 신부 ○○○ 양은 어떠한 경우라도 항시 사랑
하고 존중하며, 어른을 공경하고 진실한 남편과 아내로서의 도리
를 다할 것을 맹세합니까?"

신랑 신부는 진심으로 대답을 했다.

"예."

요즘은 기발한 혼인 서약서가 많지만 내가 결혼할 당시에는 앞
의 내용이 천편일률적이었다. 이랬던 사람들이 막상 결혼 실전에
돌입하면 점점 후회 모드로 전환되기 시작한다. 왜일까?

내가 어렸을 적에는 남자들이 '귀남이' 대접을 받으며 자란 시

대다. 어찌 보면 나도 시대의 희생양이었다고 생각할 때가 있다. 자라면서 내 것이라고는 하나도 없었다. 오빠들은 새 운동화, 새 옷, 새 책가방, 새 학용품 등 온갖 새것들이 즐비했지만 나에게 돌아오는 것들은 낡고 헤진 것들이 전부였다. 먹는 것조차 차별이 심했다. 도시락 반찬에 오빠는 매일 햄이랑 계란부침이 들어갔지만 나의 도시락에는 언제나 김치나 콩나물 무말랭이로 채워지곤 했다. 물론 공부도 마찬가지였다.

오빠들에게 늘 밀리고 치이는 '후남이' 신세로 성장했다. 그런데 막상 결혼을 하고 보니 같은 시대에 함께 성장해온 남편이라 그런지 결혼 생활도 어린 시절의 연속선상에 놓이게 되었다. 나의 의지와는 상관없는 일들이 많았다. 그냥 앞만 보고 넘어지지 않고 잘 달리기만 하면 될 줄 알았는데 예기치 못한 장애물이 나를 가로막고 선다. 시대가 많이 변했지만 남자들의 유전은 쉽게 변하지 않는다. 사회 곳곳에서 역전의 여왕들이 등장하는 시대로 접어든 지가 한참이나 지났는데도 말이다.

어쩌다가 모임에 나갔다가 밤 12시가 넘어서 들어오면 남편은 어김없이 "어디 여자가 밤늦게 돌아다녀?"라며 눈을 흘기며 쏘아붙인다. 그럴 수도 있다는 반론을 펼치면 막무가내다. 여자들은 바쁘다. 직장에 살림에 육아에, 모임을 나가도 가족들 저녁을 차려주고 나간다. 그러니 모임을 자주 할 수는 없는 노릇이다. 그러니 오랜만에 친구를 만나 밥 먹고 얘기하다 보면 밤 12시가 넘어가는 것은 잠깐이다.

왜 이런 것을 남편은 이해하지 못하는 걸까? 서글픈 감정을 누르고 이야기를 해 봐도 도무지 대화가 안 된다. 더 기막힌 것은 자신은 12시가 넘어도 남자니까 괜찮다고 말하는 것이다. 이건 도무지 대화로 풀 수 없는 뇌를 가진 사람이다. 더 이상 말을 계속하면 싸움밖에 안 된다. 그냥 입을 닫아야 할 타이밍이다.

이런 경우는 하루 종일 싸운다고 해서 해결될 문제가 아니다. 일단 일보 후퇴해야 한다. 그러면서 죽을 때까지 투쟁 아닌 투쟁을 하면서 남편의 정서를 조금씩 바꾸어 나가야 하는 것이다. 이런 것들은 우리가 죽고 사는 것에 치명적인 문제는 아니다. 하지만 생활에서 종종 의욕을 꺾어버리기 때문에 여자가 절대로 포기해서는 안 되는 것이기도 하다. 다만 천천히 시간을 두고 오랫동안 마음을 단련시켜 나가야 하는 것이다. 이런 것들을 어떤 문제로 인식하기보다는 '이건 지극히 정상이다'라고 생각해야 한다. 어떻게든 각자가 자기 실정에 맞도록 맞추어 나가면 된다. 남편을 나의 든든한 조력자와 파트너로 만들려면 노력과 정성은 필수다.

어떤 방식으로 노력하고 부부 문제를 접근해야 하는지 고민이 된다면 다음 방법을 추천한다. 행복한 부부 생활에 좋은 지침서가 될 것으로 믿는다.

부부 십계명이다.

1. 승자가 되기보다는 사랑하는 자가 되기 위해 힘써라. 부부 싸움에 승패는 없다.
2. 한 가지 주제만을 다뤄라. 동시에 두 마리 토끼를 잡을 수

는 없다.

3. 타임아웃을 지켜라. 싸움 도중 작전타임을 가져 달아오른
   열기를 식혀라.

4. 싸우되 1미터 이내에서 싸워라. 무대를 친정이나 시댁까지
   확대시키지 말라.

5. 미봉책으로 끝내지 말라. 임시 휴전은 곤란하다.

6. 싸움은 일대일로 하라. 삼자를 개입시키거나 동맹 관계를
   맺지 말라.

7. 인격 모독을 피하라. 서로의 자존심을 건드리지 말라.

8. 관중을 두지 마라. 특히 자녀의 구경은 절대 안 된다.

9. 분을 참고 침대에 들지 말라. 잠은 편하게 자라.

10. 집에 불이 났을 때 이외에는 고함을 지르지 말라.

부부 십계명만큼 부부 관계를 잘 꼬집어 주는 것도 없는 것 같
다. 이것만 잘 지킨다면 분명히 그 가정은 웃음꽃이 떠나지 않을
것이다. 찬찬히 살펴보면 고개가 절로 끄덕여지는 목록들이다. 나
는 이것을 마음을 다스려야 하는 순간이 오면 몇 번씩 반복해서
읽으면서 호흡을 가다듬곤 했다. 특히 6번과 8번을 지키려고 부단
히 애썼다. 부부 싸움은 하되, 마음을 다스리는 것에 확실히 효과
가 있다.

'빨리 가고 싶다면 혼자서 가고, 멀리 가고 싶다면 함께 가라.'
나는 이 말을 이렇게 각색하고 싶다.

'빨리 가고 싶다면 혼자서 가고, 오래 행복하고 싶다면 부부가

함께 가라.'

젊은 시절 혼자서 살아왔던 날보다 나의 결혼 생활이 길지는 않다. 이제 결혼 20년차가 되어 간다. 앞으로 함께 살날이 훨씬 많이 남았다. 나는 내 인생을 내가 사랑하는 가족과 죽는 날까지 평생 행복할 거라 믿는다. 가족이 모두 행복하기 위해서는 가정의 중심인 부부가 꿈의 여정을 위해 함께하는 것이 바람직하다. 가끔은 달리는 속도가 달라 서로 삐걱거리기도 하고, 시야를 가려 불편할 수도 있겠지만 어깨를 나란히 하고 즐겁게 달려가는 날들을 꿈꿔 본다.

결혼해서 아내와 아이들을 위해서 열심히 일만 하면 된다고 믿는 남자가 더러 있다. 가족이 함께하는 자리에 늘 자신의 자리를 비워둔 채 말이다.

이런 남편의 미래는 어떨까? 불을 보듯 뻔하다. 세월이 갈수록 점점 외로워지게 될 것이다. 가족과 함께하는 것들은 늘 뒷전이다 보니 이방인 취급을 받게 될 수도 있다. 어쩌면 남편이 너무 그리운 아내는 바람을 피우게 될지도 모른다. 또 아이들에게는 아빠가 이웃집 아저씨처럼 낯선 사람이 될 수도 있다.

돈 잘 벌어다 주는 것이 본인의 역할로 생각하고 앞만 보고 달린다면 이 남자는 정말 중요한 한 가지를 놓치고 있는 경우다. 가족의 공동 시간 안에 함께하는 것, 이것은 되돌릴 수 없는 소중한 시간이다. 가족과 함께한 추억은 평생 가족 모두에게 귀중한 재산이 되는 것이다. 사람에게는 소중한 추억이 평생 살아가는 데 많은 힘이 되어 준다. 물론 경제적 안정도 중요하지만 그것보다는 가족의 외로움을 먼저 헤아려 주어야 한다.

어떤 분야에서든지 성공을 이루려면 과정상 많은 시행착오를 거치기 마련이다. 시련 없는 성공은 진짜 성공이 아니라는 말도 있다.

결혼도 마찬가지이다. 준비하지 않으면 시행착오의 연속이 된다. '무지는 악의 근원'이라는 말이 있다. 결혼을 하면서 특별 수업을 받거나 철저한 공부를 하는 사람은 없다. 하지만 결혼에도 많은 공부가 필요하다는 사실을 경험하게 된다. 결혼은 알면 행복이고 모르면 불행의 연속이다. 남편에 대한 공부, 아이에 대한 공부, 시어머니에 대한 공부도 해야 한다. 먼저 나 자신에 대해서도 깊이 성찰할 필요가 있다. 결혼에 대한 공부는 무궁무진하다. 잘 공부한다면 행복의 근간인 가정을 누구나 천국의 꽃밭으로 꾸밀 수 있다.

가끔은
비겁하게 살자

변화를 갈망하는 욕구가 험난한 가시밭길을 다지고
내 마음을 개척한다.
−마야 안젤루

요즘 결혼 풍속도는 남자는 같이 돈을 버는 여자를 찾는 것이고, 여자들은 부잣집 남자를 만나는 것이라는 말을 들은 적이 있다. 정말 그럴까? 의문이 든다. 남자는 당연히 그럴 테지만 여자는 아닐 수도 있다는 생각을 한다.

언젠가 가족 대화중에 딸이 자기는 결혼 안 하고 혼자 살겠다는 말을 한 적이 있다. 나는 평소에도 결혼을 꼭 해야 한다고는 생각하지 않았다. 그래서 딸에게 "네가 정말 하고 싶은 일을 하고 좋아하는 것을 하면서 경제적 능력을 갖춘다면 혼자 사는 것도 괜찮다."라고 말했다가 남편과 한바탕 소동이 났었다.

지금도 생각이 크게 달라지지는 않았지만 굳이 말한다면 결혼은 하는 편이 좋다고 말하고 싶다. 그 이유는 결혼 생활 자체는 별로 만족스럽지 못하지만 아이들을 만나게 된 것은 내 인생 최고의 행복이기 때문이다. 결혼이 아니었다면 이루어질 수 없는 것이기에 더욱 그렇다.

결혼 생활은 나만 잘한다고 해서 평화롭게 살아지는 문제가 아니다. 가끔은 쉬고 싶고 늘어지게 잠도 자고 싶지만 달리 뾰족한 묘수가 안 통하는 것이 결혼 생활이다. 무조건 내 몸을 움직여야 해결되는 것들로 꽉 채워져 있다.

그래서 결혼 생활에는 꼼수가 있어야 한다. 나를 짓누르고 억압하는 것들로부터 해방되려면 적당한 타협도 할 줄 알아야 한다. 남편은 어느 정도 착한 아들 콤플렉스 병을 가지고 있다. 남편은 1남 5녀의 외아들이다. 당연 며느리는 나 혼자뿐이다. 그러다 보니 시댁에 무슨 일만 있으면 '하나뿐인 며느리'라는 수식어가 늘 따라 붙는다. 어떤 때는 내 몸이 몇 개 되었으면 할 때가 있다.

나는 죽어라고 하는데도 남편 보기에는 부족해 보이는 것도 많아 보인다. 점점 나이가 들어가니까 체력이 안 따라 주는 경우도 많다. 그렇지만 한사코 며느리 역할은 충실히 해야 한다.

새해 1월 1일은 시댁 종친회가 있다. 새해가 시작되는 첫날 시부모님을 모시고 제천이나 강원도로 향한다. 그곳에서 집안 어른들과 시간을 보내고 집으로 돌아오면 하루해가 간다. 처음에 몇 년 동안은 꼬박꼬박 참석했지만 어느 시점이 되자 속상한 마음이

들었다. 새해가 시작된다는 것은 앞으로 1년을 계획하고 준비할 조용한 시간이 필요한 시점이다.

나는 우리 가족 오붓하게 가족 공동의 것들을 이야기하고 계획을 세우고 싶은 욕심도 있었다.

새해 첫날은 모두에게 많은 의미로 해석 될 수 있다. 우리 가족은 남들이 다 가보는 새해맞이 일출 여행을 한 번도 못 가봤다. 새해 첫날부터 장거리를 어른들을 모시고 불편하게 다닐 것이 아니라 조용한 나만의 시간을 갖고도 싶었다. 우리 가족만의 멋진 추억도 만들고 싶은 꿈도 있다. 이런 내 마음은 무시하고 무조건 따라가야 하는 상황은 점점 마음의 불덩이를 키우는 꼴이 되고 말았다. 남들은 일출이다 뭐다 해서 새해 첫날 가족들과 오붓한 계획을 잡는데 왜 나는 늘 새해 첫날을 내 의지와 상관없이 보내야 하는가에 불만이 쌓여 갔다.

그러던 중 어느 해인가 딸이 독감에 걸려서 몸 상태가 좋지 않았다. 아직 어릴 때라 외출을 하면 안 될 상황이었지만 남편은 무조건 함께 가야 한다고 막무가내였다. 남편의 지론은 자기는 홀아비가 아니므로 가족 모임은 무조건 함께 가야 한다는 주장이었다. 겨우 타협한 것이 내가 직접 시어른들께 전화를 해서 허락을 받는 것이었다.

남편의 우려와는 달리 어머님은 흔쾌히 불참을 허락해 주셨다. 그렇게 처음으로 아이가 아픈 덕분에 새해 첫날을 집에서 여유롭게 보낼 수 있어서 너무 좋았다.

그런데 문제는 해마다 이 일은 두고두고 나를 답답하게 했다.

남편은 절대로 어른들이 한 번 말씀하신 것을 어기지 않는다. 그렇다고 가족들에게 유연하게 대처하지도 않는다.

일 년에 공식적으로 두 번 시댁 어른들을 모시고 함께해야 하는 일정이 있다. 신년 종친회와 추석 무렵의 벌초가 그것이다. 이 두 개의 연례행사가 우리 부부 사이에 가끔 갈등이 되기 시작했다. 해마다 추석을 앞두고 강원도까지 벌초를 다 함께 가는 것은 번거롭고 힘든 일이다. 굳이 나와 아이들이 매번 왜 가야만 하나 불만이 쌓였다.

처음에야 당연히 조상의 무덤이 어디 있는지, 또 조상님들께 인사를 드린다는 명목으로 가야 한다고 생각했다. 하지만 해마다 매번 함께 가야 하는 것은 참 불편한 일이었다. 먼 거리를 시부모님들과 함께해야 하는 시간은 마음을 무겁게 한다. 먼 거리를 이동해서 외지에서 마음 불편하게 집안 어른들 시중을 든다는 것은 여러모로 버거운 일이다.

시아버님께서는 가정의 화목을 자주 언급하신다. 또 당신이 모범을 보이고 계시기도 하기 때문에 이의를 제기하는 사람은 없다. 장남이 아니면서도 집안의 제사를 솔선수범해서 손수 지내고 계신다. 세월이 흐르면 물론 내가 물려받아야 한다. 그런데 문제는 자기주장이 너무 강하셔서 문중의 모든 일을 도맡아 하시는 편이다. 워낙 대범하시고 큰 그릇이다 보니 자식들이 종종걸음으로 따라가기에는 버거운 것들이 많다.

세상에 둘도 없는 좋은 분이시지만 가끔 일이 너무 많이 돌아온다는 것은 그리 반가운 일은 아니다. 그러다 보니 집안일은 시아버님께서 거의 통솔하시는 편이라 기질 고운 남편 입장에서는 불가항력적으로 따라야 하는 것들이 대부분이다.

남편의 입장을 모르는 것은 아니지만 나는 남편의 입장과는 또 다르다고 생각한다. 굳이 남편의 입장을 불편하게 하고 싶지는 않지만, 그래도 내 마음이 안 내키는 일은 계속 하고 싶은 마음이 없다.

벌초는 남자들끼리 가서 하고 와도 충분할 것이다. 마음이 안 내키는 일은 몸이 먼저 반응을 하게 된다. 다녀오기만 하면 혹독하게 몸살을 치르는 일정을 계속해서 하고 싶지가 않았다. 하기 싫은 일을 억지로 하게 되면 병이 날 수밖에 없다. 굳이 온 가족이 함께 그 먼 거리를 따라 나설 이유가 없다. 가정의 화목은 어디를 꼭 함께 나서야 달성되는 것은 아니다. 비겁한 변명 거리를 자꾸 되뇌게 된다. 그래서 나를 위해서 조금 더 비겁해지기로 작정했다.

내 마음이 원하지 않는 일에 더 이상 끌려 다니지 말자 각오했다. 두 가지 중에 한 가지는 내가 원하는 대로 하자, 결심을 하고 나니 방법이 보였다. 남편 입장은 스스로 알아서 어른들께 말씀 드리면 될 것이고, 나는 남편만 설득하는 것에 초점을 맞췄다. 목적을 이룰 때까지 작정을 하고 그야말로 치열하게 싸웠다. 더 싸우기 싫어서였는지는 모르겠지만, 의외로 남편이 백기를 들어 줬다. 남편의 도움으로 가까스로 나의 목적을 쟁취했다. 그래서 더 이상 벌초에는 동행하지 않는다. 아직도 가끔 시아버님은 아쉬운 듯 말씀하신다. 시간 되면 함께 가자고.

나는 비겁함에 점차 익숙해졌다. 못 들은 척하거나 얼른 핑계를 댄다. 그리고는 아이들 일로 더 이상 시간이 안 난다고 발을 빼기도 한다. 한 번 비겁함을 선택하고 비교적 마음의 평화를 찾았다. 안 그러면 두고두고 부부 싸움으로 이어졌을 일이다. 그런데 지나고 나니 이젠 정말 아이 때문이든 내 문제로든 시간이 없긴 하다.

정말 마음이 원치 않는 일은, 그 일을 하고 나면 몸이 아프다. 만약 그런 일이 있다면 가끔은 비겁해질 필요가 있다. 조금은 비겁해져도 괜찮다. 비겁해지는 것이 나를 위한 위로라면 여자들이여, 이제는 당당하게 비겁해지자!

제2장

아내가 딴생각하는 데는 이유가 있다

삶이 나를 죽이는 일보다 남편이 나를 죽이는 일이 더 많다
남편으로부터 자유로워지기
결혼은 인생의 종착역이 아니다 ‖ 결혼 생활에서 재미가 사라진 이유
남편과 아이는 1순위 나는 0순위 ‖ 부부 사이에 존재하는 거대한 벽
내 인생 발목 잡는 것으로부터 벗어나기
아내가 딴생각하는 데는 이유가 있다

삶이 나를 죽이는 일보다
남편이 나를 죽이는 일이 더 많다

인생이란 결코 공평하지 않다. 이 사실에
익숙해져라.
－빌 게이츠

우리나라도 황혼 이혼이 점점 늘고 있다는 소식이 심심찮게 들려온다. 부부 사이에 갈등이 증가하면 그만큼 이혼 건수도 늘어나게 된다. 황혼 이혼이 늘어나는 현상은 아내들이 아이가 클 때까지 참고 기다렸거나 기타 이유로 이혼을 미루다가 나이가 들어서 결심한 것이라 볼 수 있다.

부부 사이에 틈이 생기는 원인을 축약하면 부부간의 사랑이 사라졌기 때문이라고 할 수 있다.

결혼 생활을 원만하게 잘 헤쳐 나가기 위해서는 '절대로 하지 말아야 할 행동과 말들이 있다. 이 선을 넘어가게 되면 이혼으로 곧장 치닫게 되는 불행을 맛보게 된다. 어느 한쪽이 이 점을 무시하고 행동한다면 부부 사이는 쉽게 험악해지고, 결혼 생활에 경보음이 울리게 된다. 만약 결혼 초기에 이런 현상이 일어난다면 이혼으로 치닫는 시간이 훨씬 빨라질 것이다. 결혼 초기에 서로에 대한 신뢰가 무너지면 사랑이 금방 사라지기 때문이다.

최근 흥미롭게 읽은 마츠모토 고헤이의 ≪행복한 결혼 생활을 위한 부부 배려≫란 책에 실린 내용 중 이런 분석의 흥미로운 글이 있다.

갑자기 부부 사이가 험악해지는 경우
* 상대를 헐뜯으며 비난한다.
* 자신과 생각이 다를 수 있다는 것을 인정하지 않는다.
* 상대의 결점을 무리하게 바꾸려고 한다.
* 잔소리가 많다.
* 상대방의 자존심을 건드린다.
* 난폭한 언어를 사용한다.
* 폭력을 휘두른다.
* 불륜을 저지른다.

이 책을 읽고 있는 당신의 경우는 어떠한가?

만약 위의 항목 중에서 어느 것 하나라도 해당이 된다면 깊은 쉼 호흡을 하고 잘 판단해야 할 것이다. 행복한 결혼 생활을 계속 유지하고 싶다면 말이다.

결혼 생활은 부부가 함께 어린 묘목을 기르는 일과 별반 다르지 않을 것이다. 막 싹이 돋아나기 시작한 어린 꽃 묘목을 사서 베란다에서 기르다가 죽여 버린 경험이 한두 번쯤은 있을 것이다. 부부의 사랑도 이 어린 묘목과 같지 않을까?

남편들의 잦은 거짓말은 아내를 병들게 한다. 잦은 변명과 거짓말은 술을 마시고 담배를 피우는 남편이라면 더더욱 피해 가지 못할 것이다.

남편과 불협화음이 날 때마다 아내들은 처음에 몇 번은 대화를 시도해 본다. 대화가 안 되면 화도 내 본다. 남편의 행동은 쉽게 변하지 않는다.

이런 일이 반복되고 잦아지면 시간이 흐를수록 일일이 따지기도 지치게 된다. 따지고 들면 몇 날 며칠을 말해도 부족할 만큼 감정이 쌓이게 된다. 그래봤자 결국은 부부 싸움만 될 것이라는 걸 아내들은 이미 경험으로 알고 있다. 애써 참아도 보고, 무시도 해 보고, 원망을 해봐도 남편은 도무지 바뀌지 않는다. 속이 썩어 문드러질 때마다 아내들은 자기 최면에 빠진다. '내가 선택한 사람이니까', '아이들 아빠니까', '지금 당장 헤어질 건 아니니까 일단 참자'라며 말이다.

웬만한 아내들은 울컥울컥 화가 치밀 때마다 이와 같은 방법으로 자신을 다스리기도 한다. 아내들이 인생을 살아오면서 터득한 나름 자신을 위한 방어책이다.

언젠가 집에 있는 남편에게 한통의 전화가 걸려왔다. 남편은 엉거주춤 방으로 슬며시 들어가더니 한참을 통화했다. 여자의 촉

감은 정확하다. 왠지 느낌이 싸했다. 마음을 진정 시키고 남편이 있는 방으로 들어가 물었다.

"누구 전환데 방에 들어와서 그렇게 오랫동안 소곤거려?"

"응, 친구야."

"정말이야?"

남편은 화를 내며 왜 사람을 의심하느냐며 소리친다. 그러더니 대뜸 그렇게 못 믿겠으면 어디 확인이라도 해 보란다. 난 못할 것도 없다 싶었다.

"그래, 그럼 확인해 봐도 돼?"

"……"

나는 남편의 전화기를 집어 들고 바로 버튼을 눌렀다.

"어, 오빠!"

벨이 울리자마자 명랑하게 반기는 그 여자의 목소리를 들으며 나는 인위적으로 태연한 척했다. 내키지 않았지만 나의 신분을 밝히고 남편의 옛 애인과 통화를 마쳤다. 콩닥거리는 마음을 애써 누그러뜨리며 괜찮은 척 안간힘을 썼다. 그러면서 약간의 엄포도 놓았다. 그녀는 자신도 결혼했다고 하였다. 결혼했으니 문제 될 것 없다는 듯이 유부녀임을 강조했다. 더 이해가 안 되었다. 결혼했다면 상대에게도 가족이 있고 그 가족의 파탄을 원하지 않는다면 전화를 하는 행동은 삼가야 하지 않을까. 결혼하고 첫사랑이 궁금하여 전화를 하는 여자가 몇 명이나 될까 잠시 궁금해지기도 했다.

누구든지 자신의 궁금증으로 인해 상대방의 가족이 파탄하기를 원한다면 당장 전화를 하라. 아마도 효과 만점일 것이다.

그녀와 통화를 끝내고 남편을 다그쳤다. 금방 들통 날 거짓말을 한 남편은 도리어 화를 냈다. 그렇게 전화를 하면 자기 입장이 뭐가 되냐는 것이 화를 내는 가장 큰 이유였다. 그러면서 자신은 전화가 와서 받았을 뿐이란다.

'그럼 처음부터 거짓말을 하지 말지 왜 숨기려 했나?' 속으로 괜한 의심이 들기 시작했다. 전에 만났던 사람인데 전화가 와서 통화했다고 말하면 오히려 쿨하게 넘어갔을 것을 남편은 참 눈치도 없다. 그럼 만나자고 하면 만날 거냐고 물으니까 그렇다고 대답했다. 순간 나 자신이 참 초라하게 느껴졌다. 빈말이라도 아니라고 말하지 않는 남편이 미웠다. 아니면 허락해 주면 한 번 만나고 싶다고 말해도 좋지 않을까. 당연히 양해를 구해야 하는 상황인데 남편은 도무지 상황 파악을 못한다. 아예 몰랐다면 얘기가 달라지겠지만 이 상황에서는 빈말을 하는 것이 위기를 훨씬 잘 넘기는 것이 된다.

입장 바꿔 생각해 보라. 만약 아내가 옛 연인의 전화를 받고 그를 만나러 가겠다고 하면 기분이 어떻겠는가! 솔직한 것이 도리어 아내를 죽이는 꼴이 된다.

결국엔 크게 부부 싸움으로 이어졌고, 급기야 남편의 입에서 막말이 튀어나왔다.

"그럼 이혼하자."

남편은 참 쉽게도 칼을 휘둘렀다. 칼날이 심장을 파고드는 것 같았다. 아니 내 목이 달아나는 것 같았다. '나 이 남자 앞으로 어떻게 믿고 사나?' 속울음이 터져 나왔다.

한편으로는 참 어이없다는 생각도 들었다. 내가 남편한테는 이 정도로 쉽게 헤어져도 되는 사람인가 싶을 정도로 허무했고 배신감 또한 컸다. 배신감은 쉽게 가라앉지 않았고 나는 한동안 가슴앓이를 했다. 믿음이란 것이 이렇게 한순간에 무너지는 것일 수도 있다는 사실을 그때 알았다.

이 일로 인해 우리 부부 사이에는 냉랭한 기운이 한참동안 흘렀고 틈이 생길 수밖에 없는 대 사건이었다.

틈이 생기면 사랑이 메말라져 간다. 조그마한 것에도 의심이 생기기 시작한다.

부부 사랑을 메말라 죽게 만드는 원인 중 하나는 배우자를 배려하지 않는 언행에서 비롯된다고 한다. 정말 이혼할 생각이 아니라면 '이혼'이라는 말을 해서는 안 된다고 생각한다. 이 말을 남편이 뱉어낸 것이다. 남편의 입에서 쉽게 튀어나온 '이혼'이란 단어가 큰 충격이었다.

삶이 나를 배반하는 일보다 남편의 사소한 거짓말이나 생각 없는 행동들이 나를 더 힘들게 한다는 사실을 새삼 깨우쳐 준 사건이다.

남편들은 금방 들통이 날 사소한 거짓말을 평소에 하는 경우가 있다. 아내들은 남편이 거짓말을 하는 걸 알면서도 모른 체해 주거나 약하다고 판단될 땐 살짝 눈 감아 주기도 한다. 만약 거짓말이 탄로 났다면 곧바로 사과해야 한다. 그러나 대부분의 남편들은 자존심 때문에 사과는커녕 도리어 화를 내는 경우가 많다. 이건 정말 최악의 시나리오인데도 말이다. 그런데 남편들은 정말 모르는 것 같다. 차라리 솔직하게 말하면 문제를 키우지 않는다는 사실을 말이다.

삶은 내가 소홀히 하거나 정직하지 못하면 시련을 안겨 준다.

하지만 남편들은 다르다. 아내들이 아무리 노력을 해도 시련을 안겨 줄 때가 종종 있다.

결혼 생활을 통해 상상하기도 어려운 일들을 경험했다. 이런 경험들은 나를 강인하게 만들어 주었다. 이젠 더 이상 내 인생을 우물쭈물하게 살아가지 않겠다는 다짐을 하게 만들었다. 세상을 향해 당당하게 맞설 무적의 슈퍼우먼이 된 것이다.

남편으로부터
자유로워지기

외부로부터 갈채만 구하는 자는 자기의 모든 행복을
타인에게 맡기고 있다.
－데일 카네기

아내가 남편으로부터 자유로워지려면 경제적 독립이 있어야 가능
하다.

나의 경우 경제적 독립은 결혼 후 바로 시작되었다. 남편이 가
정의 부양자가 될 수 없다면 상황에 따라서 아내가 그 자리를 대
처해야 한다. 나의 경우 이 정도까지는 아니었다. 남편은 경제 활
동을 지속했지만, 단지 여유롭지 못했을 뿐이다. 하지만 나의 경제
활동 없이는 더 어려운 것도 사실이었다.

생활이 어느 정도 안정될 즈음 나는 수입의 일정 부분만 빼고
오롯이 나만의 투자에 사용했다. 그렇게 시작한 것이 방송대 공부
며 각종 배움의 기회로 이어졌고 대학원까지 연결되었다.

철저하게 나에 대한 모든 유지비는 나 스스로 해결했다. 처음 몇 년간 남편은 동거인이지 나를 도와주거나 배려해 주는 사람이 아니었다. 정신적으로나 육체적으로나 모든 것을 스스로 감당해야 하는 상황이었다.

남편에 대한 미움이 컸기 때문에 남편의 수입으로는 나를 위한 어떤 것도 하고 싶지 않았다. 철저하게 남편과 나를 분리시켜 생각했다. 자주 이혼을 생각했다. 잠자는 모습도 보기 싫은 때가 있었다. 그러니 그런 남편이 벌어온 돈을 나를 위해 쓴다는 생각은 있을 수 없는 일이었다.

무엇을 배운다고 했을 때 처음부터 무턱대고 반대도 많았고 잔소리 폭탄이 이어지기도 했다. 이런 일들은 나를 더 남편으로부터 멀어지게 했다.

거리가 생기자 어느 정도 자유로웠다. 남편과의 미래를 생각할 수 없었다. 이런 마음은 나를 더욱 강인한 정신력을 갖도록 해 주는 계기가 되었다.

누구의 도움이나 따뜻한 지지의 말 한마디 없었던 외로운 길이었지만, 나는 방송대학교 공부를 거쳐 대학원을 마치기까지의 과정을 자력으로 이룩해 내었기에 보람은 크다. 공부를 하면서 자기 자신의 문제점과 한계를 인정하면 마음이 편안해진다는 사실도 알게 되었다.

이 당시 나는 주저앉아 남편을 원망하고 미워하기보다는 나를 채우는 것을 선택했다. 이후로 나의 경제 활동은 내면을 채우는 것에 집중되었다. 누구의 도움 없이 어떤 일을 이루면 무엇보다 성취감이 이루 말할 수 없이 크다. 나 스스로를 위로하고 채우는 일은 나를 사랑하고 행복으로 이끄는 일이 되었고 나를 치유하는 과정이 되어 주었다. 조금씩 나를 찾아가기 시작했다. 조금씩 삶의 만족감을 맛 볼 수 있었다. 그렇게 스스로를 무장하자 웃는 일들이 생기기 시작했다. 행복이란 것에 눈이 뜨이기도 했다. 비로소 내 삶에 빛이 보이기 시작했다. 얼굴에 미소를 짓는 시간이 늘어났다.

내가 지금 행복해야 미래 또한 행복으로 이어진다. 이것은 변함없는 사실이다.

배우 안젤리나 졸리는 이렇게 말했다.

"내가 나 자신을 바보로 만들든 말든 남들이 무슨 상관인가? 그들이 나에 대해 어떤 생각을 갖든 두렵지 않다."

지금 우리가 살고 있는 시대는 무한의 자유를 허용하고 있다. 누구든지 마음만 먹으면 방법을 찾아 목적을 이룰 수 있는 세상이다. 무한의 자유세계는 각자의 행동을 스스로 책임지면 된다. 이렇게 자유로운 시대에 살면서 누구의 눈치를 살피면서 전전긍긍하는 삶을 살 필요는 없다.

지금은 내가 하고 싶은 것을 당당하게 할 수 있는 시대이다. 그런데 이 무한의 자유 시대임에도 불구하고 여자에게 아직은 제약이 많은 것이 사실이다. 특히 결혼과 출산을 감당하는 워킹 맘이라면 일과 가정에서 한바탕 혼란을 겪는다. 가정을 택하게 되면 경력이 단절되고, 일을 선택하게 되면 어쩔 수 없이 가정에 소홀하게 된다.

어린 자녀를 둔 경우라면 더 깊은 딜레마에 빠지게 된다. 한창 엄마의 손길이 필요한 아이에게 충분히 사랑을 주지 못한 것에 대한 죄책감이 따르기 때문이다. 나이가 많든 적든 결혼을 한 주부라면 누구나 거쳐야 하는 통과 의례이다. 가정에서 전혀 남편의 도움을 기대할 수 없는 상황이라 해도 가족을 위한다는 명목 아래 나를 다 내려놓지는 말아야 한다. 어차피 내 인생이다. 나중에 후회할 일을 만들지 말자.

의외로 어렵고 고통스럽고 외로운 시간들도 지나고 나면 금방이다. 몇 년 동안만 꿋꿋하게 잘 견디면 된다. 아이에게 미안해하는 마음은 함께 있을 때 더 집중해서 사랑을 주면 된다. 내가 열심히 부지런히 살아가는 모습이 오히려 아이에게 좋은 교육적 효과를 줄 수도 있다.

딸은 결혼을 안 하겠다는 말을 자주 한다. 그런데 아기는 좋다고 말을 한다.

"난 이다음에 크면 결혼 안 하고 혼자 살 거야."

"……"

"그런데 아이는 키우고 싶어."

딸의 이상한 논리에 반박하지 않는다. 생각이란 언제 변할지 알 수 없는 것이다.

나는 왜냐고 묻지도 않고 말한다.

"엄마는 반대하지 않는다. 네가 하는 일이 있고, 목표가 있다면 혼자 사는 것도 찬성이다."

우리 모녀의 대화를 듣고 있던 남편이 버럭하며 끼어든다.

"엄마가 잘한다. 당연히 결혼을 하라고 이야기해야지, 그게 아이한테 할 소리야?"

가족이 내 인생을 대신 살아 주는 것은 아니다. 어차피 각자의 인생이다. 무슨 결정을 하든지, 최종 선택은 오로지 본인만 할 수 있는 것이다. 가족이 일정 부문 도움을 줄 수는 있지만, 깊이 관여할 필요는 없다고 생각한다. 인생이란 게 계획대로 다 이루어지는 것도 아니고 많은 시행착오를 거치면서 조금씩 발전해 가는 것이다.

결혼을 하고 살아 보니 이제는 알겠다. 결혼이란 것이 다른 사람의 결정으로 한 것이 아닌 내가 선택한 나의 몫이었다. 세상의 반은 남자다. 그중에서 좋은 남자도 많다. 좋은 남자의 기준은 사람마다 다르고 주관적일 수밖에 없다. 딸이 결혼을 한다고 하더라도 내 마음에 안 들 수도 들 수도 있는 일이다. 결혼을 하든, 안 하든 딸의 가치관이나 기호에 맞게 선택할 문제다. 부모는 자녀에게 '페이스메이커'가 되어 주면 된다.

내 배우자를 고르는 일에 있어서 다른 사람의 기준에 맞출 필요는 없다. 절대적으로 피해야 할 폭력적이거나 바람둥이 같은 기피 대상자들은 물론 피해야겠지만 말이다.

우리에게 주어진 정확한 인생의 목적지는 따로 없다. 내 인생에 내가 주인 의식을 가지고 주체적으로 살아가는 삶, 이것이 자유로운 삶이다. 어떤 선택을 하든지 자유로운 선택을 하고 책임지면 된다. 자유에는 그만큼의 책임이 따르는 법이다.

행복이란 누가 가져다주는 것이 아니다. 그러니 내 행복은 내가 만들어 가지 않으면 안 된다.

누구의 도움 따윈 기대하지 말자. 기대를 하면 반드시 실망이 따르게 된다. 더군다나 내 행복을 남편의 손에 맡길 필요도 없다. 어렵지 않게 내가 행복하면 가족의 행복이 뒤따른다는 것을 알 수 있다. 자신의 행복을 위해 목숨 걸고 죽을 때까지 자신을 채워 가기를 바란다. 행복 바이러스는 전염성이 강하다. 스스로 행복 바이러스 전파자가 되자.

자신을 채우고 일상에서 소소한 행복을 누리게 되면 우리 영혼이 자유로워진다. 삶의 해방감을 누리게 되는 것이다. 자발적 경제 활동, 자발적 자기 계발, 자발적 행복 찾기는 남편으로부터의 진정한 자유를 맛보게 해 준다.

결혼은
인생의 종착역이 아니다

부부란 두 반신이 되는 것이 아니고
하나의 전체가 되는 것이다.
−V. 고흐

일생의 의미 있는 설계도 중 큰 부분을 차지하는 것이 바로 결혼
이다. 평생을 함께할 동반자인 멋진 남편을 찾는 일이다. 그런데
결혼을 계획하면서 여성이라면 흔히 하는 생각이 있다. 결혼 생활
은 무조건 행복할 것이라는 착각이다.

나 역시 그랬다.

사랑한다면 무엇이든 괜찮다는 것 또한 여자들의 큰 착각일 수
있다.

여자들은 잠깐 입고 벗어버리는 웨딩드레스에 대한 환상이 크
다. 하얀 웨딩드레스를 입는 장면을 수없이 상상한다. 상상만으로
도 너무나 행복한 순간이다. 그러면서 사랑하는 사람을 만나 안

착하고 싶은 마음을 가지기도 한다. 불행하기 위해 결혼을 선택하는 사람은 아무도 없다. 하지만 삶에는 수많은 변수가 생기는 법이다.

대부분의 여자들이 한 남자를 사랑해서 결혼하면 인생의 모든 문제가 해결될 것 같은 느낌을 갖는 것도 사실이다. 결혼식 후의 삶이 일상의 연속선상일 뿐이라는 사실을 깊이 자각하지 못하기 때문이다.

여자는 남자보다 훨씬 감성적이고 많은 생각을 한다. 그렇기 때문에 모든 말과 행동에 의미 부여를 한다.

사귈 당시에는 이성적인 판단보다는 감정에 더 치우치기 쉬운 것이 여자이다. 결혼 후에도 결혼 전 과의 일상과 별반 다르지 않길 바라지만 결혼 생활이란 예측할 수 없는 복잡한 일들이 많이 생긴다.

나의 결혼 생활도 미처 생각하지도 못한 일들이 생기면서 결혼 초기부터 어려움을 겪었다. 그러나 어려움은 누구에게나 있는 일상이다. 일상은 조금씩 차이가 있고 어려움의 강도 또한 사람마다 차이가 있을 수밖에 없다. 마음이 반이라고 하는 말이 있다. 나는 이미 엎질러진 물에는 미련을 가질 필요가 없다고 생각하는 편이다.

넘어진 자리에 머문다면 아무것도 해결할 수가 없다. 툭툭 털고 일어나 주위를 살피며 다음 동작은 무엇을 할 것인지 계획을 하고 실천해야 그 자리를 빨리 벗어날 수 있다. 그다음에는 다시 넘어지지 않기 위하여 문제를 점검하고 연구하고 더 나은 미래를 계획해야 한다. 최악의 경우라도 현실을 더 이상 외면할 수는 없는 것이 결혼 생활이다.

나를 위해서도 상대방을 위해서도 적극적으로 문제를 해결하기 위한 방법을 찾는 것이 현명한 선택이다. 쓰러진 자리에 그대로 주저앉을지, 툭툭 털고 일어나 가던 길을 가든지, 어느 선택을 하든지 그것은 각자의 몫이다.

나는 툭툭 털고 일어나 가던 길을 가는 행복한 삶을 선택하기로 했다.

그러기 위해서는 나 혼자만 행복하면 그만인 솔로와는 다른 방법이 필요했다. 남편과 함께 풀어 나가야 한다는 것을 자각했다. 그래서 타협이 안 되면 거칠게 싸워서라도 하나씩 맞추어 나가는 방법을 선택했다.

수위를 벗어나지 않는 부부 싸움이라면 가끔은 필요한 것이라고 말하고 싶다.

부부간의 의견 충돌은 당연한 것이다. 살아온 환경이 서로 다른 인격체가 만나서 늘 평화로운 일상을 이어간다는 일은 어려운 일이다. 서로가 맞추어 나가다 보면 오해도 생기고 때론 언성도 높아진다.

그러나 포기하지 말자. 포기하지 않고 꾸준히 부딪치고 깨지다 보면 더 좋은 궁리가 생기기도 하고, 더 좋은 묘안이 떠오르기도 한다.

부부 싸움을 하되, 현명하게 할 줄도 알아야 한다. 무조건 참는 것이 능사가 아님을 부부 싸움을 통해 확인해 보시라. 그렇다고 과격한 부부 싸움을 옹호한다고 생각하지는 말자. 꼼수를 계획한 부부 싸움이 갈등 해결을 위한 한 가지 방법이 될 수 있음을 말하는 것이다.

결혼 생활을 불행하게 만드는 원인은 알게 모르게 여러 가지가 있다. 그중에서도 스스로 결혼이 무덤이라는 생각에서부터 벗어나야 한다.

결혼이 무덤은 아니다. 스스로 무덤이라고 생각하는 것에서부터 시작된다. 이미 결혼을 했다면 더 이상 환상은 필요치 않다. 어떻게 하면 내 인생을 그리고 가족의 인생을 행복의 나라로 이끌어 갈 것인가에 집중하는 것이 보다 더 행복한 결혼 생활을 위한 바람직한 태도라 할 수 있다.

모든 사람은 결혼 후에 성장한다. 여자든 남자든 마찬가지다. 그래서 결혼을 잘 해야 하고 배우자를 잘 만나야 한다. 서로를 성장시켜 주는 상대를 만났다는 것은 큰 축복이다. 어느 한쪽이 기울면 그에 맞게 맞춤 성장을 하면 된다. 어린애 같은 남편에게는 아내가 제2의 부모가 되어 줘야 한다.

대부분의 아내들이 휴대폰 저장 명에 남편의 이름을 '웬수'나 '그냥 아는 사람' 아니면 '큰아들'로 저장한다는 이야기를 들은 적이 있다. 결혼해서 살다 보면 때로는 이보다 더 안성맞춤인 말도 없는 듯하다.

언젠가 강의 도중에 교수님께서 하신 말씀이다.

"부모가 자식을 보면서 가장 행복할 때는 자식의 웃는 모습을 볼 때, 자식의 입에 음식이 들어갈 때이다."

"자식에게 무엇인가를 줄 수 없다는 것은 가장 큰 선물이다."

위의 두 이야기는 서로 역설적이다.

부모는 자식의 웃는 얼굴을 보면 행복하다. 맞는 말이다. 나역시도 그랬다. 그런데 자식들이 하고 싶어 하는 것이 있다면, 무엇이든 원 없이 해 주고 싶은 것 또한 부모의 마음이다. 그러니 자식에게 무언가를 해 줄 수 없다는 것이 가장 큰 선물이라는 구절에 멈칫하게 된다. 이 말을 아이 스스로 경험하게 하고 스스로 꿈꾸는 삶을 살아가게 하는 것이 더 큰 선물이라는 뜻으로 이해했다.

결국 결핍이 사람을 성장하게 하는 원동력이 된다는 이야기일 것이다. 이는 결핍에서의 출발점은 어떤 일에 대한 도전과 성공의 갈망으로 이어진다는 뜻으로 해석된다.

가족 구성원인 아이의 문제는 여자의 인생이 결혼과 더불어 더이상 멈추어서는 안 되는 이유 중 하나가 더 추가되는 셈이다. 자식의 성장을 도우려면 엄마의 인생도 더 발전하고 성장해야 한다. 그러니 결혼과 더불어 엄마라는 이유로, 아내라는 이유로 스스로의 성장을 멈추어서는 안 된다.

결혼이 더 이상 여자들의 완벽한 보금자리가 될 수는 없다. 보금자리로만 안주하고 살아가기에는 여자의 삶이 너무 단조로워진다.

한때 '유부녀'라는 말이 참 듣기 싫었다. 유부녀는 곧 '아줌마'

를 상징하기 때문이었는데, 이제는 '아줌마가 뭐가 어때서'라고 당당하게 받아들인다. 유부녀도 아무나 될 수 없다는 나만의 착각이기도 하다.

텐은 결혼에 대해서 이렇게 말했다.

"결혼 후 3주 동안은 연구하고, 3개월 동안 사랑하고, 3년 동안 싸우고, 30년 동안 참는다."

텐의 말처럼 결혼을 통해 서로의 행복을 위해 더 연구하고 성장하기 위해 부부가 함께 노력해야 한다. 서로에 대해 더 깊이 연구하고 아끼고 사랑하자.

긴 세월동안 싸우면서 살아가는 것이 결혼 생활이라면, 결혼을 제2의 인생의 전환점으로 만들어 보자. 평생을 함께 지지하고 응원하는 든든한 조력자가 되어 보자.

결혼이 인생의 최종 목표가 되어선 안 된다. 결혼은 새로운 인생의 시작점이다.

결혼 생활에서
재미가 사라진 이유

여자의 아름다움이 자신을 희생시켜 가정의 행복을 가꾸는 것이라면
그 아름다움은 마치 수증기처럼 온데간데없이 사라지게 될 것이다.
—시릴 코럴리

같은 곳에 근무하는 직장인이라면 카풀을 하는 사람들을 주변에
서도 쉽게 찾아 볼 수 있을 것이다.

카풀을 하는 동료가 늘 지각을 한다고 가정을 해 보자. 습관처
럼 늘 5분 정도씩 늦고 헐레벌떡 달려 나온다. 반면 운전자는 약
속 시간보다 항상 10분 정도 일찍 나간다면 운전자는 항상 15분
에서 20분 정도의 대기 시간이 생기는 셈이다. 만약 이 기다림의
시간에 어떤 의미 있는 일을 할 수 있을까? 그 기다리는 시간을
낭비하지 않고 독서를 한다면 운전자의 시간 운용은 성공적인 것
이 된다.

사소한 약속도 꼭 지켜야 하는 것이 시간 약속이다. 그러나 많

은 사람들은 이 시간 약속을 가볍게 어기면서도 죄의식을 느끼지 못한다. 스스로의 다짐은 이 사소한 시간 의식에서 큰 결실을 볼 수 있는 것이기도 하다. 시간 약속을 어기는 사람은 누군가의 시간을 빼앗는 것이나 마찬가지다. 습관의 힘은 무섭다. 작은 약속을 소홀히 하는 사람은 결코 중요한 약속도 믿음을 주지 못하는 경우가 있다.

사소한 약속을 가볍게 생각하는 사람이 나의 남편이라면 결혼 생활에서 재미를 기대하기는 어려울 것이다. 결혼 후 기념일은 시간 개념과도 밀접한 연관이 있다. 사소한 약속을 소홀히 하는 유형의 남편에게 작은 행복을 보장 받는 기념일을 기대하기는 쉽지가 않다.

성공한 사람들의 공통점은 하루의 주어진 시간을 잘게 쪼개어 생활한다. 나는 그들의 공통적인 시간 관리 개념을 몸에 익히기 위해 많은 노력을 했다.

공부를 하면서 <루디아>에 근무할 때였다. 인견을 생산하는 회사였는데 나는 출고 담당자였다. 영업팀에서 들어오는 출고 물량을 매일 오전에 내보내는 것이 나의 업무였다. 계산기로 일일이 계산해서 송장 처리를 해야 하기 때문에 오전에는 정신없이 바쁘다. 특별한 일이 있더라도 오후 시간에 눈치껏 외출을 해야 하는 상황이었다. 그때도 라디오 방송을 하고 있을 때라서 시간에 늘 쫓기며 살았다. 내 생활은 늘 시간 싸움이었다.

그렇기 때문에 퇴근 후 시간이나 회사 내에서 쉬는 시간 등 자투리 시간들을 알차게 사용했다. 그때나 지금이나 시간 운용에 예민한 편이다. 낭비되는 시간을 최소화하기 위해 자투리 시간에 따로 읽을 책을 챙겨 놓고 보곤 했다. 비교적 빡빡한 시간 사용에 스트레스보다는 오히려 삶의 재미를 느꼈다. 나의 자투리 시간 운용은 원하는 '시' 공부를 대학원에서 할 수 있는 원동력이 되어 주었고, 우연히 찾아온 라디오 방송도 할 수 있는 계기를 마련해 주었다. 안 그러면 한 가지 외에 다른 것들은 엄두도 못 냈을 것들이다. 직장과 가정 외, 다른 것을 병행할 수 있기 위해서는 시간 운용에 민감해져야 한다.

그런데 늘 예기치 못하는 삶의 브레이크 등은 가정에서 일어났다. 외부의 일들은 나와 직접적인 연관이 없으면 적정한 선에서 타협이 가능하다. 그러나 가정에서 일어나는 돌발 상황은 간혹 나의 시간 계획에 발목을 잡곤 했다. 어떤 일이든 자신의 계획대로 잘 이루어지지 않으면 누구나 힘들어지고 삶의 재미를 잃어가기 쉽다. 특히 가정 내 일들은 부부의 마음이 잘 통하지 않으면 사는 게 재미도 없을 뿐더러 신뢰도 무너지게 된다.

딸이 시합을 앞두고 장염으로 고생을 한 적이 여러 번 있다. 어느 날, 출근을 앞두고 있는데 딸이 배가 아프다고 했다. 지난밤부터 아팠는데 참았다는 것이다. 학교에 연락을 하고, 아빠랑 병원 다녀오라며 아픈 딸을 두고 출근을 했다. 그날은 마침 남편이 쉬는 날이라 집에 있어서 그나마 안심이었다. 남편과 딸은 병원을 다녀왔고 점심때 약도 먹었다고 했다. 그런데 퇴근하고 집에 오니 딸의 상태가 너무 좋지 않았다. 침대 위에 축 늘어져 있었다. 이불을 들치자 물먹은 솜처럼 축 처진 딸의 모습에 마음이 아팠다. 기운 없는 목소리로 설사도 계속하고 배가 아파서 점심도 제대로 못 먹었다고 했다.

"점심때 통화할 때는 괜찮다고 하더니."

"엄마 근무하는데 걱정할까 봐 그랬어요."

순간 울컥했다. 집에 아빠라는 사람이 있는데도 어떻게 이러고 있나 싶어 화가 났다. 딸의 말이 끝나기가 무섭게 남편에게 쏘아붙였다.

"아니, 애 상태가 저렇게 안 좋으면 다른 병원을 다시 가든가 해야지 이러고 있으면 어떻게 해!"

"또, 또, 또 오버하네. 푹 자고 나면 괜찮아. 별나게 좀 굴지 마!"

"약도 먹고 있는데 뭐가 문제야. 당신이 예민하게 그러니까 애도 약한 거야!"

그냥 쉬면 괜찮아질 것을 극성맞게 그러지 말라며 오히려 나를 타박했다. 그러거나 말거나 딸을 데리고 서둘러 안동 병원으로 내달렸다. 진단은 급성 장염으로 탈수증이 심해서 며칠 입원 시키라고 했다.

남편에게 전화를 해서 당장 입원해야 한다고 얘기했다.

"그래?"

이게 끝이다. 남편을 상대로 더 이상 아무 말도 하고 싶지 않았다. 남편이 조금만 더 딸에게 신경을 썼더라면 저렇게 고생 안 해도 되었을 텐데 속상한 마음이 앞섰다. 남편은 천하태평인데 늘 나만 동동거리는 것 같아서 참 서글펐다.

내 입장에서 남편을 보는 시선은 그리 곱지가 않다. 남편이 바쁠 때는 오로지 회사 일밖에 없다. 몸도 마음도 회사에 가 있는 사람으로밖에 안 보였다. 쉬는 날도 회사에 나가야 마음이 편한 사람이다. 쉬는 날 집에 있는 날보다 회사에 가 있는 날이 많은 남편이다. 언제부터인가 남편은 그냥 그런 사람이려니 이해 아닌 이해를 하게 되었다. 그래야 내 마음이 편했으므로 그렇게 했다. 그렇지만 아이 일에도 너무 무심한 남편의 행동은 이해하기 어려운 때가 많았다.

딸을 입원시켜 놓고 병원 침대에 나란히 누웠는데 뭔가 가슴속이 먹먹한 느낌이 들었다. 잠을 자려는데 잠이 오지 않았다. 문득 사는 게 참 재미없다는 생각이 들었다. 심란함이 쉽게 사라지지 않는 밤이었다. 남편은 무슨 생각으로 사는 사람이고 어느 별에서 온 외계인인지, 나랑은 왜 이렇게 소통이 안 되나 싶어서 가슴이 답답했다.

누군가 내 귓가에 대고 속삭이는 거 같다.
"결혼 생활이 재밌나요?"
"아뇨!"
"왜 재미가 없나요?"
"……"
당신이라면 이 물음에 어떤 대답을 할 것인가? 먹고 살기도 정신없는데 재미는 무슨 재미냐고 따질 듯이 대드는 사람도 있을 것이다. 그렇지만 바쁠수록, 정신이 없을수록 내가 누구인지 확인하며 살아야 한다.

생각해 보라! 내가 언제까지 지금 누리고 있는 것들을 변함없이 유지하면서 살아갈 것이라고 생각하나? 영원한 것은 아무것도 없다고 했다. 내일 당장 지금 내가 하고 있는 일을 그만둘 수도 있다. 한 달 후, 일 년 후가 될 수도 있고 아니면 더 세월이 흐른 다음일 수도 있지만 분명한 것은 어찌되었건 평생 할 수는 없다는 것이다.

남편에게도 묻고 싶다. 사는 게 뭐라고 생각하는지?

결혼이 인생의 완성은 아니다. 완성을 향해 끊임없이 함께 노력해야 하는 것이다. 결혼은 서로를 보듬어 주고 힘들거나 외로울 때 위로해 주는 것이어야 한다. 또 다른 재미를 찾기 위해 머리를 맞대고 함께 노력하는 시간을 가져야 하는 것이다.

남편과 아이는 1순위
나는 0순위

사랑의 첫 번째 계명. 먼저 희생하라. 사랑하는 사람을 위해 기꺼이 희생할 수
있어야 한다. 자기희생은 사랑의 고귀한 표현이다.
−그라 시안

오늘을 살아가는 대한민국 엄마들이 피곤한 이유는 아이에서부터
남편에 이르기까지 참으로 다양하다. 내가 생각하는 것들을 한 번
열거해 본다.

　＊아이의 학업에 대한 불안증
　＊아이의 장래에 대한 걱정
　＊아이의 가치관을 책임지려는 극성
　＊남편에 대한 건강 염려증
　＊남편의 평생 직장에 대한 불안증

이 세상 아내들은 책임져야 할 것들이 너무나 많다. 어쩌면 이리 많은지 잠을 자다가 잠꼬대를 할 지경이다. 가정을 보살피는 주부의 입장에서 늘 걱정을 달고 살 수밖에 없는 이유가 여기에 있다. 가족의 건강을 챙기는 것도 버거운 일인데, 아이들이 삐뚤어지지 않도록 잘 키우는 일은 여간 힘든 일이 아니다. 이러니 세상의 엄마들은 자신을 돌아볼 여력이 없다. 늘 피곤을 달고 산다. 자고 일어나면서도 온몸이 찌뿌드드하고 비명이 먼저 튀어나올 정도로 몸은 지쳐 간다. 심리적으로 늘 불안에 시달리다 보니 피곤하다는 말을 입에 달고 산다.

엄마들이 입버릇처럼 하는 말, '피곤하다'는 말은 무엇 때문에 시작된 것일까?

늘 밝고 에너지가 넘치는 엄마가 있는가 하면, 딱히 바쁜 일과도 아닌 것 같은데 늘 피곤하다는 말을 입에 달고 사는 엄마가 있다. 꿈과 희망은 잃은 지 오래고, 걸레질 한 번에도 온몸이 천근만근이다. 아침에 눈을 뜨면서 오늘 아침 반찬은 무엇을 할 것인지 고민을 한다. 아이들이 좋아하는 음식과 남편이 좋아하는, 어떤 음식을 밥상에 올릴지를 걱정한다. 매일 똑같은 고민을 하지만 밥상은 별로 변화가 없다. 그런데도 늘 같은 고민을 안고 산다. 주부들의 밥상 차리기가 즐겁다면 즐거울 수도 있는 일이지만, 한편으로는 큰 고민거리가 되는 일이기도 하다.

아이와 남편이 늦잠을 자고 있으면 깨우는 것도 주부 몫이다. 아침부터 가족들의 잠을 깨우느라고 실랑이를 하다 보면 어느새 에너지는 소진되고 만다. 하루 종일 가족을 위해 동동거리며 365일

바쁘게 살아간다. 밥도 허겁지겁 먹을 정도로 정신이 없다. 돌아서면 집안 청소며 설거지, 빨래 등 끊임없이 할 일들이 기다리고 있다.

주부의 시간은 365일 가족을 위해 돌아간다. 누가 알아주지도 않는 일에 묻혀 살면서 나는 점점 잊혀진다.

주부라고 늘 힘이 솟아나는 것은 아닌데 아이와 남편은 늘 엄마의 자리가 한결같이 그대로 유지되는 줄 안다. 주부들의 끊이질 않는 가족들에 대한 걱정이 스트레스의 주범이다. 정신적인 스트레스가 피곤의 가장 큰 원인이라 할 수 있다. 특정한 누군가로부터 받는 스트레스보다는 대부분 가족들을 위한 걱정과 불안으로 이어지는 스트레스가 가장 많다.

걱정이 많아지면 자연스레 불안으로 이어진다. 쓸데없는 걱정거리들이 대부분이지만 가사와 양육 사이에서 이것을 피할 수 있는 경우는 드물다.

'내가 지금 하고 있는 게 잘 하고 있는 것인가?' 늘 불안하다. 아이와 남편과 소통이 제대로 이루어지지 않는다면 더 힘든 시간을 보내야 한다. 머리도 아프고 소화도 잘 안 된다. 급기야 우울증까지 찾아오는 경우도 있다. 집 밖에 나가기도 싫고 다른 사람과 대화하는 것 자체가 꺼려지기도 한다.

무엇보다 이런 악순환의 고리를 끊어야 한다. 스스로의 강박관념에서 벗어나도록 하자. 내 아이는 다른 아이보다 뛰어나야 하고, 더 성공해야 하고, 내 남편은 남들보다 더 성공해야 한다는 강박관념에서 벗어나는 것만이 건강한 나를 찾는 길이 된다. 언제까지 남편과 아이를 1순위로 나는 늘 순위에도 없는 유령 취급을 할 셈인가. 늘 피곤한 엄마로 지쳐 있는 아내로 살기보다는 행복한 엄마가 먼저 되어야 한다.

남편과 아이만 바라보고 살아간다면 나의 기대치가 가족에게 모두 쏠려 있기 때문에 가족들의 입장에서 부담스러울 수밖에 없다. 기대치에 벗어나면 남편이고 아이고 다 피곤하고 귀찮을 수밖에 없다. 결국 짜증이 폭발하게 될 것이고 그러다 스스로를 탓하며 후회하게 된다. 더 이상 아이에게 피곤한 엄마, 화를 자주 내는 엄마, 남편을 탓하고 누군가를 험담하는 사람으로 기억되고 싶지 않다면, 이런 악순환의 고리는 과감하게 스스로 잘라내야 한다.

대부분 웃는 얼굴로 가족을 마주하고 싶을 것이다. 남편과 아이 바라기를 그만둬야 하는 이유가 여기에 있다. 마음이 편안한 엄마는 가족을 대하는 표정부터 다르다. 아이를 남편을 행복하게 만들고 싶다면 스스로 걱정을 날려버릴 수 있도록 현명하고 지혜로운 사람이 먼저 되어야 할 것이다. 지금까지 삶이 모두 가족만을 위한 삶이었다면 이제부터는 달라지자.

그렇다면 걱정과 불안을 어떻게 떨쳐 버릴 것인가, 그리고 '나'를 어떻게 찾아갈 것인가, 고민해봐야 한다. 세상에 준비된 엄마는 없다. 어떤 경우이든 모두가 처음이다. 다만 수많은 시행착오를 거치면서 각자의 방법을 찾아갈 뿐이다. 모두가 환경이 다르고 상황을 받아들이는 태도도 다르다. 그러니 각자의 신념대로 살아가는 것이 최선이다.

다음은 아이들 스스로 목표를 설정하고 자주적인 아이들로 성장하길 바라는 마음으로 실천했던 방법인데 효과를 봤던 것으로, 내가 썼던 방법들을 공유해보고자 한다.

아이들이 초등학교 입학하면서 매년 1월 1일을 시점으로 아이들과 나랑 셋이서 거행하는 신년 신고식이 있다. 일명 '나의 목표 설정하기'인데 각자 열 가지씩 종이에 적었다. 그렇게 쓴 목록 종이를 각자 방문 입구에 붙여 놓는 것이다. 일 년 동안 방문을 드나들 때마다 보게 하기 위함이었다. 아이들이 일 년 동안 실천에 옮긴 것들의 숫자만큼 용돈 인상을 해 주었는데 동그라미 하나에 천 원씩 인상하는 방식이었다.

아이들 목표는 스스로 적게 했는데, 내용은 아주 사소한 것들이었다.

예를 들면 '친구들과 사이좋게 놀기, 부모님 말씀 잘 듣기, 일주일에 한 권 독서하기, 동생과 안 싸우기, 어른들에게 인사하기, 물건 제자리에 갖다 놓기, 숙제 잘하기, 양치질 잘하기, 컴퓨터 일주일에 두 번하기(시간은 하루에 두 시간), 선생님 말씀 잘 듣기' 등 본인들이 알아서 정하는 것들이었다.

나의 의견은 일체 반영되지 않은 상태에서 다음 해가 되면 실천한 것들에 동그라미를 스스로 해서 평가를 하는 방식이었는데 꽤 효과적이었다. 본인들 스스로 실천한 것들은 동그라미를 치면서 우쭐해하기도 하고 '엄마 나 이것도 했어'하며 스스로 대견해하기도 했다. 눈으로 확인 하게 되니 그만큼 보람도 크게 느꼈다. 성취감을 맛본 아이들은 몇 해가 지나자 스스로 목표를 설정하게 되었고 이것이 습관으로 자리 잡았다. 이제는 스스로 자신의 계획을 자신만의 보물지도를 만들어 놓을 만큼 이 방법에 믿음을 가지게 되었다.

이 방법이 효과적인 이유 중 하나는 못할 것 같은 것들이 어느새 현실적으로 이루어졌다는 것을 눈으로 직접 확인할 수 있다는 것이 매력적이다. 원하는 것을 적어 놓고 시간이 지나자 어느새 이루어진다는 것을 경험하게 된 것이다. 매일 눈으로 보게 되니 무의식적으로 세뇌가 되고, 행동도 목표를 이루기 위한 방향으로 이끌리게 되는 것을 경험하게 된다. 이 방법 덕분인지는 몰라도 나는 아이들을 키우면서 체벌은 하지 않았다. 아니 아주 가끔 둘이 싸울 경우 공평하게 벽을 보고 손들고 있거나, 30cm 플라스틱 자로 손바닥을 때리긴 했다.

모든 엄마들의 꿈은 아이들을 잘 키우고 싶다. 더 나아가 행복한 가정을 만들고 싶다. 나는 나만의 방식으로 아이들의 성장을 돕고자 했다. 부족한 엄마의 우려에도 불구하고 비교적 자주적인 사람으로 잘 성장해 준 것 같아 그저 고맙기만 하다.

아이를 엄마가 하루 24시간 동안 끼고 있다고 다 좋은 것은 아니다. 양적인 것보다는 질적인 것으로 채워줘도 아이들은 잘 자란다. 아이들이 아주 어렸을 적에는 일일이 간섭하고 내 의지대로 키웠지만 어느 순간부터는 내 의견을 크게 반영하지 않게 되었다.

그 대신 아이들 의사를 최대한 존중하려고 노력했다. 내가 크게 관여하지 않아도 나보다 더 나은 삶을 살아갈 것이란 믿음이 있기 때문이다.

지금은 교육이나 학력이 우월하다고 안정적이거나 행복한 삶이 보장되는 시대는 아니다. 아이들이 성장해서 언제든 자기 삶을 주인으로 독립적으로 살아가는 사람이길 바라는 마음이다.

나는 한 번도 꽃인 적이 없다. 다만 가슴속에 늘 꽃을 품고 살아왔다. 내 가슴속의 꽃인 아이들, 스스로 피어나길 응원한다. 내 삶의 이유와 목표가 더 이상 아이와 남편이 되어서는 안 된다. 자신의 자아 성취를 이루기 위해 더 이상 방관자가 되지 말자. 인생은 직장과 가정을 돌보는 일, 그 이상의 무엇이 있어야 함을 잊지 말자.

부부 사이에 존재하는
거대한 벽

하나의 작은 꽃을 만드는 데도 오랜 세월의 노력이
필요하다.
- 윌리엄 블레이크

옛날에는 '암탉이 울면 집안이 망한다.'는 속설이 있었지만 요즘은 '암탉이 울어야 계란을 얻는다.'로 바뀌었다. 시대가 바뀌면 해석도 달라진다.

모든 일에는 이유가 있다. 예전에는 여성이 참는 것이 미덕인 시대였지만 요즘은 '참으면 병이 난다.' '헌신하다 헌신짝 된다.'는 말이 성행하고 있다.

그런데 놀라운 것은 시대가 이렇게 많이 바뀌었지만, 요즘 여성도 예전의 삶에 비해 별반 다르지 않은 삶을 살아가고 있다는 사실이다.

어느 잡지의 통계에서 오늘의 여성들이 참고 견디고 말하지 않는 것은 첫째 자존심 때문이고, 자신의 어머니와는 다른 삶을 살아야 한다는 강박관념이 있다고 한다. 또 지성적인 여성은 말하지 않는다는 편견 때문이라는 기사를 보면서 조금 의외라는 생각을 한 적이 있다.

그런데 나의 경우를 생각해 보니 어머니와는 다른 삶을 살아야 한다는 강박관념이 꽤 긍정적이긴 하다. 강박적인지는 모르겠으나 '엄마처럼 살지 말아야지' 하는 마음은 늘 가슴에 품고 살고 있다.

다른 한편으로 생각해 보면, 아마도 말해도 도무지 대화가 되지 않는 남편에게 이유가 있지 않을까 하는 생각을 했다. 말해도 대화가 안 되고, 소통이 안 되니 아예 입을 닫아 버리는 여성들이 많다. 억울하고 기막혀도 침묵으로 일관하는 것이 습관이 되어 버렸는지 모를 일이다.

그러고 보면 여자의 목소리가 담장 밖을 넘어가는 것이 금기시되었던 그 옛날이나, 오늘날이나 이유는 좀 다르다고 할 수 있겠지만 여성들이 속으로 삼키며 견디어 내는 것은 크게 변하지 않은 것 같다.

여자들이 슈퍼나 미용실에서 수다를 떨고 박장대소하기도 한다. 그런 그녀들에게도 말 못할 고민이 있다. 여자들은 수다로 스트레스를 풀고 그 수다로 사회성을 이어 나가기도 한다. 그런데 남자들은 이 여자들의 수다를 잘 이해하지 못한다. 수다로서의 기능들을 이해할 수 없는 존재로 태어났기 때문이기도 하다. 수다는 여성들의 가슴속 불덩이를 식히기 위한 나름의 근심 소화법일 수도 있다.

그렇다면 아내들은 왜 집에서 입을 닫고 살 수밖에 없을까?

명랑하고 쾌활한 성격의 친한 동생이 있다. 그녀는 언제 봐도 항상 조잘조잘 이야기보따리를 재미있게 잘 풀어 놓는다. 마주 앉아 있으면 시간 가는 줄 모를 정도로 그녀의 이야기에 푹 빠져든다. 난 마주앉아 맞장구치며 웃느라 정신이 없다. 내가 보기에 귀엽고 명랑한 그녀는 집에서도 남편이 무척 사랑할 거라는 상상이 되었다.

나에게는 없는 상냥스러움과 귀여움을 갖고 있는 그녀에게 물었다.

"남편이 참 좋아하겠다. 그치? 난 집에서 말이 없는 편이라 남편이 가끔 애교 없다고 뭐라고 하거든."

그런데 동생의 입에서 뜻밖의 말이 나왔다.

"언니, 나 집에서는 입에 본드 칠하고 살어!"

"어, 정말?"

뜻밖에도 예상과 다른 그녀의 대답에 나는 왜 그러냐고 다그쳐 물었다.

"하면 뭐해? 맨날 나 혼자 떠드는 걸 뭐. 짜증 나서 나도 말하는 거 관뒀어."

"너네는 안 그럴 것 같은데 의외네."

"우리 남편 목소리 듣기 힘들어, 대답도 잘 안 하구."

정말 부부 사이는 모를 일이다. 참 다정할 것 같은 그 동생의 부부도 우리 부부와 별반 다르지 않았다.

그들 부부는 어떻게 보면 이산가족이나 다름없다. 맞벌이를 하면서 근무 시간이 서로 달라서 얼굴을 보지 못할 때가 많다고 했다. 남편도 2교대 근무이고, 그녀도 가끔 나이트 근무를 해야 하는 간호사이다. 그러다보니 남편이 밤에 출근하면 그녀는 아침에 출근하고, 남편이 아침에 나갈 때면 그녀가 밤에 나가는 경우가 자주 있다는 것이다.

어쩌다가 마주앉아 식사를 하게 되어도 남편은 밥숟가락 놓기가 바쁘다. 이유는 게임 때문이다. 곧장 휴대폰 게임에 빠져들어 무슨 얘기를 해도 건성으로 대답한다는 것이다.

볼 때마다 늘 밝은 얼굴이라 상상도 못했던 뜻밖의 말을 듣게 되었다. 게임이라면 스마트폰에 있는 에니팡이 고작인 내가 무슨 게임에 그렇게 몰두할 수 있는지도 잘 이해가 안 되었다. 에니팡도 사실 한 동안 하다가 재미없어서 이제는 안 한다. 눈도 아프고 흥미도 없어졌다. 그런데 게임 때문에 부부간의 대화가 위협받을 정도라니 놀라울 따름이다.

가끔 게임 중독에 빠져 아이를 제대로 돌보지 않는 부모들이 뉴스에 나온다. 그 사람들은 아주 특이한 경우라고 생각했는데 내 주변에서도 이런 일이 일어나고 있었다.

아이들은 아이들대로 바쁘고 대화를 하려고 해도 자기들 방으로 쏙 들어가 버리곤 하니 도무지 집에서는 말을 할 상대가 없다는 하소연이다. 대화가 없다보니 사소한 것에도 오해가 생기고 부부 싸움도 잦아졌다고 했다.

남편과 함께 있어도 외롭다고 하는 동생 얘기에 코끝이 시큰했다. 부부 사이에 대화가 사라지면 보이지 않는 벽이 생길 수밖에 없다.

반드시 해야 하는 할 말까지 꾹 참아버리게 된다. 더 안 좋은 것은 대화가 단절되면 내면에서는 '말하면 뭐해.' 하는 체념하듯 반발심이 가득하게 된다. 그러나 결국 가슴속에 눌려 있던 감정이 엉뚱한 곳에서 터져버릴 수도 있다. 그렇게 되면 쓸데없이 말의 낭비를 하게 되거나 감정적인 실수로 이어질 수도 있다. 결국은 남편이나 아이에게 하지 말아야 할 막말을 내뱉게 되는 경우도 생기게 되는 것이다.

부부가 하고 싶은 말을 하는 것은 건강한 가정을 지키기 위함이다. 해야 할 말을 삼키게 되면 병으로 이어진다. 예전의 엄마들이 그랬듯이 화병火病은 참고 견디다가 키워진 것이다. 주부들의 마음의 병은 가정의 파탄을 초래할 수도 있다.

가족 모두가 행복하려면 구성원 모두가 행복해야 한다. 마음에서 절대로 남편을 제외시켜서는 안 된다. 남편과 더불어 행복하지 못하면 온전한 행복이라 할 수 없다. 대화가 안 되는 남편은 쓸쓸한 노년이 기다리고 있는 것이나 마찬가지다. 아내도 아이들도 더 이상 찾지 않는 인생의 말로는 행복과 멀어지게 된다. 어떻게든지 남편은 감정적인 부문에서 가족들의 구성원 울타리 안으로 들어오도록 노력해야 한다. 대화로 엉킨 실타래를 하나하나 풀어가도록 하자.

최소한 부부가 한 달에 한 번 정도는 눈을 마주보고 감정 정산을 해보자. 서로에게 칭찬할 것은 하고 부족한 것은 보듬으며 사과할 일은 사과를 하는 것이다.

가정에도 수정과 보완이 필요하다. 회사에서 수많은 회의를 하듯 가정에서도 부부가 서로 잘 소통되어야 가정 운영이 잘되는 법이다. 부부의 대화는 가정의 모든 문제를 상의하고 무엇보다 함께 잘 살 수 있는 방법을 모색하기 위함도 있다. 대화는 서로 모자라는 것은 채워주고 넘치는 것은 조절하면서 소통하는 것이다.

부부의 진솔한 대화는 서로 간에 놓인 벽을 허물고 행복하고 건강한 가정을 이루는 지름길이다.

내 인생
발목 잡는 것으로부터 벗어나기

변명 중에서도 가장 어리석고 못난 변명은
'시간이 없어서'라는 변명이다.
- 에디슨

미래는 예측이 불가능하다. 우리가 10년 20년 후에 어떤 모습으로 살아갈지는 알 수 없다. 하지만 우리들이 백세 시대에 도래했고 그 주인공이란 사실에 반기를 들 사람은 없을 것이다.

나는 얼마나 첨단적 사고로 살고 있을까?

나의 감정을 얼마만큼 잘 다스리며 살고 있나?

지금까지 살아온 세월에 만족하는가?

지금 이대로의 모습으로 나의 삶이 쭉 이어진다면 불만이 없는가?

아직도 구시대적 발상에 사로잡혀 있을 수도 있고, 아이 때나 어른이 되어서나 감정에서는 영 초보일 수도, 예나 지금이나 내 삶이 불만일 수도 있고, 미래에도 불만이 없어지리란 보장이 없을 수도 있다. 내 경우는 그런 것 같다.

앞으로 인생을 어떻게 살아가야 할지를 고민하고 예측 가능하게 하려면 현재의 일상생활에서부터 작은 실천이 있어야 한다. 어느 면에서는 보다 더 철저한 준비가 따라야 할 것이다. 우리 몸의 장기도 미래에는 교체 가능한 시대가 올 것이다. 병나고 탈나면 대체 가능한 인공장기가 그 자리를 메울 것이다. 하지만 사람의 심리적인 부분은 그렇게 할 수 없을 것이다. 육체적으로 이상이 생긴 것이라면 미래에는 더 좋은 의학기술로 멋진 효과를 보게 될 것이다. 하지만 마음을 불편하게 하는 불만족 환경은 지금이나 미래에도 스스로 해결하지 않으면 안 될 것이다. 지금 해결하지 않고 방치한다고 해서 그냥 해결되는 것이 아니라면 지금 해결하는 것이 가장 빠른 해결책이 될 수 있을 것이다. 감정적인 것은 미루면 일이 더 꼬이거나 힘들어진다.

남편과 나는 초등학교와 중학교를 같은 곳을 졸업한 동창 커플이다. 그러다보니 결혼하고 나서부터 호칭이 걸림돌이 되기 시작했다. 친구에서 부부가 된 경우 보통 서로 이름을 부르거나 '야,' '너'가 익숙해 있어서 호칭을 고치기가 쉽지 않다. 나는 시댁을 방문할 때마다 곤란을 겪었다. 남편에게 '당신'이라고 하기엔 너무나 쑥스러웠고 동창이다 보니 '오빠'라는 호칭도 사용할 수가 없었다. 그래서 궁리 끝에 조카 이름을 붙여서 누구누구 삼촌이라 부르게 되었다. 문제는 시댁에서만 그렇게 했고 다른 곳에서는 그냥 서로가 편하게 이름을 부르거나 호칭 없이 그냥 말을 하곤 했다. 첫째 아이가 태어나고부터는 남편의 호칭은 혜민이 아빠로 자리를 잡았다. 그런데 문제는 남편이 나를 부를 때였다.

아이가 태어 난 이후에도 시도 때도 없이 '야', '너'라고 불렀다. 남들 앞에서 민망할 때가 많았다. 저러다 고쳐지겠지 했지만 그러지 못했다. 그동안 남편이 제대로 된 호칭을 사용해 주기를 기다리고 기다렸다. 기다리는 시간이 길어지자 불만은 점점 쌓여 갔다. 심지어 남편의 인격을 의심하는 지경에까지 이르렀다. 불합리하다고 생각되는 순간, 불만의 싹은 걷잡을 수 없이 커져 간다. 나몰라라 손 놓고 있을 수만도 없는 노릇이다. 방법은 노력으로 개선해 가는 것이다.

이런저런 잡다한 생각이 많아지자 나 자신이 너무 초라해 견딜 수가 없었다. 이런 일로 많은 시간 고민하는 처지도 싫었다. 그러면서 깨달았다. 기다린다고 해서 그냥 해결될 문제가 아니었다. 남편은 전혀 모르고 있었다. 내가 남편이 부르는 호칭 때문에 얼마나 스트레스를 받는지를 짐작도 못하고 있었던 것이다. 생각해 보니 내가 싫다고 말한 적도 없음을 알게 되었다. 남자들은 단순하다. 모른다고 느끼면 얼른 얘기를 해 줘야 한다는 것도 어느 순간 알게 되었다.

가능하면 화내지 않고 차분하게 상황을 설명하고 내가 바라는 것을 말해줘야 한다. 그러나 사람이 다 생각대로 되지는 않는다. 상대방 반응에 따라 내 감정도 춤을 추기 때문이다.

호칭에 관해서 남편에게 내 심경을 이야기했다. 처음부터 마음처럼 차분하게 이야기를 풀어 갈 수가 없었다. 순간순간 지난날 생각까지 겹쳐지면서 감정이 앞서가기도 했다. 그렇지만 어떻게든 내 감정을 정확하게 전달하려고 노력했다. 그러면서 최대한 침착하게 남편에게 도대체 언제까지 내 호칭을 그렇게 부를 거냐고 했더니 남편은 멍한 눈으로 한참을 보았다. 그러더니 그럼 뭐라고 부르면 좋겠냐고 묻는다. 사실 나도 생각하지 못한 답변에 조금 망설였다. 난 남편에게 뭐라고 불리길 원했지? 내 안에 답을 갖고 있지는 않았다. 다만, 무시당하는 '야, '너'라는 호칭이 싫었던 것 같다.

사람은 호칭에 따라 대우가 달라진다. 남편이 나를 '야'라고 부를 땐 주변인들도 함부로 하는 경향이 있다. 자존심도 상하고 듣기에 불쾌했다.

이런 내 감정들을 숨김없이 모두 말했다. 그랬더니 남편도 아차, 하는 표정으로 한참을 고민하더니 나더러 대뜸 '정 여사'라고 불렀다. 그러면서 어떠냐고 묻는다. 내 대답은 '야, 너'만 빼고 아무거나 부르고 싶은 것으로 부르면 된다고 했다. 그 이후로 나는 남편에게 정 여사로 불리고 있다.

내가 남들에게 어떤 호칭으로 불릴 것인지는 살아가는데 상당히 중요한 문제이다.

내가 다른 사람들에게 무엇으로 불릴지는 정말 고민해봐야 할 문제이다. 주부를 보고 아무도 '주부님'이라고 부르지 않는다. 아줌마를 어느 누구도 '아주머님'이라고 공손하게 부르지 않는다. 호칭은 이처럼 그 사람 얼굴이나 마찬가지이다.

　나는 평소에 문자를 주고받아도 내 이름 세 글자 '정선남'을 쓰는 것이 익숙한 편이다. 대부분 주부들은 자신의 이름을 잊고 누구의 엄마로 누구의 아내로 살아가면서 점점 자존감을 잃어 간다. 이제부터라도 자기 이름도 찾고, 자기 호칭도 자신이 원하는 것으로 불릴 수 있도록 노력해 볼 일이다..

　엄마의 이름으로 누군가의 아내로 안주하다 보면 자신의 삶에 발목 잡히기 쉽다. 스스로 성장을 멈추게 되고, 자신의 인생의 발목을 묶어 버리는 격이 된다. 사람은 자신의 사고만큼 자신을 가두거나 성장 시키게 된다. 스스로 당당한 명함을 만들어 가는 일은 자존감을 회복하는 데에도 중요한 일이다. 작은 타이틀이라도 노력 없이 이루어지는 것은 없다.

　동창이 부부로 살다 보면 가끔 생각지도 못했던 불편한 일들이 생긴다. 남편과 동반 외출을 해야 하는 경우가 다른 부부들에 비해서 많을 수밖에 없다. 오랜만에 만나는 친구들에게도 약간의 체면치레를 해야 하는 경우도 있고, 행동에도 어쩔 수 없이 제한을 받게 되는 불편함이 있다.

　그러나 불편한 문제들은 개선하면 된다. 우리 부부는 동창회에서 만큼은 친구로 바라보자는 의견에 합의를 했다. 그래서 자유롭게 행동한다. 함께 있지만 크게 신경 안 쓰고 그 시간 안에서 친구들과의 시간을 즐기는 편이다.

　물론 가끔 삐걱거리는 돌발 상황이 생기기도 한다. 그러나 이젠 그것도 또 하나의 재미로 받아들인다. 친구들 속에서 남편과 친구로 융합하는 일은 세심한 주의가 필요하다. 단체에서 친구들과 원만하게 지내는 것을 고민하다 보니 문제를 바라보는 태도와 접근법이 점차 달라졌다. 어떤 것이든 긍정적으로 보려는 인식의 전환이 일어나자 세상의 보편적인 기준이나 현재의 상황에 나를 억지로 맞추려 하는 태도를 내려놓게 되었다. 동창회에 가서 굳이 저 사람은 내 남편인데 저러면 안 되는데 하는 생각도 내려놓았다.

내 기준으로 '나답게 행복할 것'을 우선적으로 추구하니 내가 마음이 편해졌다. 그러면서 친구들과 함께하는 시간이 진정으로 편안하고 행복해졌다. 내 인생 발목을 잡게 되는 것은 내 안의 내가 걸림돌일 때가 많다.

아내가 딴생각하는 데는
이유가 있다

무엇을 생각하든 당신이 생각하는 것이어야 하고, 무엇을 원하든 당신이
원하는 것이어야 하고, 무엇을 느끼든 당신이 느끼는 것이어야 한다.
－T. S. 엘리엇

모든 일에는 다 그럴만한 이유가 있다. 당연히 아내들이 딴생각을
하는 데는 그만한 이유가 있는 것이다.

아내들은 자주 이혼을 꿈꾼다. 한 사람 한 사람 사연을 들어 보
면 충분히 납득할 만한 이유가 있다. 이 남자랑 더 이상은 못 살겠
다고 생각하게 만드는 남자들의 행동은 그 종류도 참으로 다양하
다. 무관심, 폭력, 외도, 무시, 경제적 무능력, 도박 등 이루 헤아릴
수 없을 정도이다.

여자의 선택 사항은 맞바람을 피우거나, 쇼핑으로 스트레스를
날려 버리거나, 수다를 떤다거나 선택의 폭이 그다지 많지가 않다.
이럴 경우 여자는 딴생각을 품게 된다. 그러나 딴생각을 하더라도

계획성 있게 해야 한다. 기분에 따라 즉흥적으로 하게 되면 후회가 따르기 마련이다.

지인의 이야기이다. 남편이 술을 마시게 되는 날은 가족 모두가 비상이 걸린다고 한다. 늦은 시각 다행히 비틀거리며 집을 찾아오는 날은 그나마 다행이다. 집을 못 찾아 한참을 헤매다가 술이 조금 깨고 나서야 겨우 집을 찾는 일이 다반사이다. 아침에 일어나면 온몸에 멍 자국이 있거나 긁힌 자국을 훈장처럼 달고 있기도 한다는데 밤새 어디서 무슨 일이 일어났는지는 아무도 아는 사람이 없다.

이런 주사는 가족으로서는 걱정스럽고 소름 끼치는 일임에 틀림없다.

어느 날은 한겨울에 동네 벤치에 쓰러져 자고 있기도 하고, 아파트 엘리베이터 안에서 자고 있어 경찰에 신고가 들어가서 경찰이 집으로 데리고 오는 경우도 있다. 아내 속은 날이 갈수록 새까맣게 타들어 가는데, 남편은 세상살이가 힘들어서 술을 마시는데 그것도 이해해 주지 못한다고, 힘든 것은 도리어 자기라고 생각한다.

사람들은 흔히 자기 위주로 생각하기 때문에 자신이 가장 힘들다고 생각하는 것이 다반사이다. 아내가 어느 날 갑자기 밥을 안 한다면 분명히 이유가 있을 것이다. 남편들은 아내가 밥을 차려주지 않아 대접을 못 받는다고 생각할 것이 아니라 아내의 행동이 변한 이유를 찾도록 노력해야 한다.

김정운의 ≪나는 아내와의 결혼을 후회한다≫를 의미 있게 읽었다. 다음은 본문에 나오는 내용이다.

살아있는 이상, 우리는 반드시 후회를 하게 되어 있다. 그러나 어차피 후회를 해야만 하는 것이라면 가능한 한 짧게 하는 게 좋다. 그래야 심리적인 건강을 유지할 수 있다. 짧게 후회하려면 '행동'해야 한다. 확 저지르는 편이, 고민하며 주저하다가 포기하는 것보다 심리적으로 훨씬 건강하다. 후회가 오래가지 않기 때문이다.

시작도 하지 않고 포기한 일은 반드시 오래, 아주 집요하게 나를 괴롭히게 되어 있다. 그래서 어른들은 결혼을 망설이는 이들에게 한결같이 이렇게 이야기했던 것이다. "하고 후회하는 편이, 안하고 후회하는 것보다 낫다."고.

전적으로 동의하는 말이라 그대로 옮겨 보았다.

위의 작품에서 말하는 것처럼 우리는 살아있는 한 후회는 따르기 마련이다. 그러나 후회를 하더라도 생산적으로 하면 좋겠다는 생각을 해 본다. 후회를 하다 보면 나도 모르게 딴생각이 든다. 아내들이 이왕에 딴생각을 할 거라면 의미 있는 것들을 해보는 것이 어떨까, 제안하고 싶다. 매일 아침이면 어김없이 이른 새벽부터 일어나 가족들 챙기기에 여념이 없다. 아내들은 늘 가족이 우선이다. 남편과 아이들을 각자의 위치에 보내놓고 아내들 또한 자신의 영역에서 쉴 틈 없이 고군분투한다. 하루 종일 자신의 일과로 지쳤어도 가족들이 돌아오면 자신의 피곤함은 잊은 채 아내와 엄마의 역할을 이어간다. 매일 똑같은 일상을 반복하면서도 늘 종종걸음을 쳐야할 정도로 바쁘다. 그러다 어느 순간, 스스로 자괴감에 빠지게 된다.

결혼 후 나 자신을 잊고 살았어!
매일 반복되는 똑같은 하루, 난 너무 지쳤어!
내가 지금 잘살고 있는 것인지 정말 모르겠어!

딴생각은 어느 때이고 예고 없이 찾아든다. 이런 때를 변화의 기회로 삼아야 한다.

자신의 한계를 미리 정해 놓고 그 자리에 안주하지 말자. 정신 건강에도 도움이 안 된다. 자신의 내면을 채우는 것으로 차라리 딴생각을 더 깊이 하도록 하자. 당장 생각해 보아도 할 수 있는 것들이 무궁무진하다.

평소에 하고 싶었던 것들을 생각해 보자. 의외로 참 많다는 걸 알 수 있을 것이다. 아니면 전혀 없는 경우도 있을 수 있다. 그러나 고민할 필요는 없다. 단순하게 생각을 하면 해답은 쉽게 찾을 수 있다.

꼭 거창해야 하는 것도 아니다. 혼자 여행하기 같은 것도 큰 고민 없이 실행할 수 있는 것이다. 어릴 때 꾸었던 꿈, 그 꿈에 다시 도전해 보는 것도 좋은 방법일 것이다. 오로지 자신만을 위한 딴 주머니 만들기도 좋을 것이다. 그동안 여러 가지 이유로 주저했던 그 무엇인가를 한다면 머지않아 스스로 자화자찬을 하게 될 것이다.

사람은 대부분 자신의 가치를 제대로 알지 못한다고 한다. 우리가 생각하는 것 이상으로 자신이 가치가 있는 존재임을 아는 사람은 별로 없다. 자신이 생각하는 것 이상으로 가치 있는 사람이라는 사실을 기억하는 것도 큰 힘이 된다. 이런 생각을 하는 것만으로도 위기에서 발전의 전환으로 만들어 갈 수 있다. 생활 속에서 자기 계발적인 '딴생각'을 하게 되면 자신에게 특별한 선물이 될 수도 있다. 기왕이면 발전적이고 도전적인 삶을 소원하는 것이 정신 건강에도 좋다. 그렇게 된다면 당신의 삶은 더 특별하게 펼쳐질 것이다.

언제까지나 남들을 부러워하며 살 수는 없지 않은가. 또 언제까지나 자신의 처지를 비관만 하며 살 수는 없다. 자신을 위해 아무것도 행동하지 않는 사람은 그런 불평, 불만조차 할 자격이 없다. 결혼 후 삶은 분명 자신의 생활 태도에서 비롯된 것이기 때문이다.

결혼 후 사라진 자신의 시간을 다른 사람이 찾아 줄 거라는 환상을 버려야 한다. 반복되는 똑같은 일상에서 자신을 변화시킬 수 있는 것은 오직 자기 자신뿐이다. 온전히 자신만이 자기의 삶을 되찾을 수 있다.

최근 한 온라인 커뮤니티 게시판에 올라온 '가장 많이 하는 후회'라는 제목의 게시물을 보고 많이 놀랐다. 이 조사에서 여자들이 인생에서 가장 후회하는 일 제1순위로 다음과 같은 재미있는 결과가 나왔다. 참으로 많은 생각을 하게 하는 의미 있는 내용이다.

10대 : 공부 좀 할 걸

20대 : 공부 좀 할 걸

30대 : 공부 좀 할 걸

40대 : 공부 좀 할 걸

50대 : 애들 교육에 신경 더 쓸 걸

60대 : 애들에게 더 잘할 걸

70대 : 배우고 싶었는데 배우지 못한 것

결과가 정말 놀랍지 않은가?

많은 여자들이 공부를 하지 못한 것을 후회하고 있다는 사실이 적잖이 충격이었다. 죽음에 이르렀을 때 가서 막상 그때 해볼 걸 후회한다면 너무 늦다. 이 통계를 보더라도 여자들은 딴생각을 좀 더 생산적으로 할 필요가 있다. 늦었다고 생각하지 말고 지금부터라도 나의 가슴을 뛰게 하는 것들을 찾아야 한다. 상상만으로도 즐거워지는 것이 있다면 당장 실천해 보라. 나는 힘들었던 과거에 끊임없이 딴생각을 했다. 잡념을 좀 더 생산적인 것으로 돌려 세웠다. 그것은 바로 위의 통계에서 그토록 많은 여자들이 후회하는 '공부'였다.

이후로 나의 삶은 이전과는 백팔십도로 변한 생활을 하게 되었다. 내가 나를 돌아보고 부족한 것을 채우기 위해 더 적극적인 성격으로 바뀌는 결과를 가져오게 되었다. 공부를 하면서 소심하고 차분한 성격에 추진력을 갖게 되는 계기가 되었다. 내 삶은 남들 눈에는 특별할 것 없는 평범한 삶이다. 그렇지만 나는 지금까지 살아온 내 인생을 지극히 사랑한다. 궁핍한 신혼 살림살이에서 가정을 지켰고, 고비 고비 힘든 시절을 잘 견뎌왔고, 어렵게 공부를 하고 아이를 양육하고 나를 성장시켜 온 지금의 내가 자랑스럽고 좋다.

그러니 여성들이여, 이제 아름다운 딴생각을 하자. 남편과 아이만 바라본다면 당신 안에 잠들어 있는 잠재력을 깨울 수가 없다. 무궁무진한 장점을 발산시켜 자신감으로 무장하자. 외로움을 스스로 잠재우는 힘을 얻게 된다. 더 이상 남편이 나의 행복과 기분을 좌지우지하게 하지 말자. 평생 의존하는 삶을 살 게 아니라면 나 자신을 만들어 가는 나의 태도가 무척 중요하다는 사실을 기억해야 한다.

아내가 딴생각을 함으로써 자신이 즐거워진다면 이보다 더 바람직한 일도 없을 것이다.

내 인생에서 딴생각을 해서 좋았던 것을 꼽으라면, 뭔가를 배우는 것이라고 생각한다.

새로운 세계는 늘 설렘이 있다. 이것이 나의 심장을 자극하고 혈관을 흥분시킨다. 모르던 세상을 배우고 익히는 과정은 다른 어떤 유혹보다 생기가 돋고 자극이 된다. 나는 아내들에게 딴생각하기를 강력히 권한다. 이미 눈치 챈 사람도 있겠지만, 혹시 딴생각이라는 말에 이상한 상상력을 거둬라. 상상 속의 불륜 같은 일탈을 말하는 것이 아니다.

따분한 생활 속에서의 새로운 도전은 평범함을 벗어나 그동안 자신이 생각하지 못했던 또 다른 세계에 대해 새롭게 눈을 뜨게 해준다.

자기 계발을 통해 행복한 미래의 길잡이가 되어 줄 계기를 마련해 보자. 새로운 것에 도전을 하고 열정적으로 빠져들다 보면 분명히 자신을 발전시킬 수 있다. 딴생각을 하는 종착역이 행복으로 향하는 문으로 가도록 해 보자.

제3장

영원히 철들지 않는 남자와 산다는 것

남자는 평생 철들지 않는 존재다 ‖ 남편은 아내하기 나름이다
좋은 아내의 콤플렉스에서 벗어나라
내 남편이 최고라는 즐거운 착각을 하자
아내, 엄마라는 이름으로 살기 ‖ 서로 다른 사고방식을 이해하자
잔소리는 하되, 자존심은 지켜주자 ‖ 남자다움과 여자다움의 차이
남편을 나에게 맞추려고 하지 마라
다름을 인정하면 공감을 높일 수 있다

남자는
평생 철들지 않는 존재다

아내가 없는 남자는 몸체가 없는 머리이고, 남편이 없는 여자는
머리가 없는 몸체이다.
-장 파울

대개의 착한 남편이란 타이틀을 가진 사람들은 공통점이 있다. 이런 남편의 대부분은 아내에게는 그다지 다정한 사람이 아니라는 사실이다.

신달자 시인의 ≪여자를 위한 인생 10강≫이란 책에 보면 '남자는 70세가 넘어도 어린아이다'라는 주제로 다음과 같은 내용이 있다.

세상이 진화했을까. 그렇게 떠받들던 남자들, 그 달린 사회의 주역들이 요즘은 힘이 없다. 남자들은 나이가 들수록 점점 더 약해지고 뭐든 아내에게 맡기고 싶어 하고 엄마에게 어리광 부리듯

아내의 아들이 되고 싶어 한다. 어린애같이…. 70세 먹은 어린이라고 부른다. 여자 속에서 나왔기 때문이라고도 하고 여자 젖을 빨아 그렇다고도 하지만 어머니들이 '넌 남자야!'하고 너무 자기의 본질을 눌러놓아서 나이가 들면서 그 은폐되었던 어린아이가 일어섰는지도 모를 일이다.

조선 시대 운운하기에는 시절이 많이 변했다. 시절이 많이 변했어도 여전한 것이 있다면 '남자는 평생 철들지 않는다.'라는 말이 아닐까.

아내들이 모여 수다를 떨다가 보면 휴대폰에 저장된 남편의 호칭이 우스갯소리로 떠오를 때가 있다. 휴대폰에 남편의 저장 이름이 무엇인지는 애정의 척도를 말해 준다. 남편들의 바람은 아마도 '사랑하는 남편'을 기대할 것이다. 하지만 현실적으로 아내들이 남편이란 이름 대신, 집에서 밥을 몇 끼를 먹는지를 가늠하는 '일식이', '이식이', '삼식이' 같은 특별한 애칭을 쓰고 있는 경우도 있다. 남편들이 알면 모두가 섭섭하다고 할 저장 명이 틀림없다. 그러나 크게 놀라운 사실도 아닐 것이다. 사랑하는 남편이나 원래 이름이 아닌 유쾌하지 않은 다른 이름의 저장 명을 남편들 입장에서는 화나고 참으로 섭섭할 수밖에 없을 것이다. 억울하다고 할 수도 있을 것이다. 그러나 이렇게까지 불리기 싫은 호칭의 이미지로 굳어져 왔다면 분명 남편들에게 그 이유가 있을 것이다.

언제인가 가족 동반 모임이 있어서 나갔던 자리에서 있었던 일이다.

OOO 남편은 술을 마시면 상대를 가리지 않고 스킨십을 하는 편이다. 물론 그 남자 기준에서는 상대방을 배려한다는 막중한 책임 의식을 동반한 것이기도 하다. 분위기를 좋게 하자고 한 행동이지만, 오히려 그 반대의 결과를 초래하고 말았다. 좋은 의도의 행동이라는 것은 그 남자의 큰 착각일 뿐이다. 그날 그의 남편은 다른 사람의 와이프 손을 계속 잡으면서 말을 했다. 남자들은 술을 마시면 왜 할 말이 그렇게 넘쳐나는 것인지 모르겠다. 술이 과한 그 남자의 행동은 통제를 벗어난 상태였다. 친구 와이프는 싫다고 손을 여러 번 빼면서 불쾌해 했다. 술기운과 눈치 제로인 그 남자는 막무가내였고 결국은 신경질적으로 손을 뿌리치며 불쾌하다는 말을 듣게 되었다. 문제는 이 사실을 그의 남편만 인지를 못한다는 것이다. 지켜보는 사람들이 모두 안절부절못했지만 이미 엎질러진 물이었다. 그 부부는 이런 일로 싸우기도 수 차례였다고 한다. 그렇지만 그 남편의 행동은 고쳐지질 않았다. 종종 난처해질 때마다 그의 아내는 더 이상 함께 어딜 다니지 말자며 마음을 다스린다고 했다. 그의 아내가 종종 부부동반 모임에 나타나지 않는 이유를 알게 되었다.

철들지 않은 남편의 이러한 행동은 아내를 지치고 초라하게 만든다.

나 또한 남편과 살면서 참 웃지 못 할 경험을 많이 했다. 도무지 이해할 수 없는 경우도 있었다. 생각해 보니 남편은 즐거운데 나는 화가 나고 고통스런 것들이 즐비하다.

결혼 초에 있었던 일인데 지금 생각해도 참 기가 막힌다. 첫 아이를 낳고 친정집에서 산후 조리를 하고 있을 때였다. 누워서 아기에게 수유를 하고 있었는데 남편이 퇴근하고 잠깐 들렀다. 그런데 일어서면서 하루 종일 신었던 양말 바닥으로 내 얼굴을 그대로 문지르기 시작했다. 나는 너무 놀라고 어이가 없어 지금 뭐하냐고 분개했다. 상식적으로 이해할 수 없는 행동이었기 때문에 어이없고 불쾌했다. 그런데 도리어 남편이 화를 냈다. 자기는 장난이었다는 것이다. 남들은 장난으로 받아주는데 나더러 예민하게 군다고 짜증을 냈다.

아마 이런 경우를 두고 '적반하장'이라는 말을 할 것이다. 이 일이 있고 한참 후에 시어머님과 시누이들에게 물어봤는데, 다들 남편이 그런 장난을 이전에도 해왔다고 인정했다. 참 이상했다. 잠시 시어머니의 가정교육에 대한 의문이 들기도 했다. 이런 행동이 장난으로 그동안 받아져 왔다는 사실이 신기할 뿐이었다. 그래도 이건 아니다 싶었다. 난 여전히 불쾌하고 기분이 언짢기 때문이었다. 그래서 이후에도 몇 번 반복된 이 행동이 있을 때마다 치열하게 싸웠다. 정말로 불쾌하고 기분 나쁘니 나한테는 다신 이 같은 행동을 하지 말라고 언성을 높였다. 물론 지금은 안 한다.

세상의 아내들은 내가 힘들 때 기댈 수 있는 버팀목이 되는 든든한 남편을 원한다. 그러나 남편이 의외로 단순하다는 사실을 이때 알았다. 정말 어린애 같은 발상이 아닌가? 자기 선에서 장난이면 남들도 장난으로 받아들일 거라는 착각은 정말 대책 없는 것이다. 때론 나 자신은 장난이라고 생각하는 것들이 상대방은 화가 나고 고통을 느낄 수도 있다는 사실을 알지 못 한다. 이유야 어떻든지 간에 당사자가 불쾌하다고 느낀다면 그건 장난이 될 수 없다. 사람의 관계란 미세한 차이가 존재한다. 불쾌해도 어쩔 수 없이 넘어가거나 어이없어 넘어갈 뿐이다. 절대로 괜찮거나 장난으로 인정하는 것이 아님을 모를 뿐이다.

대부분 사람이 하는 일들은 누군가 대신할 수 있는 일들이다. 남편들은 대체로 내가 아니면 절대 할 수 없는 일이라는 생각이 들 때, 그 일을 잘 기억하려고 노력한다. 그리고 반드시 그 일을 본인 스스로 책임감 있게 하게 된다. 그런데 나 말고도 그 일을 대신할 사람이 있다는 생각이 들면 가능하면 그 일을 하지 않으려고 한다.

이와 같은 맥락으로, 아내가 함께 있는 한 남편은 집안일을 스스로 잘 하지 않는다. 아내의 슈퍼우먼 파워에 희망을 걸고 있다. 이럴 때 아내에 대한 믿음은 굳건하다. 그것은 세상의 모든 남편이 앓고 있는 큰 병으로 보인다. 이런 남편의 병을 고치는 방법은 무엇이 있을까? 적절한 방법을 처방하는 것 또한 아내 몫이다.

젊은 세대는 덜하겠지만 40대 이후의 부부라면 비슷한 상황일 것이다. 나는 집안일도 부부가 어느 정도 공평하게 해야 한다고 생각하는 입장이지만, 남편에겐 절대 있을 수 없는 일이기도 한 것이다. 여자 나이 40대 후반이면 몸 이곳저곳에서 신호가 오기 시작한다. 더 이상 힘으로 깡으로 버티는 시기도 지나버린 나이에

접어들었다. 그러니 정말 남편의 외조가 더 없이 필요한 때이기도 하다. 이 점을 끊임없이 각인 시켜 줘야 한다. 몸이 아프고 힘이 들면 혼자 끙끙 앓지 말고 아프면 아프다고 당당하게 말할 줄도 알아야 한다. 남편은 가끔 우리 엄마는 안 그런데 너는 왜 그러느냐는 반응을 보일 때가 있다.

난 그때마다 냉정하게 말한다.

"난 당신 엄마가 아니야!"

자주는 아닐지라도 가끔 집안일을 도와주겠다는 남편의 말은 진실일 것이다. 심심해서 또는 아내한테 눈치 보여서 그냥 해 본 말은 아닐 것이다. 그러나 하루가 지나면 남편들은 자기가 한 말을 잊어버리기 일쑤이다. 아내가 쓰레기를 치우라고 말하면 그제야 비로소 자신이 한 약속을 기억한다. 사소한 것이라도 남편들에게는 끊임없이 얘기를 해줘야 한다. 철들지 않으므로 평생 동안.

남편은
아내 하기 나름이다

아내는 젊은 남편에게 있어서는 여주인이며, 중년의 남편에게는 친구,
늙은 남편에게는 간호부이다.
－F.베이컨

예전에 '남편은 여자하기 나름이에요.'라는 CF가 히트를 친 적이
있었다. 정말 그럴까?

남편에 대해서 끊임없이 생각하고 쓸 거리를 찾다 보니 요즘
나의 관심사는 온통 남자, 남편들이다. 남편들에 대한 좀 더 많은
사례를 듣고 싶어서 평소 같으면 아주 친밀하지 않으면 꺼내지 않
을 대화도 별 스스럼없이 꺼내곤 한다.

얼마 전 40대 후반 주부들의 모임에서도 수다의 중심은 남편들
에 대한 것이었다. 나이를 잊고 열정적으로 살고 있는 사람도 있
고 전업 주부도 섞여 있는 모임이었다. 여자 나이가 40대 후반이
면 자신의 의지와 상관없이 자신의 몸이 나이를 알려 주는 때이기

도 하다. 하나같이 자신의 나이 들어감을 인정하지 않을 수 없다고 입을 모은다.

여자에게 나이 들어감이 느껴진다는 사실은 괜히 서글퍼지는 것이기도 하다. 그런데 화제의 중심으로 떠오른 것이 한결같이 '남편 때문에 못 살겠다'는 것이다.

가끔 맞장구를 치며 나는 속으로 '나는 지금 어떤가?'를 생각해 보았다. 이상하게도 남편에 대한 분노가 사라진 그 자리를 연민이 채우고 있음을 느꼈다.

요즘 남편의 출근하는 등을 바라보노라면 측은하고 안쓰러울 때가 많다.

신혼 초에는 남편과 불화의 연속이었다.

지금은 나의 부탁을 잘 들어 주는 편이다. 남편은 나이에 비해 많이 고지식한 사람이었다. 부엌에 들어가는 것은 어림없는 일이었고, 쓰레기봉투를 치워 주는 것조차도 달달 볶으면 툴툴거리며 겨우 하는 시늉만 할 뿐이었다. 그랬던 사람이 이제는 솔선수범해서 쓰레기를 잘 버려주고 있다. 내 생일에는 미역국도 끓이고 아이들과 의논하여 작은 이벤트를 해 준다. 그야말로 눈부신 발전이다.

나는 살림을 그다지 잘하는 편이 아니다. 얼굴과 몸매가 탁월한 것도 아니다. 기억력도 안 좋다. 사람을 잘 알아보지를 못해서 가끔 오해를 받을 때도 있다. 매일 뭔가 한 가지씩 잊어버리기 일쑤이다.

이렇게 나열하다 보니 참 엉성한 것이 많다. 남편을 아들 대하듯 할 때도 있다. 그런데다가 성격까지 참 무뚝뚝하다. 남편의 입장에서 바라보면 매력이 영 꽝인 아내인 셈이다. 이런 내가 나를 잊은 채 남편에게 불만과 불평이 많았다. 참으로 미안한 일이다. 이 책을 쓰는 동안 내 행동에도 많은 변화가 찾아왔다. 남편에게 고맙고 미안한 것들이 많이 늘어났다. 시간이 갈수록 관리를 하지 않으면 시들해지는 게 부부 관계다. 나의 엉성함과 부족함을 스스로 인정하게 되었다.

결혼 전에는 다른 것은 다 이해를 해도 '외박'은 절대로 용서 못한다는 생각을 했다. 그런데 결혼하고 애 낳고 살다 보니 이보다 더한 것도 두루뭉술하게 넘어가게 되었다. 남편 하는 짓이 미우면 잠자고 있는 등짝을 때려주고 싶을 때도 있다. "인간아, 지금 어떻게 잠이 오니?" 이 말이 목구멍까지 차오른다. 하는 짓이 밉고 하는 말도 얄밉다. 아니 숨소리도 듣기 싫다.

그런데 결혼은 연애랑은 다르다. 남편은 나와 피와 살을 섞고 온갖 인생 역정을 헤쳐 나가야 할 사람이다. 자그마치 60년 이상의 세월을 함께 보내야 할 사람이다. 나에게 어떤 일이 있어도 함께 잘해보자며 내 편으로 만들어 가야 할 사람이다.

사소한 것에 분노하는 일이 잦아지면 아직은 젊다는 증거다. 신혼 초에 특히나 강도가 쎘던 것 같다. 집에서 한 발만 나가면 천지사방에 널려 있는 사소한 일들에 분노를 삭이느라 내 속은 무던히도 들끓었다.

그렇게 자주 욱하던 마음이 이제는 많이 누그러졌다. 나날이

흰머리가 늘어나고 자고 일어나면 거칠어지는 피부가 많은 것들을 내려놓게 하는 모양이다. 아니면 나이 들어감의 여유, 결혼생활의 경험에서 생긴 여유인 것일까. 젊었을 때는 남편을 사정없이 들볶았지만, 이제는 가만있어도 줄어드는 기운을 더 빼고 싶지 않다. 웬만한 일은 '그럴 수도 있지'로 적당히 얼버무린다. 이상하게도 더 닦달하지 않게 되자 내 속도 편하고 남편도 어느 순간부터인가 알 수 없지만 부드러워지기 시작했다.

똑같은 말을 해도 목소리 톤에 따라 상대방이 듣기에 많은 차이가 있다. 결혼 초에는 이런 사소한 이유로 다투게 되는 경우도 많다.

"자기야 이것 좀 해줘."

이 말은 듣기에 따라 자기가 듣고 싶은 대로 들을 수도 있는 말이기도 하다. 각자의 입장만 늘어놓게 된다면 반복되는 말싸움과 불쾌함만 키울 뿐이다. 여자들은 흔히 몸으로도 말을 하고 표정으로도 말을 한다. 하지만 이런 몸짓의 언어를 남자들은 이해하지 못한다. 남자들에게는 정확하게 말을 하고 내가 원하는 것을 꼭 짚어줄 필요가 있다.

옷을 사고 싶어도 차마 사달라는 말을 못하고 간절한 눈빛으로 옷을 바라본다면, 눈치 빠른 남자라면, "저 옷 사 줄게, 들어가자."라고 하겠지만 보통의 경우는 모르고 지나간다. 여자의 심리를 잘 알지 못하기 때문이다. 한참 지나서 우연히 이야기를 하면, "아, 그럼 말을 하지."가 보통의 반응이다. 이런 사람이 우리가 함께 살고 있는 남편이다.

남편에게 더 이상 돌려서 말하지 말자. 세상은 이미 온통 은유로 덮여 있다. 나까지 은유적인 행렬에 들어갈 것까진 없다. 필요한 것이 있으면 솔직하고, 부드럽게 정확하게 알려주면 된다. 이 사실을 빨리 받아들인다면 남편은 어느새 내 마음을 알아주는 사람으로 변하게 될 것이다. '어째서'라고 묻는다면, 이것이 남편의 마음을 움직이는 나만의 비법이라고 말하고 싶다.

우리는 이해와 무관한 삶을 살아갈 수가 없다. 쉽게 말하자면 이해를 하지 않고서는 결혼 생활을 잘 유지해 가기가 어렵다. 여자들은 대개 감성적이다. 그러니 다른 사람의 심리적인 부분에 민감할 수밖에 없다. 여자에게 주어진 무기인 셈이다. 이 강력한 무기를 남편에게 잘 사용하도록 하자. 심리적인 측면에서 이해가 둔한 남편을 위해 아내가 남편의 심리를 읽고 행동하면 누구에게 즐거움이 크겠는가.

남편들에 대한 이해를 바탕으로 한다면 원만한 부부 관계를 위한 길잡이가 되어줄 것이다. 부부 관계에 문제가 생기면 먼저 기본적인 심리적인 것을 이해하려고 노력해야 한다. 왜 이해하는 일이 중요하냐면 세상의 모든 사람은 자신을 이해해 주기를 바라기 때문이다.

'역지사지'의 마음을 갖는다면 이해도 칭찬도 쉬워지는 법이다. 어떤 일이든지 수월하게 풀어갈 수 있는 원동력이 될 것이다. 그러다 보면 기대 이상으로 내 입장을 상대방도 더 배려하게 되는 선순환의 원리가 찾아오게 된다.

우리 부부는 동창 커플이다 보니 평상시에 서로 존칭어를 사용하지 않는다. 그런데 간혹 전화 통화를 하면서 내가 존칭어를 사용할 때가 있다. 그러면 남편은 더없이 상냥하게 전화를 받곤 한다. 어떤 변화든지 내 쪽에서 먼저 시작하는 것이 훨씬 빠르고 쉽다.

이 세상에서 완벽한 사람은 있을 수 없다. 그런데 많은 아내들은 남편에게 완벽을 바란다. 완벽함을 추구하는 아내들은 남편이나 아이들이 자신이 원하는 대로 충실하게 따라주기를 요구한다. 자신의 요구를 잘 들어주지 않으면 자기에 대한 애정을 의심한다. 일방적 요구는 채워지면 더 늘어나게 되어 있다. 남편이 힘에 부쳐 지쳐도 눈에 안 들어오게 된다. 오히려 더 기대치가 높아질 뿐이다.

당장 이혼할 것이 아니라면 입장 바꿔 생각해 보아야 한다. 소소한 일에 잔소리를 하고 신경을 곤두세울 것이 아니라 무엇이든 너그럽게 받아들이는 습관을 갖도록 노력할 일이다. 쓸데없는 일로 마음을 어지럽히지 말고 가벼운 칭찬 한마디를 건네는 가정이 부부 사이를 더 돈독하게 해줄 것이라 믿는다.

'남편은 여자 하기 나름이에요.'라는 말이 있다. 맞는 말이다. 살아 보니 그렇다.

새 구두를 샀을 때 한동안 물집이 생기고 발이 불편하다. 그런데 새로 산 신발을 바로 버리는 사람은 없다. 얼마간 고통을 견디다 보면 내 발에 맞추어 길들여져서 편안한 구두가 된다는 것을 다들 경험으로 알고 있기 때문이다. 고통은 잠깐이다. 그 시간만 잘 지나고 나면 나에게 안성맞춤의 더 없이 편안한 나의 신발이 되는 것이다. 모든 것은 과정이 필요하다. 부부 관계도 마찬가지라고 생각한다. 오랫동안 나에게 맞추어 가며 내 발에 길들여야 한다.

어차피 나의 신발이고, 신발의 주인은 나다. 맞지 않는 부분은 고쳐 가면 된다. 구두도 간혹 수선을 해 가면서 신는다. 나의 단점 때문에 신발이 일그러질 수도 있고, 신발의 단점 때문에 발이 더 고통스러울 수도 있다. 그러나 신발을 고른 사람은 나 자신임을 잊으면 안 된다. 누가 선물한 것이라면 더 맞춰가는 시간을 늘리면 될 것이다. 만약 늘 새로운 구두를 선호한다면 발의 고통은 끊이질 않게 될 것이다.

서로의 장단점을 잘 알고 맞추어 가는 것이 중요하다. 아내인 내가 먼저 맞추어 간다면 남편은 분명 나의 가장 멋진 신발이 되어 줄 것이다.

좋은 아내의 콤플렉스에서
벗어나라

더 잘하려고만 생각하지 마라. 다르게
생각하는 습관을 만들어라.
-해리 벡위드

기혼 여성들은 여자, 아내, 엄마, 딸, 며느리 등 여러 가지 이름을 가
지고 살아간다.

수많은 타이틀을 등에 지고 그 역할에 맞는 이름으로 살기 위
해서는 감당해야 할 것들이 많다. 원하든 그렇지 않든, 그 역할에
충실하려면 슈퍼우먼이 될 수밖에 없다. 안타깝게도 사회적 제도
로 이들을 구원해줄 장치는 마땅찮아 보인다. 개인이 스스로 감당
해야 할 부분이 너무도 많기 때문이다.

이렇듯 기혼 여성들은 엄마, 아내, 딸, 며느리 등의 역할을 함
에 있어서 어느 것 하나 소홀함이 없어야 한다는 생각에 사로잡
혀 있다. 이것이 본인의 가치를 인정받는 것이라고 생각하기 때

문이다.

이러한 생각에서 벗어나지 못하는 이상, 점점 스스로를 슈퍼우면 중독자로 몰고 가는 악순환이 계속될 수밖에 없다.

여자들의 가사 노동력을 돈으로 환산해서 따져 보면 전업 주부라도 당당하지 못할 이유가 없다. 그런데도 하나같이 경제적인 면에서는 목소리가 작아진다. 그럼에도 불구하고 아내들이 잔소리와 무시로부터 오는 서러운 감정을 꾹꾹 눌러 참는 이유는 가정의 화목을 위해서이다.

혼자의 힘으로 여러 가지 역할을 해낸다는 것, 그 자체만으로도 충분히 이 땅의 아내들은 박수 받아야 마땅하다.

그러나 그렇지 못한 것이 현실이다. '남들도 다 그러고 산다'는 인식도 한몫을 한다. 전업 주부들이라면 남편, 자식, 시부모에게 눈치를 보고 무시당하는 것에 익숙할 것이다. 열심히 한다고 해도 오히려 제 역할을 제대로 못한다는 핀잔이 돌아올 수도 있다. 한없이 작아지는 자신을 자책하며 우울증에 시달리기도 한다. 내 삶의 주인공은커녕 정작 '나'는 어디에도 없는 인생이 되고 만다.

구세군의 창시자인 윌리엄 부스의 아내야말로 자신의 안위보다는 남편의 삶을 자신의 목표로 삼은 대표적인 여성이라고 할 수 있다.

그녀의 남편 윌리엄 부스는 런던 빈민굴의 가난한 사람들과 부랑자들에게 도움을 주는 것을 천직으로 삼았다. 자신의 아내와 자식들도 굶주림과 추위를 견뎌야 할 만큼 넉넉한 형편은 아니었다. 하지만 그는 오로지 빈민들을 돕는 일에만 혼신의 힘을 다했다. 결국 빈민 구제를 위해 자신의 몸을 돌보지 않아 병에 걸리고 말았다.

아내는 아픈 남편을 도와서 빈민들을 위해 봉사를 했다. 어렸을 때부터 유달리 몸이 허약했던 그녀에게는 만만치 않은 일이었다. 그녀는 자신의 몸을 돌보지 않고, 남편 곁에서 하루도 빠짐없이 가난한 사람들을 위해 바쁘게 일손을 도왔다. 그러다 그녀도 결국 건강에 이상이 생기고 말았다. '암에 걸리게 되었지만 그녀는 병원에 눕는 순간까지 남편의 꿈과 신념을 위하여 끝까지 자신을 희생했다.

남을 위해 자신을 희생한다는 것은 분명 훌륭하고 본받을 일이다. 그러나 남편의 일이 자신의 안위에 그다지 도움이 되지 않는 일에 평생을 바쳐 희생하는 일은 자신의 꿈은 멀찌감치 버려둔 것이 된다. 온전한 자신의 삶을 살아가는 일은 분명 아닐 것이다.

'여성들은 성공을 통해서 배우는 것이 아니라 좌절을 통해 배운다.'는 말이 있다. 인고의 세월을 강인한 정신력으로 버텨온 희생에는 분명 순응하는 착한 여자 콤플렉스가 숨겨져 있다.

한번쯤 착한 아내의 콤플렉스를 벗어 던지고 나쁜 여자들의 반란을 꿈꿔 보자.

가령, 남편이 싫어하는 것을 뻔히 알면서도 수입이 좋고 안정적이라는 이유만으로 무조건 남편이 직장을 그만두지 못하게 하는 아내가 있다면 그녀는 분명 잘못된 판단을 하고 있다고 말할 것이다. 또한 남편이 진정으로 행복하길 바란다면 진심으로 좋아하는 일을 할 수 있도록 배려해야 한다고 할 것이다.

누구에게나 자신만의 주어진 꿈이 있고 각자의 삶이 있다. 아내도 이와 다를 것이 없다.

나 대신 절대 안 된다는 일은 이 세상에 없다. 누구든 대체 가능한 것이 사람이 하는 일이다. 가족들은 당신이 아니어도 얼마든지 자신의 일을 스스로 해결할 수 있다. 다만 조금 서투르고 불편할 뿐이다. 익숙해지는 것은 시간이 지나면 해결된다. 모든 것을 완벽하게 하려고 자신을 혹사 시키지 말아야 한다. 어느 것 하나 빠짐없이 해야 한다는 강박관념에 자신을 몰아넣지 마라. 스스로를 지치게 하는 일이다.

가정의 평온, 가족의 행복도 중요하지만 '나 자신'도 소중히 챙기고 아껴 주자.

이러한 행동이 다소 이기적으로 비칠 수도 있다. 그러나 남편과 아이들이 언제까지 내 인생을 대신할 것인가? 가족의 조력자로만 남아 있길 고집한다면 분명 머지않은 미래에는 '나 자신'은 어디에서도 찾을 수 없을 것이다. 지금 변하지 않는다면, 미래에 남편이나 자식이 나를 짐스러워 하는 일이 더 이상 남의 일만은 아닐 것이다.

대한민국에 살고 있는 아내들은 아직도 가족을 위해 무조건 희생을 하고 봉사해야 한다는 사고방식이 강하다. 알다시피 이는 세계 최고 수준이다. 그러나 자신을 위하거나 배려하는 마음은 너무 부족하다. 착한 아내를 고집하다 보니 자연스럽게 그렇게 되는 것이다.

언제까지나 가족을 위한 삶이 내 인생의 전부라고 여길 것인가! 멋있게 자신만의 인생도 한번 꿈꿔봐야 한다. 그러기 위해서는 먼저 마인드를 바꿔라.

당신은 자신의 소망을 위해 하루 얼마만큼의 간절함을 담아 시간을 투자해 왔나? 아직 시작도 하지 않는 사람이 부지기수일 것이다. 예전에 나도 그랬다. 하루하루 사는 것이 버거워서 무엇이든지 포기가 빨랐다. 온갖 이유를 붙여가며 합리화하기에 급급했다. 그러다 보니 내 생활은 늘 제자리걸음이었다. 독서는 사람을 변화시키는 데 있어서 많은 도움이 된다. 나는 독서를 통해서 좀 더 넓은 세계를 알게 되었다.

많은 것을 가능하게 해 주는 독서에 몰입하는 일은 이전에는 미처 알지 못했던 커다란 행복을 안겨 주기도 한다. 하루 2시간 이상의 독서 시간을 확보하고 꾸준히 실천해 보라. 독서가 습관으로 자리 잡을 때쯤이면 당신은 이미 많은 변화를 경험하게 될 것이다.

지금 당신의 모습이 10년 전이나, 20년 전이나, 30년 전이나 똑같다면 당신은 아무것도 도전하지 않은 사람임에 틀림없다. 미래 또한 별반 다르지 않을 것이다. 바로 지금의 내 모습이 미래이기 때문이다.

꿈이 없으면 내 모든 촉각과 시간은 가족으로 향할 수밖에 없다. 가족만 챙겨도 시간이 없다는 것은 경계해야 할 일이다. 자신도 모르는 사이에 필요 이상으로 가족한테 의지를 하거나 보상을 바라는 심리가 깔리게 될지도 모를 일이다.

경제적인 이유를 들어 대부분의 아내들은 자신의 꿈을 망설이거나 포기한다. 이것은 돈의 문제가 아니다. 망설이는 이유가 간절함이 없어서라는 사실을 모를 뿐이다. 돈을 생각하면 돈이 더 크고 중요하기 때문에 돈의 규모 안에서만 무엇이든지 맞추어 나간다. 반대로 꿈을 우선적으로 생각한다면 꿈의 크기만큼 세상이 보이기 시작할 것이다.

꿈의 크기에 맞추어 목표 설정이 되는 것은 그리 놀라운 일은 아니다. 시간이 없어서 돈이 없어서 타령만 하다 보면 결국 미래에는 후회만 남게 된다. 판단과 선택은 지금 이 책을 읽고 있는 당신 몫이다.

내 남편이 최고라는
즐거운 착각을 하자

세상에서 가장 행복한 사람은 누구인가?
그는 좋은 아내를 얻은 남자다.
－탈무드

연애할 때에는 눈에 콩깍지가 씐다는 말을 한다. 바꾸어 말하면 내 눈에 안경이라고 내 연인이 이 세상에서 최고라는 '착각'에 빠지는 것이다.

사랑은 착각을 하게 만들고 가슴을 뛰게도 한다. 이런 착각이야말로 가슴을 뛰게 하고 생활에 활력을 가져다준다. 착각은 매 순간을 즐겁고 행복하게 만들어 주는 에너지원이다.

남편과 나는 좌석초등학교를 졸업하고 단산중학교를 나란히 졸업했다. 서로가 어릴 때부터 성장기를 쭉 보아온 셈이다. 요즘 흔히 하는 말로, 남자 사람이 아닌 그냥 막역한 친구였다. 순하고 편안했던 착한 남자 친구가 남편이 된 경우이다. 그냥 편한 친구에서 어느 날 갑자기 남편이 된 사연은 무엇일까 생각해 보면 결혼 조건으로 좋은 사람인가를 따지기 전에, 좋은 친구이자 좋은 사람이라는 믿음이 강했다. 이 사람이랑 결혼하면 마음고생은 안할 것 같다는 터무니없는 믿음도 있었다. 그러다 보니 좋은 친구에서 좋은 남편의 수순은 당연한 것이라는 근거 없는 믿음도 있었다.

프러포즈할 때 남편이 했던 말이 생각난다.

"풍족하고 부유한 생활은 보장 못하지만 마음고생은 안 시킬게."

이 말을 믿었던 것이 큰 착각이라는 것을 살면서 경험했다. 키가 나보다 작은 것도, 1남 5녀 중에 외동아들이란 사실도 그땐 큰 걸림돌로 느껴지지 않았다. 마냥 착하고 좋은 친구라는 믿음이 있었기 때문에 결혼할 당시 망설임 같은 것은 없었다. 그런 의미에서 남편에 대한 믿음이 결혼 전부터 좋은 사람이라는 확신이 있었던 것 같다.

결혼하고 믿음이 급격히 떨어지던 때이다.

'유서 미리 쓰기'가 한창 화제였던 때가 있었다. '유서를 쓴다면 어떤 내용을 누구에게 남길까'를 생각해 보았다. 그때 불현듯 만약 남편이 또는 내가 내일 당장 죽게 된다면 어떨까 하는 생각에 빠진 적이 있다. 이 생각이 의외로 내 사고에 있어 반전의 계기가 되었다.

그래, 아무리 오래 살아봤자 백년이다.

싫다고 결혼을 되무를 수도 없다.

남편과 어차피 평생을 살아야 한다면 이렇게 계속 미워하면서 살 필요가 있을까?

이왕 함께 살 거라면 하루하루 즐겁게 살아야 하지 않겠나?

이런 생각이 번뜩 들었다. 그때부터 나는 부정적인 생각들을 의식적으로 비워내는 연습을 했다. 남편을 미워하기보다는 내 생각을 바꾸는 것이 여러모로 좋을 듯싶었다. 남편이랑 헤어지고 싶다는 생각 버리기는 연습만으로도 뭔가 변화를 기대할 수도 있다는 희망이 생겼다.

이런 생각은 긍정적으로 점점 바뀌었다. 부정적인 생각대신 좋은 생각 채우기를 연습하다 보니 나에 대한 반성도 생겼다. 난 남편에게 바라기만 했지, 내가 남편을 위해 별로 해준 것이 없다는 사실을 알게 되었다. 그리고 지금까지 남편을 바라보았던 시선도 한 번 뒤집어 보기로 했다. 일명 생각 뒤집기 연습이다. 어딜 가도 사람 좋다는 평판이 있는 남편이 그 사람 나쁘다는 말보다는 몇 배 좋은 말 아닌가. 이런 식으로 뒤집기를 하다 보니 남편에 대해 새로운 시선이 생겨났다.

그 작은 발견은 곧 감사하는 마음으로 바뀌는 계기가 되었다. 남편의 속마음을 내가 그동안 들여다보기를 거부했다는 미안함도 생겼다. 사소한 것이지만 많은 심경의 변화가 생겼다.

남편의 직업은 철도 기관사이다. 특수 환경에서 근무를 한다. 근무 중에 생리 현상이 불편한 환경이라 출근 전에는 음식량도 조절하고 물도 가급적 안 마신다. 좁은 공간에서 시끄러운 소리에 한눈팔 수도 없는 열악한 환경에서 가족을 위해 묵묵히 일을 한다. 출퇴근 시간이 공무원처럼 일정하지가 않다 보니 수면 장애도 가지고 있다.

그동안 당연하다고 다른 사람도 다 그러고 산다고 생각했던 못난 생각들 때문에 고개를 들기가 부끄러워졌다. 생각을 바꾸니 힘들게 일하는 남편이 선명하게 보였다. 조금은 까다롭고 여러모로 불편한 환경에서 일을 하고 있는 남편이 안쓰럽고 고맙다. 돌이켜 보니 묵묵히 가족을 위해 애써 온 멋진 남편이다.

사고가 긍정적으로 바뀌자 생각도 바뀌었다. 내가 잘났다는 생각을 버리고 미워했던 마음도 거두게 되었다. 무엇보다 평생을 남편을 미워하면서 보내고 싶지가 않았다. 남편이 수술해서 병원에 입원해 있을 때 화장실을 가는 것이 큰 고역이었다. 남자 화장실을 남편을 등에 업고 드나들기도 했었는데, 그래서인지 화장실을 자주 가는 것이 미안하다고 밥을 거의 먹지 않았다. 약을 먹기 위해 겨우 밥 한두 숟가락을 먹을 정도로 음식을 조절했던 착한 남편이다.

남편의 단점들이 어느 순간 장점으로 보이기 시작했다. 누구한테나 친절한 것도, 거절 못하는 성격도 착하기 때문이다. 착한 것이 능사는 아니지만 악한 것 보단 좋은 것이라는 생각으로 돌아섰다. 지금 사는 것이 경제적으로 풍족하진 않지만 누구한테 손 벌리는 상황은 아니다. 이것 또한 남편의 노고 덕분이다. 결혼 초기처럼 경제적으로 부족해서 어딜 가서 눈치 보지 않아도 되고, 작은 것이나마 베풀어 줄 수 있는 입장이라면, 이는 분명 행복한 일이다.

만약에 전에처럼 누군가에게 돈을 꾸거나 부탁을 해야 한다고 생각하면 아찔하다. 그런 불행한 시절을 다 지나왔으니 이젠 행복을 누려야 할 시점이다. 왜 그걸 몰랐을까. 지금이라도 알게 된 것이 다행이고 감사한 일이다. 지금껏 내 옆을 지키고 있는 남편에게 나도 좋은 아내가 되어야겠다는 생각이 살며시 고개를 든다. 남편에 대해 분석하고 고민하는 시간이 없었더라면 이마저도 그냥 지나쳤을 일들이다.

생각이 바뀌자 별것 아닌 것에서도 즐거움이 찾아왔다. 남편에게 고마운 마음이 생기니 더 이상 짜증 내지 않아서 스스로도 좋았다. 짜증 안 내니 남편도 자주 웃는다. 사소함에서 소소한 행복을 느끼는 요즘이다. 그동안 잊고 지냈던 감성이 조금씩 고개를 든다. 생각을 바꾸자 이렇게 샘솟듯 즐거운 마음이 찾아왔다. 지금 내가 가진 것들에 만족하는 마음이 생긴 것도 반가운 일이다. 이 행복을 손아귀에 쥐고도 그동안 내가 몰라봤을 뿐이다.

남편이 바람을 피운 것도 아니고 도박이나 범죄를 저지른 사람은 더더욱 아니니 이 또한 고맙고 감사한 일이 아닌가. 폭력적이지 않은 것에도 감사하다. 부족한 부분은 서로가 채워 나가야 할 몫이다. 이 깨달음도 반가운 일이다.

유난히 남편 자랑을 하면서 행복한 미소를 짓는 친구가 있다. 아직도 콩깍지가 안 벗겨졌나 싶을 정도로 남편 자랑에 침이 마를 날이 없다. 그냥 보기에는 키도 작고 호남형도 아닌 아주 평범한 사람이다. 오히려 친구의 남편 사랑이 집착이 아닌가 싶을 정도로 보이지만 그 친구는 남편이 자기를 너무 사랑한다고 말을 한다. 그런데 그 착각이 좋아 보인다. 사십이 훨씬 지난 나이임에도 불구하고 자기 자신에 대해 그만큼 자신감이 있으니 그런 믿음이 생기는 게 아니겠는가.

여자 나이 마흔 중반을 넘어가면 자존감과 자신감이 떨어진다. 외롭고 아픈 날도 늘어난다. 전문가들은 의학적으로 여성들이 마흔 중반에 나타나는 이런 증상은 당연한 것이라고 말한다. 쉽게 말해 일생의 주기로 볼 때 여자의 30대와 40대에 신체적으로나 환경적으로 가장 큰 변화를 겪기 때문에 누구나 한 번은 겪는 통과의례라는 것이다. 자기 의지와는 상관없이 의기소침해 질 수도 있다는 말이다. 그러니 남편의 사랑을 한 몸에 받고 있는 친구의 당당함이 좋아 보인다. 흔히 행복한 사람들은 착각 쟁이라는 특징이 있는 것도 이런 이유 때문이 아닐런지.

자기 자식이 이 세상에서 둘도 없는 미남 미녀로 둔갑하는 것도 바로 이 착각의 마법이 일어나기 때문이다. 사랑에 눈이 멀면 미녀와 야수의 사랑이 이루어지듯이 마법이 일어난다. 기분 좋은 착각에 기분 좋은 마법이 일어나는 것은 당연한 일이다.

내 남편이 유명 배우처럼 멋진 남자도 아니고, '사'자가 들어간 직업을 가진 것도 아니고, 더군다나 재벌도 아니다. 세상을 시끌벅적하게 들었다 놓았다 하는 정치인도 아니다.

요즘은 새삼스럽게 이런 남편이 고맙게 느껴질 때가 있다. 이만하면 괜찮은 남편을 만난 셈이라는 적잖은 행복이 그려질 때도 있다. 그러니 내 남편이 최고라는 착각은 나를 행복하게 해준다. 최고라는 기준 자체가 모호하고 지극히 주관적이긴 하다. 하지만 내 눈에 최고인 남편, 나를 행복하게 해 준다면 더 이상 바랄 게 없다. 내 눈에 최고인 남편이 다른 사람들에게는 아닌 경우도 있다. 그러나 그게 무슨 상관이겠는가. 나만의 착각이라도 착각하는, 딱 그만큼 행복해지고 즐거워지면 그뿐 아닌가.

세상이 아름다운 이유는 세상을 아름답게 바라보는 사람들이 많기 때문에 가능한 이야기다.

그러니 아내들이여, 착각이라도 좋으니 내 남편이 최고라는 착각을 자주 하자. 지금의 삶이 더없이 즐거워지고 행복해진다면 해 볼 만한 게임으로 생각하자. 행복한 착각은 돈이 들지 않는 즐거운 투자이다.

아내, 엄마라는
이름으로 살기

가장 안전한 피난처는 어머니의
품속이다.
-플로리앙

남편이 큰 수술을 한 적이 있다. 두 달 동안 병원 생활을 했기 때문에 아이들과 떨어져 지낼 수밖에 없었다. 영주에서는 제법 먼 곳인 부산에서 수술을 했기 때문에 아이들을 자주 만날 수가 없는 상황이었다. 큰 아이가 네 살, 작은 아이가 두 살쯤이었다. 가끔 아이들을 만나면 떼놓고 병원으로 발길을 돌릴 때는 아이들도 나도 펑펑 울었다. 남편이 퇴원을 하고 집에 왔을 때 한동안 아이들 때문에 마음이 아팠던 기억이 있다.

아이들은 부모와 떨어져 지낸 것이 충격이 무척 컸던 것 같다. 내가 상상하지 못할 정도의 공포감이 있었다는 것을 나중에 아이들 행동을 보면서 알게 되었다. 잠을 잘 때는 자주 깜짝깜짝 놀라는 것은 기본이고, 화장실을 가는데도 자지러지게 울어서 안심을 시키느라 한동안 화장실 문을 열어놓아야 했다. 잡은 손을 놓기라도 하면 몸서리를 치면서 내 꽁무니를 졸졸 따라다녔다. 아이들 마음이 안정이 될 때까지 모든 행동을 미리 설명하고 다시는 떨어지지 않는다는 말을 반복했다.

부엌에서 밥을 할 때도 아이는 자다가 일어나 엄마가 안 보이면 기겁을 했다. 아이들을 보면서 잠재의식이 참 무섭다는 생각을 했다. 되도록 아이들의 시야를 벗어나지 않으려고 노력했다. 아이들이 엄마랑 분리되는 공포를 벗어나기까지는 오랜 시간이 걸렸다. 나중에 책을 통해서 알게 되었는데, 나이가 어린 아이들일수록 정신적 충격이 오래간다는 사실을 알게 되었을 때 마음이 너무 아팠다. 선입견이나 이성이 확고히 자리 잡지 못했기 때문에 자신에게 일어난 상황을 진심으로 받아들여 잠재의식에 각인시키기 때문이다. '곧 엄마 아빠가 돌아올 거야.'하는 이성적 판단이 확립되지 못한 어린 나이였기 때문에 아이들의 공포는 그만큼 컸던 것이다.

현대 과학은 뇌에 대한 연구를 통해 '뇌는 상상과 현실을 구분하지 못한다.'는 사실을 밝혀냈다. 그래서 맛있는 음식을 먹는다고 상상을 하면 실제 그 음식을 먹을 때 활성화 되던 뇌의 부위가 똑같이 활성화 된다고 한다. 이는 뇌가 착각을 하기 때문이다. 그렇기 때문에 현실과 상상을 구분하지 못한다는 것이 성립이 된다.

아이들이 아빠의 수술 상황을 이해하기엔 어린 나이였다. 어린 아이일수록 현실과 상상 구분이 어렵다고 한다. 그러니 우리 아이들은 현실을 이해하기보다는 오히려 엄마 아빠로부터 버림받았다고 느꼈을 것이다. 그러니 얼마나 공포가 컸겠는가.

이런 어려운 환경을 무사히 견디고 잘 자라준 아이들이 어느덧 딸은 고등학교 3학년이 되었고, 아들은 고등학교 1학년이 되었다. 자식을 둔 부모라면 누구나 마찬가지겠지만 자식은 부모에게 있어 보물 같은 존재다. 아니 보물 이상이다. 자식은 그 무엇과도 대체 불가능한 존재이다.

작은 아이가 어릴 때 이렇게 물은 적이 있다.

"엄마! 엄마는 나와 누나를 뭐라고 생각해?"

난 1초의 망설임도 없이 대답하였다.

"응, 엄마의 보물들이지."

"왜 보물이야?"

"아주 소중하다는 뜻이야."

나는 아이들은 부모가 불러주는 대로 자란다고 믿는다. 그래서 어릴 때부터 특별한 애칭으로 부르곤 했다. 가끔 아이들 이름 대신 나의 보물들이란 애칭으로 부르기도 했다.

자녀 교육은 엄마의 영향이 크다. 사회생활의 기본 틀은 가정 교육에서 시작된다고 생각한다. 그 기본 틀이 잘못되어 있으면 사회적응기에 많은 어려움을 만나게 된다. 아이들 교육에도 나만의 방식으로 접근했다. 나 자신의 자기 계발에도 항상 마음을 열어 놓았다. 내 삶 100%를 가족에게 올인하진 말자가 내 생각이었다. 내가 행복해야 가정이 더 건강하고 행복할 수 있다는 생각을 바탕에 두고 있기 때문이다.

그렇지만 아이들에게 최대한 마음을 기울이는 일은 고삐를 늦추지 않았다. 혜민이가 고등학교 들어와서는 사격 성적이 부진했다. 옆에서 지켜보는 입장에서 너무 안타까운 일이었다. 늘 열심히 하는데도 불구하고 실력이 좀처럼 늘지 않았다. 그 무렵 또 한 번의 슬럼프가 찾아왔다.

뭔가 대책이 필요했다. 사격은 뭘 공부하려고 해도 전문 서적이 따로 없어 공부하기에도 어려운 종목이다. 사격에 대한 전문 서적이 부족하다는 사실은 늘 아쉽다. 누군가가 책을 펴내 주면 얼마나 좋을까 지금도 간절히 바란다. 사격 서적에 대한 갈증이 깊어 갈 무렵 감독님께 특별히 부탁을 해서 어렵게 사격 관련 책을 구한 적이 있다. 그 책을 내가 읽고 혜민이와 대화를 나누며 의논하기도 했다. 유명 운동선수들이 낸 책들도 모조리 섭렵했다. 읽고 전달하는 것 또한 나의 임무라 생각했다. 이렇게라도 딸에게 시간을 벌어주고 힘을 실어 주고 싶었다. 이것이 내가 선택한 딸을 위한 응원인 셈이다. 그런데 이것만으로는 뭔가 부족하다 싶었다.

자그마한 체격이다 보니 늘 체력이 부족하였다. 식단 조절과 보충제로 신경을 썼지만 시합을 앞두고 늘 신경성 장염에 시달렸다. 그래서 생각해낸 것이 등산이었다. 체력 보강을 위해 매주 등산을 하기로 혜민이와 합의했다. 문제는 내가 직장에서 사고로 인대 파열로 다리를 다쳐 무릎 보호대를 하고 있는 상황이었다. 하지만 방법은 있었다. 처음엔 산 입구까지 운전해서 데려다 주고 아래서 기다리는 방식으로 시작했고, 서서히 등산에 적응한 덕분에 내 다리도 빨리 완쾌되어 나중에는 함께 등산했다. 그렇게 혜민이와 나의 등산은 한겨울에도 멈추지 않고 계속됐다. 이때부터 습관이 된 등산은 이후에도 시합 기간이 아니면 틈틈이 지속하고 있다.

　보통의 엄마들이 그렇듯이 나 역시도 인생의 대부분을 아이에게 초점이 맞춰졌다. 일상의 시간들이 주로 혜민이를 향해 있었다. 반면 시간 할애가 부족한 둘째 영훈이에게는 늘 미안한 마음이다. 모든 상황을 이해해 주겠지 하는 마음으로 지냈던 것들이 아들에게는 상처가 된 것들이 적지 않을 것이다. 더 많이 신경 써 주지 못한 것들이 늘 미안함으로 자리 잡고 있다. 그래도 곧게 잘 자라 주어서 한편으로는 너무 대견하고 고맙기만 하다.

　운동하는 딸을 둔 엄마는 특수한 상황이라 생각하고 내가 매니저가 되어야 아이의 성장에 도움이 되리란 생각이 강했다. 잔소리와 채찍을 하는 것도 남편보다는 늘 내 몫이었다. 내 가족이 어디에서든 당당하게 기를 펴고 살아가게 하고 싶은 마음은 어느 부모나 같을 것이다. 그런 면에서 아이의 장래를 위해서 쓴 소리도 필요하면 마다하지 않게 된다.

　어딜 가서 내 아이가 또는 내 남편이 기죽어 있는 모습을 지켜본다면 누구든 속이 상할 것이다. 엄마들은 특별히 가족에 대한 애정과 책임감이 각별하다. 내 몸이 아파도 가족을 먼저 챙기는 것이 당연한 일처럼 여기는 것도 이런 마음에서 비롯된다. 모자라도 부족해도 함께 살아야 하는 것이 가족이다. 그 중심에 엄마들의 희생이 있어 왔다.

늘 그렇듯 오늘도 아내와 엄마라는 직장에서 근무 중이다. 일하는 엄마들의 생활은 하루 24시간이 모자란다. 일한다고 티를 낼 수도 없는 노릇이다. 그러니 아내로 엄마로 살아가는 여자들의 삶은 생활의 영웅이 될 수밖에 없다. 가정은 최소 단위의 사회집단이고 엄연히 경영의 대상이다. 그러므로 절대적으로 경영을 잘해야 한다. 이 사회가 튼튼할 수 있는 기초가 되는 것은 가정에서 나온다. 그 가정의 중심에 여자가 있다. 가정에서 여자들의 역할은 남편, 아이와 관련해서 어느 것 하나 소홀히 할 수 없다.

막중한 책임감으로 고군분투하는 여자들이여! 하지만 모든 것을 다 잘할 수는 없다. 사람은 절대 신이 아니다. 그러니 자신의 역량에 맞추어 집안일도 분산해서 하도록 해야 한다. 혼자 슈퍼우먼이 되려 하지 말고 힘들 땐 당당하게 도움을 요청하자. 가족 경영의 힘은 함께할 때 더 커지는 법이다. 아내들은 어떤 상황에서도 내 아이, 나의 남편은 자랑스럽다. 아내들의 희생으로 내 남편, 내 아이는 충분히 자랑스러운 가치가 있는 것이다.

서로 다른 사고방식을
이해하자

아주 사소한 것을 이해하는 데에도
의외로 오랜 시간이 걸린다.
－에드워드 달버그

세상살이에 대한 태도가 반대인 두 친구가 있었다. 한 친구는 이미 세상을 다 살아 버린 노인네처럼 '세상이란 다 그런 것이다. 잘못된 것도 세상살이의 일부다. 각자 나름의 가치를 추구하면 그만이다.'라는 생각을 가지고 살아간다. 다른 한 친구는 '세상은 너무 잘못된 것이 많다. 잘못된 것이 있으면 힘을 합쳐 바꾸어야 한다.'는 생각을 가지고 살아간다.

　똑같은 사물을 보고 똑같은 생각을 하지 않는 사람은 이들뿐만 아니다. 살아가면서 서로 다른 사고를 가지고 있다고 하더라도 친한 친구면 크게 문제될 게 없다. 하지만 한평생을 함께 살 부부라면 그럴 수 없다는 것이다.

여성은 말을 몸으로도 하고 눈으로도 한다. 남자들에게 수시로 신호를 보낸다. 눈치 빠른 남자들은 알아듣지만 대다수의 남자들은 모르는 경우가 대부분일 것이다. 결혼을 한다고 해서 달라지지 않는다. 서로가 다른 사람이라는 것을 빨리 알수록 가정에 평화는 당겨질 것이다. 우리가 살아가면서 관점 바꾸기를 해야 하는 이유가 여기에 있다.

태초에 다른 종류의 성을 만나서 가정을 이루기 위해 부부로 만났다. 상대방이 때로는 정말 말귀를 못 알아듣는 경우가 있다. 정말 미치고 팔짝 뛸 지경이다. 어찌 그리 고집스러운지 사람 숨막히게 하는지 돌아가실 지경이다. 아무리 얘기를 해도 본인이 듣고 싶은 대로 듣고, 해석하고 싶은 대로만 해석하는 고집불통이다. 말하는 사람의 심정 따위는 안중에도 없다.

살아가면서 부부간에 대화를 하다 보면 자주 맞닥뜨리게 되는 장면이다.

왜 그럴까?

여자와 남자는 기본적으로 같은 조건의 사람들이 아니다. 성별이 다른 것은 당연한 일이고, 타고난 성향이나 역할도 다르다. 그래서 결혼 생활에서는 반드시 사랑과 이해의 전제하에 분담과 협동이 필요하다.

남편들은 본질적으로 인정받고 존경 받기를 원한다. 물론 여자도 마찬가지다. 가정 내에서 남편이 존경 받고 아내는 사랑 받는 것이 더 예뻐 보인다. 반대로 아내가 존경 받고 남편이 사랑 받는 가정이라도 무관하겠지만 말이다.

시행착오가 없는 가정은 없다. 또한 완벽한 사람은 존재하지 않는다. 완벽한 아내도 없다. 완벽한 남편도 없다. 그러니 완벽한 결혼은 더더욱 있을 수 없다.

무능한 남편, 무능한 아내라고 평가하지 말고 조급함을 버리고 좀 더 기다려야 한다. 인간은 누구나 결점을 가지고 있다. 세상에 존경 받는 유명 인사도 결점은 다 있다. 조금씩 서로를 이해하다 보면, 어느 날 당신의 기대치를 훨씬 능가하는 상대의 모습을 보게 될 것이다.

남편과 아내 사이에서 두 사람이 함께 평화를 얻는 비결은 서로 다른 사고방식을 이해하는 것에서 출발해야 한다. 둘 사이에 차이가 있음을 이해하는 것이 가정의 진정한 평화를 얻게 된다.

남자와 여자, 달라도 너무 다르다는 사실은 모두가 어느 정도 인식하고 있을 것이다.

부부가 함께 쇼핑을 해도 그 차이는 확연히 드러난다. 남자들은 필요한 목록 이외에는 특별한 관심을 보이지 않는다. 그렇기 때문에 쇼핑 목록의 물건을 비교적 빨리 구매하게 된다. 본인이 생각했던 것과 가격이 절충되면 바로 구매하게 된다. 특별히 더 둘러보지 않아도 본인의 쇼핑에 만족한다. 더 다녀 봐야 시간 낭비라고 생각하는 것이다.

그런데 여자들은 다르다. 일단 여러 군데를 둘러보아야 한다. 심지어 갔던 곳을 다시 방문하기도 한다. 그러면서도 쉽게 결정을 하지 못한다. 더 안 둘러보면 뭔가 후회하게 될 것 같지도 하고 손

해 볼 것 같은 느낌이 들기도 하는 것이다. 쇼핑이 길어질 수밖에 없는 이유는 많다. 어쩌면 아이쇼핑 자체가 즐겁기도 한 것이다. 그러니 아이쇼핑에 더 많은 시간을 할애하게 된다. 중요한 것은 이 시간이 전혀 지루하거나 힘들지가 않다. 오히려 많은 것을 둘러보면 만족감도 커진다.

아이쇼핑은 가격도 디자인도 눈여겨보며 새로운 정보에도 눈을 뜨게 하는 역할을 톡톡히 한다. 그러니 부부가 함께 쇼핑을 가게 되면 남편들은 금방 지루해지고 아내들은 늘 쇼핑 시간이 부족하다.

우리 부부는 불행인지 다행인지는 모르겠으나 이와는 반대의 성향을 가지고 있다. 나의 쇼핑 시간은 비교적 짧은 반면에 남편의 쇼핑 시간은 나를 질리게 한다. 그래서 보통의 남편들 입장을 비교적 잘 이해하는 편이다. 남편들이 지루해 하는 것은 당연한 일이다.

30년을 함께 살아온 어느 부부가 있다.

남편은 결혼 전에 아내를 사랑한다고 했다. 그것으로 자신의 마음을 충분히 전달했다고 생각했다. 30년을 살아오면서 이 마음이 변하지 않았기 때문에 꼭 말하지 않아도 자신의 마음을 아내가 알아주리라 생각했다.

그런데 아내는 매일 사랑한다는 이야기를 듣고 싶어 했다. 아내는 매일 사랑을 확인해야 안심이 되지만, 남편은 30년 전의 사랑 고백을 기억하며, 오늘도 그때와 변함이 없으니 굳이 매일 말하지 않더라도 괜찮다고 생각한다.

아내에게 사랑의 고백 유효기간은 하루였지만 남편의 유효기간은 평생인 셈이다. 아내는 날마다 확인하고 싶었지만 남편은 특별히 변한 것이 없으니 다시 확인할 필요가 없는 것이다. 이 차이를 인식해야 한다.

남자는 한 번 말하면 그것으로 끝이다. 다시 말하게 되면 잔소리라고 생각한다. 하지만 아내는 하루가 지나면 다시 이야기하고 재차 확인해야 하는 것이다. 여자가 남자보다 같은 말을 많이 하고 자주 반복하는 이유는 감성의 유효 기간이 짧기 때문이라고 한다. 아마도 여자들의 특징인지도 모르겠다. 여자들은 남자들에 비해 훨씬 감성적이다.

아내는 남편의 행동이 섭섭하겠지만 이해해야 한다. 친구나 동료들에게 물어봐도, 다른 남편들도 별반 다르지 않다는 대답을 듣게 될 것이다.

남자들도 마찬가지이다. 사랑한다고 한 번 말했으면 사랑하는 것이지, 또 얘기를 해야 하느냐고 할 것이다.

서로 다름을 인정하는 것에는 실천만한 것이 없다. 마음으로 이해를 하지 못하더라도 그럴 수 있음을 인정하려는 노력이 있으면 개선이 가능해진다. 이유를 알았으니 남편들이여, 매일 속삭여라.

"사랑해."

"고마워!"

아내들은 그런 당신에게 마주 속삭일 것이다.

"당신이 최고야!"

"여보 사랑해."

많은 학자가 남녀의 차이를 연구하지만 왜 차이가 나는지에 대해 명확하게 규명된 자료는 없다. 그러니 서로 다름을 인정하고 이해하려는 노력이 있어야 한다.

가능한 한 남자는 여자가 원하는 것을 들어주려는 연습이 필요하다. 여자들은 과묵한 남자들의 말을 오래 기억하려는 노력이 필요할 것이다. 남편이 매일 사랑한다고 말하지 않는 이유 역시, 여전히 사랑한다는 뜻으로 이해하면 된다.

잔소리는 하되
자존심은 지켜 주자

누구도 자신의 어제를 바꿀 수는 없다. 하지만 우리 모두
자신의 내일은 바꿀 수 있다.
－콜린 파월

결혼 생활을 불행하게 만드는 원인에는 여러 가지가 있다. 그중
에서도 아내의 잔소리는 남편을 넘어 자신까지도 불행하게 만
든다.

대문호 톨스토이는 누구나 우러러보며 존경하는 인물이다. 남
들이 부러워할 만큼 부유했고 뛰어난 문학가였다. 사회적 지위도
높았다. 선망의 대상인 그를 따르는 숭배자들도 많았다. 그런데 톨
스토이의 결혼 생활은 행복했다고 할 수 없다.

사치스러운 그의 아내는 돈을 좋아했지만, 톨스토이는 부를 죄
악시 여겼다. 자신이 쓴 저서의 인세도 받지 않으려 했다. 이후 아

내는 몇 년 동안 이 일을 들먹거리며 잔소리를 했다. 톨스토이는 정신적인 고통이 가중되었다. 아내는 자신의 마음에 들지 않는 일이 생기기라도 하면 신경질적인 발작을 일으키며 죽어버리겠다고 위협을 가했다.

참다못한 톨스토이는 여든 두 살의 나이에 아내의 신경질적인 잔소리를 피해 집을 나왔다. 그로부터 열흘 후 어느 시골 역에서 비참하게 숨을 거두게 된다. 죽음을 눈앞에 둔 그의 마지막 유언은, 부인이 절대로 가까이 오지 못하게 해 달라는 것이었다. 아내의 잔소리가 빚어낸 비참한 결말이다.

톨스토이의 아내는 남편에게 불평을 하게 된 나름대로의 충분한 이유가 있었는지도 모른다. 하지만 불평을 터뜨려서 그녀가 얻은 것은 하나도 없다.

특별한 목적 없이 습관적으로 지나친 잔소리를 하는 사람들은 경계해야 한다. 그들은 정신적으로 건강하지 못하다. 부부간의 애정 결핍, 형제간의 갈등, 시댁 식구와의 갈등 여러 가지 갈등을 가슴에 담고 있다. 자신의 감정을 억누르는 타입이다. 억압되어 쌓인 불만을 가슴에 담아 두게 되면 그것이 잔소리로 분출될 확률이 높다.

마음이 아픈 사람은 본인의 의도와는 상관없이 주변 사람들에게 고통을 주게 된다. 끊임없이 퍼부어 대는 잔소리의 피해자는 가족이거나 주변 사람이 될 수밖에 없다. 본인도 피해자라는 사실은 까맣게 모르고 있다. 타인이 원치 않는데 본인만 걱정이 앞선다. 잔소리란 형태로 은연중에 본인이 원하는 대로 통제하려 든다.

취업을 앞두고 있는 아들이 있다. 아버지는 아들이 못 미더워 아들보다 한발 앞서 인사 담당자를 만나고 다닌다. 아버지의 이러한 행동은 오히려 일을 그르치게 된다. 중요한 것은 아들은 그 회사에 갈 생각도 없다. 아버지 혼자서 앞서 걱정하고 난리 치며 아들에게 잔소리를 한다. "이렇게 이렇게만 하면 된다."라며 무조건 자신이 하는 대로 따라오라고 한다. 끝없이 잔소리를 하고 걱정을 한다. 정작 자신이 하는 잔소리는 스스로도 잘 지키지 못하는 것들이다.

이런 부류의 사람들이 앞서 걱정한 일들은 대부분 일어나지 않는 일들이다. 어쩌다 본인이 우려한 일이 실제로 일어나면 잔소리는 더 심해진다. 이들은 걱정의 형태로 타인을 통제하려 든다. 정작 그 잔소리를 듣는 사람의 고통은 전혀 이해하지를 못한다.

나는 이와는 무관한 사람이라고 자신하는가?

잔소리꾼이 아니라고 섣부른 판단은 하지 말자. 나만 모르는 '시크릿'일 확률이 높다. 못 믿겠다면 지금 당장 아내, 남편에게 물어보라.

"여보, 나 잔소리꾼 아니지?"

"……."

잔소리에는 불평불만은 기본이고, 투덜대기, 욕하기, 멸시하기, 비난하기, 조롱하기 등등 종류도 다양하다. 그런데 그중에서 가장 나쁜 것은 남들과 비교하기이다. 어른이나 아이나 마찬가지이다. 누구와 비교 당하는 것만큼 불쾌한 것도 없다. 동창회라도 다녀오는 날이면 잔소리는 그칠 줄 모른다.

'누구는 명품 백에 밍크코트 입고 나왔던데'로 시작된 잔소리는 남편의 가슴을 온통 헤집어 상처투성이를 만들어 놓는다. 이런 부류를 예로 들자니 마음이 편하지가 않다. 결혼 생활을 하면서 잔소리를 전혀 안 하는 부부는 없을 것이다.

잔소리도 '엣지' 있게 해 보자.

* 칭찬을 곁들여라.
* 꼭 필요한 말이라고 생각되면 딱 한 번만 하고 끝내라.
* 같은 말이라도 부드럽게 하라.
* 할 말을 미리 종이에 적어라.
* 대수롭지 않은 일이라면 그냥 넘겨라.

가정의 행복을 위해 노력하는 당신은 진정한 자존심을 지킬 줄 아는 사람이다. 노력으로 얼마든지 바꿀 수 있는 행동이다. 나쁜 잔소리 습관을 엣지 있는 잔소리로 바꾸기에 도전하자.

친구들과 모임 때 나왔던 말이다. 친구는 치가 떨린다는 듯이 단호하게 말했다.

"그놈의 잔소리 땜에 미치겠어!"

요즘 남편 잔소리가 부쩍 늘었다고 한 친구가 하소연했다. 함께 있던 친구들이 한마디씩 거들었다.

"야, 말도 말어. 우리 집도 만만찮어!"

남편의 잔소리가 듣기 싫은 가장 큰 이유는 자존심이 상한다는 것이다. 그런데 남편의 입장도 마찬가지가 아닐까. 사람은 남자나 여자나 다 마찬가지다. 잔소리를 즐기는 사람은 없다. 잔소리를 하는 사람의 심리는 대체로 불평불만을 밖으로 표출하기 위함일 것이다. 또 더러는 잔소리를 함으로써 남편을, 아내를 자기 뜻대로 움직이게 하고 싶은 욕망도 있을 것이다. 그러나 잔소리는 잔소리일 뿐이다. 습관적인 지나친 잔소리로는 어떤 목적도 달성할 수가 없다.

명절이 지나고 나면 부쩍 부부 싸움이 잦아진다.

왜일까?

여자들이 명절이나 평상시에 남편에게 큰 걸 바라지는 않는다. 그저 마음을 헤아려 주는 "고마워!" "수고했어!" 같은 한마디이다. 그런데 이 말이 아내에게만 해당되는 말은 아닐 것이다. 사소한 것에 감동하는 것은 사람이면 다 똑같은 것이다. 마음이 담겨 있는 말은 누구에게나 충분히 감동적이다. 남편들이 아내들에게 듣고 싶은 말이 바로 내가 그토록 듣고 싶은 말일 수도 있다.

'집안이 편안해야 남편이 밖에 나가서 기를 편다.'는 말이 있다. 아내들은 남편이 성공하기를 바란다. 남편이 성공하기를 바란다면 결혼 생활을 불행하게 만들어서는 안 된다. 남편에게 잔소리나 신경질을 부리면 그 순간 마음이 시원할지 모르나 남편을 주눅 들게 하고 일에 집중할 수 없도록 만든다. 무엇보다도 그것이 남편의 마음에 켜켜이 쌓여 돌이킬 수 없는 불행한 사태를 초래하게 된다. 남편이 어깨를 펴고 당당히 걸을 수 있도록 아내들이 말 한마디를 신중하게 해야 한다. 남편의 행복을 바란다면 생각나는 대로 잔소리를 해서는 안 된다.

잔소리는 대개 습관이다. 습관이기 때문에 가볍게 시작된 것도 결국에는 점점 심한 잔소리꾼으로 전락하게 된다.

남편을 자신이 바라는 대로 움직이게 하려면 칭찬만큼 효과적인 것도 없다. 잔소리는 줄이고 칭찬을 늘려야 하는 이유다. 습관적으로 하는 잔소리는 상대의 감정만 상하게 할 뿐이다. 잔소리 대신 칭찬으로 남편의 자존심도 살리고 당신이 원하는 목적도 달성하기 바란다.

남자다움과
여자다움의 차이

남자의 사랑은 그 일생의 일부요, 여자의 사랑은
그 일생의 전부다.
－바이런

두 연인은 서로에게 남성다움과 여성다움에 반하여 결혼을 한다. 남자는 여자의 애교와 여성스러움에 반하고, 여자는 패기 있고 씩씩한 남자의 모습에 반하여 부부가 된다. 부부로 살아가는 데도 남성다움과 여성다움은 중요하다. 남편은 남성다워야 하고 아내는 여성다워야 한다. 그런데 결혼을 하고 나서 서로에게 익숙해질 무렵이 되면, 어느 순간 남성다움과 여성스러움이 점차 사라지게 된다.

한때 긴장했던 근육들이 평온한 일상에서 느슨해지듯, 여성성과 남성성도 결혼을 통해 어느 정도 풀어지는 것인지도 모를 일이다. 그렇다고 아예 사라지진 않는다. 남자다움과 여자다움은 유효

기간이 있다. 물건은 기능을 상실하면 쓸모가 없어지지만 사람은 다르다. 한동안 봉인했다가 다시 끄집어낼 수 있는 탄력성을 가지고 있다. 시간의 경과에 따라 조금 모습을 달리할 뿐이다.

여자는 출산과 더불어 생활의 리듬이 많이 달라진다. 모든 신경이 아이에게 향하게 되는 순간 모성이 우세해진다. 더불어 얼굴을 꾸미거나 옷으로 멋을 부리는 일은 조금 거리를 두게 된다. 남편을 위해서 화장을 하게 되는 일도 드물어질 수밖에 없다. 아기들은 배가 고프면 단 한순간도 못 참는다. 성격 급한 아기에게 분유를 먹이는 일은 흡사 전쟁터를 방불케 한다. 단 몇 초도 못 참고 숨이 멎을 듯 울기 때문에 도무지 정신을 차릴 수가 없다. 이럴 때 여성성을 운운한다는 것은 누구에게도 도움 안 되는 일이다. 다만, 이 시간이 지나도 이 무렵의 습관들이 고착화 되는 것은 지양해야 한다.

남자도 마찬가지다. '잡은 물고기에게 밥을 줄 필요가 없다.'고 생각한다. 아내에게 더 이상 달콤한 말도 속삭이지 않고 더 이상 수컷의 용맹성도 보이려하지 않는다. 어떤 일이든지 다 해줄 것 같고, 용감하고 전투적인 모습은 온데간데없어진다. 아내들이 간혹, 아이를 업고 가방을 둘러메고 또 다른 짐을 들고 가는 모습을 심심찮게 볼 수 있다. 아내가 힘겹게 들어 올리는 무거운 물건도 슬쩍 피해 버린다. 그나마 "자기가 팔뚝 힘이 나보다 쎄잖아!"라고 하지 않는 게 다행이다.

이런 생활이 몇 년간 계속되면 두 사람의 관계는 싸늘하게 식어버리게 된다. 구태의연하게 '남자가 최고'라든가 '아직도 세상은

164

남성이 지배한다'는 극단적인 남성의 가치관이나 남존여비 사상을 내세우려는 의도는 전혀 없다. 다만 부부간에 적어도 남편이 남성다움을, 아내가 여성다움을 잃게 되면 서로 끌어당기는 매력이 적어진다는 것을 말하고 싶다.

남자다움을 상실한 남성과 여성다움을 상실한 여성이 부부로 살아가기에는 부작용이 따를 수밖에 없는 것이다. 중성과 중성은 서로 끌어당기는 힘이 없다. 자연의 법칙에도 플러스와 마이너스는 서로 끌어당기게 되어 있다. 그러니 사람의 경우도 마찬가지일 것이다. 남성다움은 여성스러움을 강하게 끌어당기게 되는 것이다.

페미니즘의 바람이 불어오고 남녀평등을 외치는 시대가 되었다. 여성들의 말과 행동이 급격히 자유분방해지고 현란해졌다. 여성의 지위가 남성 우위를 점령하는 숫자도 늘어나고 있다. 그런가 하면 남성이 얌전해지는 경향도 심해졌다. 미용 관련 성형수술도 더 이상 여성의 전유물이 아니다. 우리나라뿐만 아니라 전 세계적인 추세이다. 이런 현상은 전통적인 윤리관이 파괴되면서 더욱 심각한 상황으로 표출되고 있다.

아이들과 시내 쇼핑을 할 때 일이다. 여학생 몇 명이 우리 곁을 지나쳤는데 그들의 대화는 '욕'을 빼면 들을 것이 거의 없었다. 더 이상 걸러낼 수도 없는 욕들을 뱉어 내면서 그들은 뭐가 그리 즐거운지 깔깔 웃음보가 터지고 있었다. 타인의 눈치를 살피거나 조심하려는 행동은 보이지 않았다. 너무도 당당하고 활기찬 모습이었다. 나도 모르게 눈이 휘둥그레 멈춰 섰다. 무엇을 어떻게 하겠다는 생각은 없었다. 어안이 벙벙한 상태로 서 있자, 눈치 빠른 딸아이가 팔을 잡아끌었다.

"엄마, 요즘 애들 다 그래. 그냥 모른 척하고 얼른 가요."

옆에서 아들도 거든다.

"엄마는 뭐 저 정도 갖고 놀래고 그래."

나도 요즘 학생들이 욕을 잘한다는 것쯤은 알고 있다. 그런데 지금은 기억은 잘 안 나지만 여학생들이 하는 말들은 지금까지 들어 보지도 못한 생소한 단어들이 많았다. 그저 놀라웠다. 욕도 진화하는가 보다.

옛날처럼 가정에서 엄격하게 가르치시던 할아버지나 아버지의 부재가 이런 현상을 더 부추기고 있는 것인지도 모른다. 이런 문제는 사회적으로도 아무런 제재 수단도 없기 때문에 안타까운 현실일 수밖에 없다. 욕하는 학생들을 일일이 붙들어 세워 호통을 칠 수도 없는 노릇이다. 여학생들의 태도가 거침없어지고 언어 사용이 거칠어지는 이런 현상은 젊은 층일수록 더 두드러진다. 언어폭력에 더 노출되어 가는 요즘 학생들을 제재할 방법이 시급하다. 더 거침없어지는 이 시대 젊은이들의 언어 사용이 걱정스럽다.

청소년의 갈등 문제나 '중2병'과도 결코 무관하지 않을 것이다. 이런 현상이 확산되면서 파급적으로 생겨나는 사회 현상 중 하나가 결혼한 부부간의 갈등이 빈번해지고 이혼이 증가하는 이유가 될 것이다. 가정의 파탄까지 이어지는 무서운 현상이다. 길게 보면 남성스러움과 여성스러움을 많이 잃어버린 부부가 늘어날수록 이혼 가정도 늘어나게 될 것이다. 남성성의 상실이나 여성성의 상실은 원만한 결혼 생활을 해 나가기가 그만큼 어려워진다고 생각한다.

여성스러움과 남성스러움이란 말은 지극히 주관적이고 표현하기 애매하다. 우리가 흔히 생각하는 여성스러움에는 '상냥하고 부드러운 말씨, 편안함을 주는 어머니'를 들 수 있다. 남성스러움은 '믿음직하고 힘 있는 아버지'를 생각할 수 있다.

생각해 보라! 내가 생각하는 남편의 상, 내가 생각하는 아내의 상, 결국은 우리가 경험한 것에서 유추할 수밖에 없다. 그러니 가장 익숙한 가정, 부모님이 나의 거울이 될 수밖에 없다. 나의 부모님이 행복한 부부였다면, 행복한 가정을 이루고 살고 계시다면, 당신은 행복한 가정을 유지할 확률이 높은 사람이다.

남성다움과 여성다움이 나이가 든다고 사라지는 것은 아닐 것이다. 연륜이 묻어나는 성숙한 남성다움과 여성다움은 또 다른 매력을 담고 있다. 언제 어느 때나 자기답게 유지해 나가면 된다. 남편은 정열적으로 일하고 바위 같은 강인함으로 가족을 지키려고 애쓰면 될 것이고, 아내는 아름다움을 유지하도록 노력하고 말이나 태도 등을 부드럽게 유지하도록 노력하면 될 것이다.

남편을
나에게 맞추려고 하지 마라

인간은 결국 자신의 그릇만큼의 인생밖에는
살 수가 없다.
ㅡ사르트르

아버지는 오래전에 폐암으로 돌아가셨다. 아주 건강하셨던 분이라 폐암이라는 진단을 받았을 때 가족 모두가 충격을 받았다. 병원을 처음 가셨는데 마지막이 된 셈이다.

늘 잔병을 달고 산 엄마는 병원 문이 닳도록 드나들었던 병원을 아버지는 그 병원 문을 스스로 열고 나오시질 못했다. 가족들은 늘 엄마의 건강을 걱정했지만 아버지의 건강은 누구도 의심하지 않았다. 아버지는 늘 엄마에게 맞추어져 있었던 삶을 사시다 가셨다.

누가 누구에게 맞추는 삶은 한 사람의 인생을 송두리째 무시하는 것일 수도 있다는 생각을 했다.

아버지를 보내드리고 나서 남편에 대해 많은 생각을 했던 것 같다. 엄마는 늘 아버지에 대해 불만이 많으셨다. 늘 아버지의 삶을 엄마에게 맞추려고 했다. 자식들 눈에도 드러났기 때문에 제발 좀 그러지 마시라고 해서 종종 엄마의 심기를 불편하게 했던 기억이 있다.

딸은 엄마를 닮는다고 했다.

나는 엄마처럼 살기 싫었다. 그런데 그렇게 부정하면서 닮아가는 것인지도 모른다. 아니 실제로 그렇게 된다는 내용을 어느 책에서 읽은 적이 있다. 뇌는 우리가 상상하는 것이 좋아서 그런다고 착각을 한다는 것이다. 그래서 무의식적으로 좋아하는 것으로 에너지를 모아 주기 때문에 우리가 자주 상상하는 것이 이루어진다는, 놀랍지만 다소 충격적인 이야기를 읽은 기억이 있다. 자세히는 기억이 안 나지만 긍정적인 롤 모델을 정해서 나는 저렇게 되어야지 하는 마인드가 오히려 뇌를 잘 활용하는 것이라는 결론이었다. 그러니 부정하고 싶은 사람은 더 이상 머릿속에서 깨끗하게 지워 버려야 한다.

가끔 엄마처럼 말하는 나 자신에게 깜짝 놀란다. 이럴 때에는 남편에게 더 조심스러워진다. 문득 아, 이러지 말아야지 할 때이다. 내 안의 엄마를 볼 때, 요즘은 남편을 향해 잔소리를 할 경우에 자주 심호흡을 하게 된다.

살다가 돈에 쪼들릴 때마다 남편을 원망하게 된다. 그때 보증만 안 섰더라면 지금 이렇게 고생스럽진 않을 텐데, 남편이 미워지기 시작하는 것이다.

잊을 만하면 한 번씩 꾸게 되는 악몽처럼 생각난다. 그러면 나도 모르게 심술이 일어 남편에게 잔소리를 하곤 했다. 아마 이런 모습이 내가 그토록 싫어하던 엄마의 모습을 하고 있는 때가 아닌가 싶다.

어느 날 이런 내 모습이 너무 추하게 느껴졌다. 남편에게 악다구니하는 모습이 오히려 나를 초라하게 만들고 있었다. 더 이상 변할 수 없는 일을 가지고 뭘 어쩌겠다는 것인가 말이다. 이미 지나버린 과거를 자꾸 들추어내는 일은 어리석은 일이다. 그럴수록 행복과는 점점 멀어지는 삶으로 치닫게 되었다. 잦은 부부 싸움으로 가족 누구도 행복하지 않게 된다.

우울하게 바라보는 아이들을 보면서 아차 싶었다. 내가 지금 무슨 짓을 하고 있는 것인가?

한때 남편의 모든 것이 싫었다. 도대체 남편은 어느 것 하나 내 마음에 드는 것이 없었다.

얼마나 이기적인 생각인지 깨닫기까지는 참 오랜 시간이 걸렸다. 남편을 나에게 맞추려 할수록 나의 불평불만은 늘어났다. 안 좋은 내 기분을 가족에게 자꾸 투사하게 되는 것도 큰 문제였다. 그렇게 할수록 남편의 태도는 나로부터 등을 돌리게 되는 악순환으로 이어졌다.

누가 누구를 바꾸기는 쉽지 않은 일이다. 내 마음도 내 마음대로 잘 안 될 때가 있는데 하물며 남편의 마음을 내 마음대로 한다는 것은 부부 싸움을 키우는 일밖에 되지 않는다.

남들 사는 만큼 살면 좋겠다는 무모한 기준을 버리자 이 문제는 쉽게 풀리게 되었다. 누가 그랬던가, 평범하게 사는 것이 가장 어렵다고.

문득 어디서부터 잘못된 걸까? 고민하게 되었다. 그것은 다름 아닌 남편을 나에게 맞추려고 하기 시작하면서부터라는 결론을 내렸다.

어릴 적 시절을 가만히 떠올려 보았다. 2남 6녀 중에 여섯째로 태어난 나는 엄마의 남아 선호 사상에 늘 반기를 품고 살았다. 내 것이라곤 없던 어린 시절에 늘 새것만 가졌던 언니 오빠들에 비해 난 늘 부족한 사랑에 목말라 했다.

결핍의 어린 시절이 참 싫었다. 결혼해서도 별반 다르지 않다고 생각되었다. 남편과의 사랑도 특별할 것 없다고 생각하자 나는 참 불행한 사람이라는 생각이 들곤 했다. 도무지 내 속을 몰라주는 망부석 같은 남편이랑 앞으로 어떻게 사나? 심각하게 고민하기도 했다.

지금 생각하니 내가 그럴 때도 있었나 싶어 웃음이 난다. 힘들었던 시기에 그토록 원했던 것이 지금의 모습이다. 그런데도 만족을 모르고 있다니 난 참 속물인가 보다.

남편에게 아내의 믿음은 무엇과도 비교될 수 없는 크나큰 위안이 된다. 먼 길을 돌고 돌아서 나는 남편을 있는 그대로 인정해 주기 시작했다.

평생을 함께해야 할 동반자인 남편을 믿는 것은 너무나 당연한 일이다. 그런데 의외로 많은 여성들이 남편을 믿고 따르지 않는다. 나 역시도 그랬다. 모든 일이 순조롭게 잘 풀리고 평화로울 때는 남편을 믿고 따르다가 곤경에 처하면 남편을 원망하고 비난했다.

세계적인 자동차회사 포드의 창업주 헨리 포드의 일화는 부부 사이의 믿음이 얼마나 중요한 것인지를 말해 주는 좋은 예라고 할 수 있다.

헨리 포드는 한때 미국 디트로이트 시의 한 전등회사에서 주급 11달러를 받고 일을 한 적이 있었다. 당시 그는 매일 열 시간씩 근무하고 집에 돌아와 새로운 엔진을 제작하기 위해 헛간에서 밤을 지새우는 일이 많았다.

평범한 농부였던 그의 아버지는 아들이 쓸데없는 일에 시간을 낭비하고 있다고 생각했다. 이웃 사람들도 마찬가지여서 그를 '쓸모없는 사람'이라고 부르며 비웃었다. 그의 연구가 결실을 맺으리라고 생각한 이는 아무도 없었다.

그런데 단 한 사람, 그의 아내만은 그를 믿고 따랐다. 그녀는 하루 일과를 끝낸 후 항상 헛간으로 달려가 남편을 도왔다. 해가 일찍 저무는 겨울이 되면 남편이 편하게 작업할 수 있도록 석유등을 들고 남편의 작업이 끝날 때까지 서 있었다. 추위에 턱이 덜덜 떨릴 정도였지만 그녀는 이에 아랑곳하지 않고 남편을 도왔다. 그녀는 헨리 포드가 '나의 신자'라고 부를 정도로 남편의 연구가 성공하리라 굳게 믿고 있었다.

그로부터 3년 후 그의 연구는 결실을 맺었다.

남편을 믿는다는 것은 적극적인 행동이다. 아내의 적극적인 지지는 남편에게 자신감을 불어넣어 주고 그 신뢰를 바탕으로 남편의 삶에 큰 영향을 주게 된다. 남편을 나에게 맞추는 삶이었다면 이제부터는 적극적으로 지지하는 조력자가 되는 편을 선택하길 바란다.

오늘 남편에게 "나는 당신을 믿어!"라고 말하면 남편의 반응이 어떨까? 처음에는 다소 황당해 하겠지만 이내 기분 좋아할 것이다.

나는 책을 쓰기 시작하면서 남편에 대한 새로운 믿음이 생겼다. 그동안 남편의 노고를 미처 생각하지 못했던 것들도 돌아보게 되었다. 그러다 보니 이전에 느끼지 못한 남편에 대한 고마움이 크게 다가온다. 그러면서 남편에게 조금씩 익숙해져 가고 있음을 느낀다.

전에는 거부하는 감정이 앞섰다면 이제는 많이 부드럽게 스며든다는 차이가 있다. 내가 조금만 먼저 마음을 기울였더라면 좋았을 것을 하는 뒤늦은 후회를 하고 있다.

다름을 인정하면
공감을 높일 수 있다

부부 생활은 길고 긴 대화 같은 것이다. 결혼 생활에서는 다른 모든 것은
변해 가지만 함께 있는 시간은 대부분 대화에 속하는 것이다.
-니체

내가 옳다는 생각이 강한 사람일수록 스트레스를 많이 받는다는
말이 있다.

그런데 생각해 보라. 내가 옳다고 할 게 있는지 의문이 생길 것
이다. 따지고 보면 생각이 서로 다른 것이지 누구는 옳고 누구는
그른 게 아니기 때문이다. 그냥 서로 다를 뿐이다.

남자와 여자는 생물학적으로도 서로 다르게 태어났다. 그러
니 서로의 사고도 다를 수밖에 없지 않겠는가? 그러니 어떤 문제
가 불거졌을 때, 남편과 나의 기본적으로 서로 다름을 인정하면
된다. 그러면 스트레스를 받을 일이 줄어들 것이다. '아, 남편 입
장에서는 그럴 수도 있겠구나.' 생각하면 스트레스는 조금 멀어

지게 된다. 그런데 나를 중심으로 생각하게 되면 화가 날 수밖에 없다. 마음의 평화를 원한다면 화가 난다고 느낄 때 '어, 내가 또 나만 옳다고 생각하는구나.' 이렇게 생각을 바꾸고 자신을 한번 돌아보자. 잠시 동안 화나는 마음에 브레이크 시간을 가져 보는 것이다.

나는 침대를 선호하는 편이었고 남편은 불편해 했다. 처음 몇 년 동안은 침대 없는 생활을 했다. 나는 늘 잠자리가 불편했고 매일 두꺼운 이불 하나를 더 깔고 잠이 들곤 했다. 그런데 그렇게 자고 일어나도 몸이 개운하지 않았다. 허리도 아프고 불편했지만 어쩔 수 없었다. 그런데 이사를 하면서 다시 침대 문제를 고민하게 되었다.

혹시나 하는 마음에 얘기를 꺼냈더니 남편은 흔쾌히 허락해 주었다. 그때부터 지금까지 침대를 사용하고 있다. 남편도 특별히 불평은 없는 것 같다. 나는 남편의 따뜻한 배려로 적지 않은 감동을 받았다. 한 사람을 이해해 준다는 것은 그의 인생에 잃어버렸던 미소를 되찾아 주는 일이기도 하다.

아내가 남편을 존경하고 자랑스러워하는 마음을 갖는 건 아주 중요한 일이다. 아내들은 남편이 무슨 일이든지 결정할 때 남편이 자신의 의견이나 생각에 귀 기울여 주기를 원한다. 그러나 대부분의 남편들은 그렇지 못하다. 자신 혼자서 결정하고 통보하는 방식을 취하려 든다. 존중 받는 남편은 뭔가 행동이 다르다. 평소에도 아내의 의견에 공감해 주고 반영해 준다면 매일 아침 밥상이 달라질 것이다.

반면 남편이 아내의 의견을 무시하면 그것은 당연히 불안정한 결혼 생활로 이어진다. 아내를 무시하는 남편은 자신이 그런 사람이라는 사실을 의식하지 못하고 있는 경우가 있다. 남편이 아내의 의견을 수용해 주는 편이라면 결혼 생활은 원만해진다. 큰 문제가 생겨도 아내가 남편에게 적대감을 품는 일은 거의 없다. 남편의 수용적 태도는, 부부가 충분한 대화를 통해 서로의 마음을 헤아리는 것에 익숙해져 있기 때문이다.

사람들은 대게 타인이 자신을 이해해 주기를 바란다. 이해를 해준다는 일은 상대방을 있는 그대로를 인정해 준다는 것과 비슷한 일이다. 그의 존재를 인정해 주고, 그가 하는 말을 인정해 주고, 그가 하는 행동을 인정해 주고, 그가 하는 것들을 인정해 주는 것이 바로 이해다. 이처럼 이해란 누군가를 배려하기 위한 마음에서 오는 것이다.

하지만 누군가를 무엇인가를 완전하게 이해하는 일은 불가능하다. 이해하려고 노력하는 것은 가능한 일이고 바람직한 일일지 몰라도 완벽하게 이해하려고 하는 것은 오히려 내 자신과 상대방을 더욱 지치고 힘들게 만들 수도 있다. 완벽하기보다는 적정선에서 타협점을 찾아내는 것이 지혜로운 일이 될 것이다.

지금 당장은 이해할 수 없는 것들이 시간이 지나면 자연스럽게 이해할 수 있는 때가 있다. 때론 영원히 그 순간이 오지 않을 수도 있다.

중요한 것은 이해했느냐 하는 것이 아니라, 상대방의 세상을 그대로 인정하고 존중할 수 있느냐 하는 것이다. 사람은 자기만의 세계를 이루고 산다. 그 세상에는 상대방이 도저히 상상할 수 없는 것들도 즐비하다. 너무도 많은 것들이 우주처럼 넓게 펼쳐지고 있기 때문이다. 그래서 누군가를 이해한다는 것은 하나의 우주를 이해하는 것보다 어려운 일일 수도 있다.

부부 싸움은 보통 처음에는 아주 사소한 것에서 시작된다. 남편은 트로트를 좋아하고 나는 발라드를 좋아한다. 언젠가 가족이 노래방을 간 적이 있는데 남편이 대뜸 나더러 노래를 부르지 말라고 했다. 노래방에서는 분위기를 살리고 방방 뜨는 노래를 불러야 하는데 "당신은 분위기를 죽여서 안 돼!"가 그 이유였다. 기분이 몹시 언짢았지만 아이들 앞이라 화를 낼 수도 없는 노릇이었다. 가족끼리 갔는데 얼마든지 자신의 취향대로 부를 수도 있는 문제였지만 술기운이 오른 남편을 상대로 싸울 수는 없는 노릇이라 그냥 속으로 삭였다. 남편은 가끔 악의는 없지만, 사려 부족으로 이처럼 나를 서운하게 하는 경우가 종종 있다.

부부 싸움은 아주 사소한 것에서 빈번하게 일어난다. 식사하는 방법 때문에도 싸움의 발단이 될 수도 있고, 몸을 씻는 습관 때문에도 잦은 싸움의 원인이 되기도 한다. 욕실 사용하는 방법, 육아 문제, 가구의 배치 등 정말 사사건건 의견이 대립되는 것들이 많다. 의견이 대립하고 점점 험악한 관계가 길어지면 돌이킬 수 없는 지경에 이르게 된다. 나만의 잣대로 상대방을 판단한다면 결국 큰 싸움으로 이어질 수밖에 없다. 상대방에 대한 최소한의 배려가 타인을 존중하는 것임을 잊으면 안 된다. 남편이 아내의 의견을 듣지 않고 무시할 경우, 그렇지 않은 부부보다 헤어질 확률은 높아질 것이다.

평소 가정에 충실한 남편이 퇴근길에 교통사고가 나서 한쪽 발을 쓸 수 없게 된 어느 부부가 있었다. 처음에 아내는 불쌍한 남편을 정성껏 돌봤지만 시간이 지나자 발을 저는 무능한 남편이 싫어졌다.

아내는 남편을 무시하며 절뚝이라고 부르기 시작했다. 그러자 마을 사람들이 모두 그녀를 절뚝이 부인이라고 부르기 시작했다. 아내는 곧 자신의 잘못을 깨달았다. 그래서 낯선 곳으로 이사를 가서 그곳에서는 남편을 박사님이라고 부르기 시작했다. 그러자 이번에는 마을 사람들이 모두 그녀를 박사 부인이라고 불러 주었다.

배우자로 선택한 사람을 당신이 먼저 존중해 주어야 한다. 당신이 먼저 존중해 주어야 다른 사람들도 존중하게 된다.

사람은 사물을 대하는 방식이 천차만별이다. 각자 살아온 생활 방식에 따라 차이가 날 수밖에 없다. 결혼이라는 것을 통해 서로 다른 두 인격체가 가정을 이루게 되면 의견 충돌이 발생하는 것은 당연한 일이다. 두 사람은 모든 면에서 확실히 다르다는 것을 인정해야 한다. 절대로 나와 생활방식이나 가치관이 같을 수 없음도 알아야 한다.

'사랑한다는 것은 상대방과 마주하는 것이 아니라 상대방과 같은 방향을 바라보는 것이다.'라는 말이 있다. 행복한 결혼 생활을 꿈꾼다면 이보다 더 좋은 충고의 말은 없을 것이다.

결혼 생활이 평화롭게 유지되는 것은 부부간에 주도권 다툼이 일어나지 않기 때문이 아닐 것이다. 남편이 아내의 의견을 듣는다는 것은 아내를 존중한다는 표시이다. 만약 남편이 아내의 말에 귀를 기울인다면, 아내는 비록 화가 나더라도 남편에게 거친 말을 하지 않는다. 오히려 불평불만을 적게 하며 타협점을 찾으려 노력할 것이다. 그런데 아내의 말에 귀를 막아 버리면 둘 사이에 타협점을 찾아내기가 불가능해진다.

부부 문제의 해결 실마리는 남편이 아내의 의견에 귀를 기울이는데 있다 해도 과언이 아니다. 여자들의 언어는 여자의 전부나 마찬가지이다. 그러니 아내들의 말을 막지 말고 무조건 들어줘야 하는 이유가 여기에 있다. 아내의 어떤 말도 부디 들어줘라. 가능하면 끝까지. 일단 듣기만 해도 문제의 반은 해결된다. 여자들은 말을 함으로써 스트레스를 날려 버리는 탁월한 능력이 있기 때문이다. 대다수의 여자들은 이야기를 한다는 자체만으로도 큰 위로를 받는다. 그 상대가 남편이라면 기적이 일어난다. 남편들은 듣는 것을 인생의 수련 과정이라 생각하고, 꼭 습관으로 들이도록 노력해 보자.

결혼을 했다고 이성적 차이가 극복된 것은 아니다. 서로 다른 것을 이해하기 위한 해석적 노력이 더 절실하게 요구되는 것이 결혼이다.

한평생 함께 살 사람에게 평생 악인으로 남을지 존중 받으며 살 것인지 현명한 선택을 해야 한다. 남편이 아내의 의견을 듣는 데 있어 중요한 것은 솔직한 태도이다. 상대방의 생각을 존중하고 "당신은 왜 그렇게 생각해?"라고 진지하게 물어보면 뜻밖의 실마리를 찾게 되는 경우도 있다.

사람과 사람 사이에는 온정이 있는 교감이 필요하며 그렇지 못한 삶을 살아가는 것은 무인도에 홀로 고립되어 평행을 고독하게 살아가는 것보다 더 쓸쓸하다는 것을 기억하자. 그래서 우리는 서로를 이해하기 위해서 노력해야 한다.

부부가 서로 다르다는 것은 지극히 상식적인 일이다. 그러니 상식적인 것을 좀 다르다는 이유 때문에 지나치게 스트레스를 받을 필요는 없다. 완벽한 부부는 없다. 속을 들여다보면 누구나 속상한 사연 한두 가지는 안고 살아간다. 때로는 적당히 이해하고, 때로는 적당히 무시하고, 가끔은 포기하는 것도 생기기 마련이다. 살아 보면 안다. 그래야 함께 오래 살 수 있다는 것을.

제4장

이기적인 아내가 아름답다

이기적인 아내가 아름답다 ‖ 꿈을 꾸는 이기적인 아내가 되자
평생 하고 싶은 일을 찾아라 ‖ 흥미롭고 재미있는 취미 생활을 하자
인생의 운전대를 남편에게 넘기지 마라
나다운 아내, 엄마로 살아라 ‖ 그냥 나쁜 아내로 찍히는 게 낫다
나를 중심으로 라이프 시스템을 만들어라
언제든 자기감정을 솔직하게 조절하기

이기적인 아내가
아름답다

당신이 가슴 뛰는 삶을 사는 것. 그것은 당신에게 주어진 진리의
길이자 이번 생의 목적이다.
－다릴 앙카

"가족들은 어쩌고 나만 생각해!"

자신의 인생을 이기적으로 살지 못하고 있는 아내들의 외침
이다.

안주하는 삶은 편하다. 당장은 평화롭다. 하지만 고인 물은 언
젠가 썩기 마련이다. 세월이 흐르면 모든 게 변하는 법이다. 인생
의 후반전만큼은 이기적으로 살아야 한다는 것이 변함없는 내 생
각이다.

이기적인 아내는 자신을 통째로 가족에게 희생하지 않는다. 물
론 가족에게 헌신하는 아내가 불행하다는 이야기는 아니다. 가족
에게 희생하는 만큼 기대치도 높다. 기대에 미치지 못하면 불만이

생기게 되고 결국은 폭발하고 만다. 급기야 자신의 감정을 가족들에게 그대로 반사시킨다. 그러면서 끊임없이 다른 사람과 나를 비교하면서 자존감을 잃어 간다.

아내들 삶은 인생 전반전은 어쩔 수 없이 나를 위해 살 수 없는 환경에 놓이게 된다. 대표적으로 육아 문제는 피해 갈 수 없다. 그 시기를 잘 지나온 중년이라면 이젠 달라져야 한다. 후반전은 나를 위한 시간들로 재배치해야 하는 것이다. 후반전마저 나를 위해 살지 않는다면 허무함이 무섭게 덮쳐 오게 된다. 이 허무함은 혼자 오지 않는다. 우울증이란 떼어내기 힘든 놈을 함께 달고 온다.

중년의 우울증은 중2병도 무서워 도망간다는 말이 있다. 우울증을 동반하고 인생 전체를 잘못 산 것 같다는 회의감에 빠질 수 있다. 그렇게 된다면 인생에 또 한 번의 큰 수렁에 빠지게 되는 것이다.

그래서 나를 비롯하여 중년이라는 타이틀을 단 여성일수록 누구나 이기적으로 생각하고 행동하는 연습이 필요하다.

무엇이든 연습 없이는 이루어지지 않는다. 이기적으로 되는 것은 쉽지 않다. 반드시 연습이 필요하다. 오랜 세월 가족을 위한 삶을 살아온 당신은 더욱더 연습이 필요하다. 나를 위한 건강한 밥상을 차리고, 나를 위한 쇼핑을 하라. 나를 더욱 돋보이게 하는 물건들을 구입하고 집안에 나만의 공간을 만드는 것이다. 무엇을 하든 내가 기쁘고 즐거운 것을 하도록 해야 한다. 그동안 시달렸던 마음을 보살피는 것을 소홀히 하면 안 된다.

스스로 가슴 뛰는 일을 찾는 것도 중요하다. 내 가슴을 설레게 하는 일은 이 세상에 분명히 있다. 아직까지 찾지 못했을 뿐이다. 마음을 열고 움직이면 진정으로 하고 싶고, 가슴 뛰는 일도 일어날 것이다.

얼마 전 SNS에서 감동적인 기사를 보았다.

미 대륙 횡단 여행을 하고 있는 백발의 91세 노마 바우어슈미트 할머니, 그녀는 자궁암과 싸우고 있는 암 환자다. 병원에 머무르는 대신 길 위에서의 여생을 택한 할머니의 여행이 무척 인상 깊었다.

그녀는 자신만의 '버킷리스트'를 완성해 가고 있었다. 패기 넘치는 젊음으로 배낭여행을 다니는 청년을 상상하기 쉽지만, 91세 백발의 할머니의 도전은 신선한 충격으로 다가왔다. 노마 할머니가 자궁암 진단을 받고 남편마저 세상을 떠난 후, 그녀는 자신의 남은 삶을 위해 특별한 선택을 했다.

아담한 체구인 할머니가 굴 맛보기, 물개와 입 맞추기 등 끊임없이 크고 작은 시도를 거듭하는 모습은 적잖은 감동으로 내게 다가왔다.

여행을 통해 일약 유명 인사가 된 할머니는 미 국립공원관리청(NPS)의 초청으로 그랜드캐니언, 옐로스톤을 비롯한 20여개 국립공원 행사에 참석하는 등 미국 각지에서 '러브콜'을 받고 있다고 한다.

노마 할머니와 가족이 여행을 통해 얻은 가장 값진 선물은 '매

순간의 소중함이다. 그녀는 언론 인터뷰에서 "여행 중 어디가 가장 좋았느냐?"라는 질문을 받을 때마다 "바로 이곳!"이라고 대답한다. 생을 마감할 때까지 여행을 계속할 계획이라는 기사를 보면서 가슴이 뭉클했다. 암 진단 후 병실에서 생의 마지막을 맞는 대신 과감하게 자신을 위한 이기적인 결단을 한 할머니의 용기가 아름답고 빛나 보인다. 자신의 삶을 어떻게 마무리할 것인가에 대한 명확한 실천을 하고 있는 할머니에게 무한 응원의 박수를 보내고 싶다.

주변에 나보다 많이 힘들어 하고, 정신적 고통과 상처 속에서도 꿋꿋하게 견디며 다른 사람을 도와주는 아름다운 이들은 수도 없이 많다. 그동안 이들에게 사람들은 아낌없는 박수를 보내곤 했다. 그러나 우리가 깨달아야 할 것은 그들에게 박수를 보내는 것이 중요한 것이 아니라는 것이다. 그보다 더 내 삶이 그런 박수를 받는 당당한 사람이 되어야 한다는 점이다. 그 시작은 자신을 아끼고 사랑하는 것에서부터 시작하면 될 것이다. 그동안 자신을 하찮게 여겨온 사람이 부지기수로 많다. 스스로가 그동안 자신을 잊고 살아왔다.

내 속에서 잠자고 있는 거인 '잠재력'을 깨울 준비를 하자.

당신이 미리 포기하지 않는다면 세상에는 그 어떤 한계도 없다. 당신 안에 가두어져 있는 잠재력은 당신이 끄집어내어 주기만을 간절히 기다리고 있다.

열심히 적극적으로 꿈을 꾸는 사람은 아름답다. 누가 뭐라고 하든 마음먹은 것은 무엇이든 할 수 있다고 굳게 믿으면 된다. 우리는 이미 경험으로 '나이는 숫자에 불과하다.'는 말을 이해하고 있다.

사람은 마음가짐을 바꿈으로써 인생을 바꿀 수 있다고 한다. 지금도 우리는 충분히 아름답다. 좀 더 강한 긍정의 자신감으로 자신을 무장해라. 그리고 이기적인 꿈을 꾸고 이루어라.

두 가지의 갈림길이 있다면 당신은 무엇을 선택할 것인가?

꿈이 있는 삶.

꿈이 없는 삶.

매일 꿈을 꾸는 이기적인 선택을 한다면 당신은 달콤하고 행복한 삶의 주인공이 될 것이다.

꿈을 꾸는
이기적인 아내가 되자

꿈이 있다면 지금 당장 드림리스트를 작성하라. 이 세상에서 가장 멋진 일은
일생을 바칠 만한 꿈과 목표를 가지고 있는 것이다.
－이도준 《내가 꿈을 이루면 나는 누군가의 꿈이 된다》

나는 내 인생의 경영자이다. 하루 스물네 시간을 어떻게 사용하느
냐에 따라 삶의 가치를 행복하게 운영할 수도 있고 불행하게 경영
할 수도 있다.

대부분의 사람들이 하루 평균 여덟 시간 이상을 직장에서 보낸
다. 그리고 퇴근 후 시간은 별 의미 없이 낭비해 버리게 된다. 나
는 둘째 아이를 출산하고 약 6개월간 쉰 것 빼고는 오롯이 집안
살림만 하는 전업 주부였던 적이 없다.

집에서의 시간 경영을 어떻게 하느냐에 따라 인생이 바뀔 수도
있다.

올해로 결혼한 지 19년째이다. 결혼 초기에 빚 때문에 어려움

을 겪으면서 시작된 사회생활은 나 자신을 일으키고 힘이 되는 것들에 초점을 맞추기 시작했다. 두 아이의 엄마가 되었고 나 자신도 살아야겠기에 스스로 터득한 삶의 비책인 셈이다. 더 즐겁고 보람된 삶을 살기 위해서는 시간 관리는 필수적이다. 오로지 나만을 위한 시간을 확보하는 것이 행복으로 가는 지름길이기도 하다. 이 나만의 시간에 꼭 거창한 목표가 있어야 하는 것은 아니다. 평소 읽고 싶었던 책을 읽어도 좋고 건강을 위해 운동을 해도 좋다. 중요한 것은 나만을 위한 시간이고 즐겁게 스스로 이 시간을 누리는 것이다.

나는 이 시간 동안에 참 많은 것들을 경험했다. 비록 하루 두세 시간에 불과하지만 이 시간들이 차곡차곡 쌓여서 나에겐 많은 변화가 찾아왔다. 방송대를 졸업하고 대학원을 졸업했다. 또 뜻하지 않은 우연한 기회에 라디오 진행자가 되어 새로운 경험을 추가하고 있는 중이다. 또다시 책 쓰기에도 도전을 했다.

책 쓰기 학교를 등록하기 위해 남편에게 처음으로 돈을 부탁했다. 남편은 흔쾌히 나의 청을 들어주었다. 이제는 나의 목표를 남편도 잘 알고 있다. 침실 화장대에 늘 붙어 있는 나의 버킷리스트를 이미 오래전부터 남편과 공유하고 있기 때문이다. 이전에는 내가 무엇을 하겠다고 말하기가 무섭게 부정적인 말들을 쏟아붓던 남편이 이제는 든든한 조력자가 되었다.

어느 때부터인지는 모르겠으나 남편은 나를 믿고 있다는 말을 종종 한다.

"한다고 하면 그게 무엇이든 잘 할 거야!"

"열심히 해봐!"

남편의 이런 반응이 무척 힘이 되었다.

책 쓰기 학교를 다니기 위해 영주에서 분당까지 운전을 하고 다니면서도 남편의 든든한 응원 덕분에 힘든 줄 모르고 다녔다. 일주일에 하루를 꼬박 나와서 시간을 보내야 했다. 직장 다니면서 살림을 해야 하고, 수업도 병행해야 했지만 그전처럼 힘들지가 않았다. 밤늦게 도착하면 겨우 씻고 잠들기 바빴다. 그런데 남편이 설거지도 말끔히 해 놓고 기다려 주는 날도 있었다. 힘이 났다. 드디어 꿈꾸었던 일을 시작하게 되었다는 사실만으로도 나는 행복했다. 그 행복을 남편과 아이들이 함께 기뻐해 주고 응원해 준다. 나는 더 이상 바랄 게 없다는 생각이 들 정도로 즐거운 날들을 맞이하게 되었다. 틈틈이 아내 역할, 엄마 역할도 더 잘 하려고 애를 썼다.

책 쓰기 과정을 시작한 것만으로도 가슴이 벅차고 감사한 일들이 너무 많이 생겨났다. 가족들의 배려가 너무 감사하다. 가족들의 강력한 응원은 나를 더 책임감 있는 사람이 되도록 힘을 실어 줬다. 사랑하는 가족들에게 자랑스러운 존재가 되기 위해 오늘도 노력한다. 내 인생 부끄럽지 않는 사람으로 살아갈 수 있다는 자신감으로 무장 중이다.

아프리카 원주민들은 비가 오지 않으면 기우제를 지낸다. 그런데 그들이 기우제를 지내면 놀랍게도 100% 비가 내린다. 이유는 간단하다. 비가 내릴 때까지 기우제를 지속하는 것이다. 절대로 그들이 믿는 신의 능력이 뛰어나서가 아니다. 특별한 기도 방법을 가지고 있지 않아도 뜻을 이룰 때까지 포기하지 않는 것이 100% 성공하는 비결인 셈이다.

어떤 사람이 꿈의 목표를 정했다. 그 꿈을 이루기 위해 부정의 기운은 뿌리치고 긍정의 기운을 끌어들인다면 그 꿈은 반드시 이루어진다. 그러므로 매일 할 수 있다는 신념을 가지고 노력하면 된다.

꿈은 반드시 이루어질 거라는 확신을 가져라. 꿈을 절대로 포기하지 말고 굳은 신념으로 하루하루를 이끌어 나가야 한다.

당신은 어떤 꿈을 꾸고 있는가?

당신에게 꿈이 있고 매일 꿈을 꿀 수 있다는 것 자체만으로도 반은 성공한 것이나 다름없다.

만약 꿈이 없다면 당장 시작하여 꿈의 시간을 벌어라. 꿈은 한 가지를 이루면 또 다른 것으로 확장되고 성장된다는 것을 경험하게 될 것이다.

가족 때문에, 이웃 때문에 상처를 받아 아파하고 고통스럽다면 더 주먹을 불끈 쥐어 보자. 우리는 가끔 나보다 더 많이 힘들고 어려운 환경에 처한 사람도 꿋꿋하게 살아가는 경우를 볼 수 있다. 그들은 어려운 생활 속에서도 남을 도와 가며 삶의 의미를 찾는 이들이다.

이런 사람들을 찾아보면 주변에 많다. 내 삶의 주체가 되어 당당한 삶의 주인공이 되어야 한다. 혹시 내 꿈을 위한 도전이 가족에게 미안한 일이라고 생각하는가? 그렇다면 그 마음 자체가 걸림돌이라는 것을 알아야 한다. 지금 이대로의 모습이 미래의 자신의 모습임을 상상해 보자. 꿈을 꾸고 그것을 실현하는 데 주변의 어떤 여건이나 환경 따위는 장해물이 될 수 없다. 어려움이 따른다면 누군가의 도움을 받거나 자신의 의지로 충분히 넘어설 수 있는 것들이다. 지금 자신의 삶이 충분히 행복하다면 그대로 머물러도 괜찮다. 하지만 지금 당신의 존재가 주변에 언제까지 도움이 될 것 같은가를 생각해 보라. 가족들이 언제까지나 당신을 영원히 필요로 하지는 않는다.

내 꿈이 소중한 이유는 많다. 당신의 지난 인생이 선물 같은 세월이었다면 당신의 미래도 그럴 것이다. 반대로 그 반대의 모습이었다면 결과도 마찬가지다. 인생은 눈 깜빡할 사이에 지나간다. 왜 당신의 삶을 온전히 즐기지 못하고 있는가? 스스로 질문해 보라. 답은 이미 당신도 알고 있다. 사람은 누구나 후회 없는 인생을 원한다. 하지만 살다 보면 후회하는 순간이 반드시 온다. 잠깐 스쳐 가는 후회일 수도 있고 한동안 가슴을 먹먹하게 적시는 후회가 있을 수도 있다.

여자들이 죽기 전에 가장 큰 후회를 하지 않기 위해 꼭 해야 할 것이 있다. 바로 자신의 인생을 나 몰라라 방치하지 말라는 것이다. 가족에게 헌신하는 삶만 살아서는 안 된다는 것이다. 주위를 둘러보라. 자식과 남편에게 당당한 여성들은 다소 이기적인 경우가 많다. 오히려 이런 여자들이 사랑도 받고 떵떵거리며 산다. 아이의 꿈, 남편의 꿈이 내 꿈이 될 수는 없다. 다른 사람의 인생에 올인하는 인생은 후회를 남기게 된다.

내 꿈이 소중한 여자는 마음속에 상실감이나 절망감이 들어올 틈이 없다.

남들 눈에 조금 이기적인 여자로 보여도 괜찮다. 그보다는 내 꿈이 가장 소중한 것이다. 열정적으로 사는 사람은 자신도 상상하지 못한 기적을 만날 때가 있다. 불평하던 남편이 어느새 든든한 조력자로 돌아선 나의 경우가 그렇다.

자신이 얼마나 소중한 존재인지 깨달은 사람만이 아름다운 사람들과의 동행 속에서 더 밝은 미래를 찾아 나설 수 있다. 우리 모두에게는 자신만의 꿈 크기가 있다. 나를 가슴 뛰게 이끄는 것이 무엇인지를 최대한 침착하게 찾아보길 바란다. 그리고 진정으로 몰입하길 바란다. 몰입하게 되면 그 꿈은 분명 나의 행복한 인생의 동반자가 되어 줄 것이다.

평생 하고 싶은 일을
찾아라

행동이 언제나 행복을 가져오지는 않는다.
그러나 행동 없는 행복은 없다.
－벤저민 디즈레일리

김정운의 ≪나는 아내와의 결혼을 후회한다≫를 읽고 공감하는
내용을 옮겨 본다.

내 존재는 내가 좋아하는 일. 재미있어하는 일로 확인되어야
한다. 내가 좋아하는 것으로 존재를 확인하게 되면 내 사회적 지
위가 아무리 변하더라도 내 존재를 찾아 헤맬 일은 없다.

이 구절은 내 존재를 자극하기에 충분했다.
곰곰이 생각해보니, 나는 아주 오래전부터 막연하게 글 쓰는
사람이 되고 싶었다. 초등학교 때 ≪빙점≫이란 소설을 읽고 막연

하게 소설가를 꿈꾸기도 했다. 이후로는 '나는 언젠가는 글을 쓸 거야.'라는 무의식이 자리 잡고 있었다. 그래서인지는 몰라도 내가 평생 하고 싶은 일을 크게 고민하지 않고 '글 쓰는 사람'이라고 서슴없이 말할 수 있었다. 어릴 때부터 책 읽기를 좋아했고 그러면서 어느 순간 '시'가 좋았다.

이것이 대학원에서 시를 전공하게 된 계기가 되었다. 원하는 공부를 할 수 있는 시간들이 너무 좋았고 행복했다. 하고 싶은 공부를 할 수 있다는 자체가 힘이 되어 주었다. 어디서나 늘 그렇듯 인간관계 때문에 많은 어려움이 따르긴 했지만 어려움보다는 행복이 컸다. 이유는 아마도 문학의 길을 함께 걸어가는 동지들을 만날 수 있었기에 가능한 것이었으리라 생각한다. 힘들고 지친 그 시간에 함께한 사람들과 울고 웃었던 동기들과의 기억은 너무 소중하다.

대학원 진학은 딸과의 약속으로 이어진 것이지만 그것 또한 '글'이란 것에 관심이 있어서 가능했던 것이기도 했다.

졸업을 앞두고 딸과의 약속을 지켜야 할 시점이 되었음을 피부로 느꼈다. 애초의 계획은 딸의 이야기를 책으로 엮는 것이었다. 약속을 지켜 주고 싶은 마음이 컸다. 그러나 아직은 시기상조라는 주변의 의견과 여러 가지 이유로 잠시 보류했다. 하지만 언젠가는 꼭 약속을 지키리라 다짐하고 있다.

첫 책은 내 얘기를 먼저 하는 것이 우선되어야 한다는 마음도 있었다. 세상에 나의 못난 점들을 모두 오픈하는 일은 적잖은 용기가 필요했다. 그런데 이 책을 집필하기 시작하면서 나에게 많은 변화가 찾아왔다. 책을 쓰면서 나 자신의 억눌렀던 마음을 쏟아내면서 알게 된 사실이 있다.

누구든 억울하면 책을 쓰면 된다는 확신이 생긴 것도 큰 변화 중 하나이다. 처음에는 내 얘기를 오픈하는 것이 많이 망설여지고 주저됐다. 왜냐하면 내 얘기를 하는 것이 결국은 남편의 얘기를 함께 드러내야 하기 때문이었다.

좀처럼 속도를 내지 못하고 멈칫거렸던 마음을 다잡아 다시 용기를 낼 수 있었던 결정적 계기가 있다. 책을 쓰기 위해서는 나 자신을 먼저 돌아보게 되고, 그러면서 반성의 시간을 가질 수 있었기에 가능했다.

그동안 불만을 좀 더 적극적으로 해결하려고 했더라면 좋았을 것이라는 뒤늦은 후회도 한몫했다. 지금도 집안일은 크게 줄어들지 않았다. 책 쓰기 수업을 받느라 하루 종일 집을 비우고 장거리 운전에 다리에 쥐가 난 적도 있었다. 집에 도착해서 완전히 파김치가 되었지만 집안일은 여전히 이어진다. 수북이 쌓인 설거지가 나를 반겨도 짜증을 내는 것이 아니라 오히려 즐거운 마음으로 할 수 있었다.

늦은 나이에 체력적 한계를 느끼면서도 내가 하고 싶은 일을 한다는 사실이 나를 가슴 뛰게 하고, 설렘은 행복한 삶의 활력이 되어 주었다.

뭔가를 하기 적당한 때는 늘 지금이다. 하고 싶은 것이 있다면 지금 시작하면 된다. 바로 실천에 옮겨 찾아오는 기쁨의 순간을 마음껏 누리길 바란다.

나는 드디어 평생 하고 싶은 일을 찾았다. 내 인생 최고의 행복을 찾은 것이다. 그것은 바로 글을 쓰는 것이다. 무엇인가를 쓰기 위해 몰입하는 시간은 나를 행복하게 만든다. 나만의 스토리를 엮어 내는 일을 시작하고부터는 전에 없던 마음의 평화가 찾아왔다.

그동안 전쟁터처럼 요란하진 않았지만 가끔씩 여느 집에서나 있을 법한 잔소리와 고성이 오갔다. 그랬던 것이 신기하게도 책을 쓰기 시작하면서 사라졌다는 믿을 수 없는 변화가 찾아왔다. 나도 모르게 알 수 없는 마음의 여유가 생겼다. 돌이켜 보니 책을 쓰면서 단 한 번도 짜증을 내지 않았던 것 같다. 어느 날 딸아이가 밥을 먹다가 생각났다는 듯이 물었다.

"엄마 아빠 요즘 사이가 좋은 거야, 좋은 척하는 거야? 요즘 뭔가 좀 다른데요?"

우리 부부는 서로 말없이 바라보며 씩 웃었다.

나의 이러한 변화가 딸뿐만 아니라 남편도 그다지 싫지 않다는 것을 알 수 있었다.

더 놀라운 사실은 내 입에서 '미안하다'는 소리가 스스럼없이 튀어나온다는 것이다. 전에 같았으면 어떻게든 합리화하거나 긴 논쟁을 벌였을법한 일들도 부드럽게 넘어가고 있었다. 가족에게 더 잘해 주지 못했던 것들이 정말 미안했다. 나의 못나고 부족한 것들이 자꾸 더 드러나는 시간이기도 했다. 그러다 보니 어느새 미안하다는 마음이 입을 통해 스스럼없이 흘러나오곤 하는 것이다. 나에게 찾아온 변화가 자연스럽게 가족들에게도 선한 영향을 미쳤다.

정말 생각지도 못했던 놀라운 변화이다. 내가 가족들에게 다정하고 친절해지자 가족들도 전에 없이 많이 웃고 밝아졌다. 하고 싶은 것을 하니 마음이 즐겁고 짜증이 눈에 띄게 사라진 것이다. 남편의 잦은 잔소리도 "예, 예." 하며 긍정적으로 받아넘겼다. 전에 같았으면 냉랭하게 맞받아쳤을 대화가 말랑해진 것이다. 그러다 보니 처음에 어리둥절해 하던 남편도 기분 좋게 넘어가는 일들이 늘어났다.

나는 그동안 책 쓰기를 통하여 인생의 제2 전성기를 맞이한 사례를 많이 보았다. 그중에서도 직장인에서 '작가 수업'을 받고 ≪하루 10분 독서의 힘≫, ≪스물아홉, 직장 밖으로 행군하다≫, ≪한 권으로 끝내는 책 쓰기 특강≫을 펴내고 승승장구하고 있는 임원화 작가는 나에게 많은 동기부여가 되었다.

책 내용에 잠깐 소개되는 95세의 노인의 수기는 지금의 내 나이를 자각하면서도 어떤 일에 도전하는 것이 결코 늦은 나이가 아니라는 것을 일깨워 주었다.

나이는 숫자에 불과하다. 무엇인가를 시작하기에 늦은 나이는 없다는 것을 믿는다.

'시간이란 가치는 나이가 젊든 나이가 많든 누구에게나 소중하다.

자신의 인생에 주인공이 되어 후회와 미련을 남기지 않으려면 지금부터라도 자신의 꿈을 열심히 찾아야 한다. 꿈을 꿀 수 있는 소중한 기회는 늘 지금이다. 선물 같은 현재 시간을 잘 활용하여 죽는 날까지 가슴 뛰는 삶을 향해 나아가야 한다.

부단히 노력해서 자신이 좋아하는 일을 하면서 평생 성장하는 삶을 지향하자.

나는 나의 평생 직업을 기획했다. 평균 수명이 길어진 것만으로 우리는 축복된 삶을 살 것이란 보장은 어디에도 없다. 오히려 앞으로 20년이나 30년 동안 할 일이 없다면 그것은 재앙이나 마찬가지가 될 것이다.

뭔가를 하고 싶고 이루고 싶은 일이 있다면 행복한 삶이다. 반대로 아무것도 할 수 있는 일이 없다면 그것은 재앙이다.

나의 책 쓰기 도전은 이런 불안한 미래를 행복으로 바꾸고자 하는 노력이다. 현재를 시작으로 앞으로 하나 둘 더 많은 결과물을 만들어 갈 것이다. 나만의 스토리로 나만의 언어로 세상에게 말을 거는 글쓰기를 시작했다. 이 첫걸음이 나를 평생 현역으로 살아가게 할 것이라는 것을 믿는다.

흥미롭고 재미있는
취미 생활을 하자

사람은 자신이 생각하는 모습대로 된다. 지금 자신의 모습은 자기 생각에서
비롯된 것이다. 내일 다른 위치에 있고자 한다면 생각을 바꾸면 된다.
－데이비드 리버만

방송대를 6년 만에 졸업했다. 그러던 어느 날이었다. 영주, 봉화방
송통신대학교 26대 회장이었던 나에게 회장단 모임을 갖는다는
연락이 왔다.

　모임이 있던 그날 조금 일찍 도착한 자리에서 28대 박성언 회
장으로부터 뜻밖의 제의를 받았다. 그는 영어 전공을 하면서 자신
의 성장을 실천하고 있는 사람이다. 끊임없는 공부를 통해 인생의
목표를 확장해서 토크하우스 소장을 거치면서 현재 힐링잉글리쉬
대표의 명함을 가지고 있는 사람이다.

　자기 성장을 주도적으로 살아가고 있는 사람의 추천은 더 끌리
는 것이기도 했다. 이런저런 얘기 끝에 요즘 뭐하냐는 물음에 대

학원에서 '시'를 공부하는 중이라고 답했다. 그랬더니 대뜸 그럼 라디오방송 한번 해 보지 않겠냐는 제안을 했다. '세상에는 공짜란 없다.'는 말이 실감났다. 나를 채우기 위한 공부가 결국은 또 다른 삶의 경험을 하는 계기를 맞는 순간이었다.

너무 뜬금없이 들려서 무슨 얘기냐고 물었더니 영주FM라디오에서 자신은 2년째 영어프로그램을 진행하고 있다고 했다. 나더러 라디오방송 목소리로 괜찮을 것 같으니 해보지 않겠냐는 말이었다. 글을 쓰는 사람이니 대본도 스스로 쓰고 안성맞춤 아니겠냐면서 자기가 소개해 주겠다고 했다.

뜻하지 않은 장소에서 뜻밖의 제안이 성사되어 그때부터 지금까지 라디오방송을 3년째 진행해 오고 있다.

나는 어려운 시절 열렬한 라디오 청취자였다. 그렇기에 라디오 DJ는 나의 젊은 시절 로망이기도 했다. 어쩌면 그래서 선뜻 하겠다고 나섰는지도 모른다.

그렇게 우연한 기회에 찾아온 라디오방송은 조금은 특별한 봉사이자 나의 취미 활동이 되었다.

매주 토요일 한 시간 방송을 하기 위해서 일주일에 한 번씩 영주에서 풍기 동양대학교로 올라가 녹음을 해야 하는 번거로움도 있다. 영주에서 풍기를 올라가려면 차로 20분 정도 이동해야 한다. 대본도 스스로 써야 한다. 일주일에 A4 여섯 장에서 여덟 장 분량을 처음에는 겨우겨우 맞춰 나갔다.

방송이 흥미롭긴 했지만 모든 것이 서툴고 힘들었다. 그렇게 방송에 대한 갈피도 잘 안 잡힌 상태에서 두서없이 시작을 한 것이다.

봉사지만 참 힘들고 치열한 시간들을 보냈다. DJ룸 안에서 혼자서 녹음하고 편집하는 시간이 꼬박 3~4시간 걸리던 것이 이젠 많이 능숙해져서 처음보다 시간 소요가 반으로 줄어들었다. 녹음 방송이라서 정규 방송이 될 때마다 모니터링을 잊지 않고 하고 있다. 처음에는 라디오에서 나오는 내 목소리가 너무 낯설었다. 신기하기도 하지만 목소리가 영 어색해서 듣는 게 쑥스러웠다. 아이들과 남편이 함께 듣는 날은 묘하게 어색했다.

시간이 흐르다보니 이젠 가족들도 익숙해진 모양이다. 오늘 노래는 어떻고, 내용이 어떻다는 둥 이런저런 조언을 해 준다. 아이들은 엄마가 방송을 하는 것이 신기해하기도 하고 나름 자랑스러워하는 것도 같다.

영주FM 89.1 <음악이 있는 문화 산책>의 진행자로서 보낸 3년의 세월은 나에게 많은 경험이 되었다. 대중들과 소통하는 방법 그리고 라디오에서 한 말에 대한 책임감을 느꼈다. 무슨 말을 해야 할지 점점 신중해지고 거짓 없는 방송을 하기 위한 마음가짐은 그대로 생활 속으로 스며들었다.

작은 녹음실에서 세상의 소리에 조금씩 눈을 뜨게 되었다. DJ룸 안에서는 언제나 혼자 하는 작업이기 때문에 다소 외로운 시간이기도 하다. 그나마 가끔 반사되어 오는 피드백이 활력이 되기는 하지만 이런 일은 드문 경우이다. 돌아오지 않는 메아리 같은 환경에 보람을 느끼기엔 힘들다. 그럼에도 불구하고 나는 '주는 것보다 얻는 것이 훨씬 큰 나눔'이라고 말하고 싶다. 3년 동안 진행하다 보니 방송을 잘하기 위한 나름의 안목도 생겼다. 그리고 다양한 책을 통하여 좋은 문장을 찾다 보니 글을 쓰는 데 있어서도 많은 도움을 받았다.

비록 작은 것이지만 나누고자 시작한 일이 결국엔 내가 더 도움을 많이 받은 셈이다. 이러한 경험치가 하루 이틀 늘어나자 라디오 진행 경험은 나를 한 단계 성장 시켜 주는 계기가 되었다. 삶에 대한 태도 또한 이전과는 많이 달라졌다. 자기 발전에도 엄청난 도움이 된다. 끊임없이 책을 읽어야 하고 정보를 모아야 하기 때문이다.

다른 사람의 이야기에 귀를 기울이면서 '공감'의 정서에도 매력을 느끼게 되었다. 무엇보다 좋은 것은 내 관심 분야를 확장 시킬 수 있다는 점이다. 관심 있는 분야를 집중적으로 파고들 수도 있고 부족한 정보를 더 보충할 수도 있으니 그야말로 방송은 나의 발전에 일석이조의 역할을 톡톡히 하고 있다.

지역 방송이다 보니 지역의 민감한 사항이나 각종 정보들에 귀를 기울이게 되니 자연 내가 몸담고 있는 도시 '영주'에 대한 애정이 증폭되기도 한다. 코너 중에 영주 소식을 운영하고 있다. 그렇기 때문에 되도록 영주와 관련된 기사들을 일일이 찾아보는 편이다. 이런 과정은 내가 살고 있는 영주에 대한 자부심을 갖게 해줬다.

지역 특산품인 쿨 섬유로 인기 많은 '풍기인견', 세계인의 건강을 책임지는 '풍기인삼', 입에서 살살 녹는 '영주한우', 당도가 높아 달달한 '단산포도', 꿀이 가득한 '영주사과', 풍부한 과즙의

'순흥복숭아' 등이 우리 지역을 찾는 분들에게 좀 더 알려져 지역의 경제에도 큰 보탬이 될 수 있다면 좋겠다. 유명 관광지인 부석사, 소수서원, 소백산 자락길, 무섬다리, 순흥 선비촌, 삼판서 고택 등은 이미 많은 분들이 알고 있고 많이 찾고 있다. 그렇지만 더 많은 홍보로 수많은 사람들의 발길이 머물다 갈 수 있었으면 좋겠다.

이 외에도 일일이 열거할 수 없을 정도로 많다. 기회가 된다면 이런 분야를 좀 더 공부를 해서 더 많은 사람들에게 알리고 싶은 마음이 있다. 이런 모든 것들이 하나 둘 쌓이면서 자랑스러운 선비의 고장 영주에 대한 자부심 또한 커졌다. 또 내가 좋아하는 노래를 마음껏 듣는 것도 큰 행복이다. 노래 선곡도 계절 따라, 사회적인 분위기에 따라 그때그때 신경을 써야 한다. 여러 가지로 신경 써야 할 것들이 많지만 작은 보람을 느끼고 감사하는 마음도 배웠다.

아직도 많이 부족하긴 하지만 즐겁게 방송하고 있다.

초기에는 주어진 시간 안에 정해진 분량의 글을 써야 한다는 것이 큰 부담으로 작용했다. 하지만 지금은 이마저도 즐거운 자극제다. 하고 나면 스스로 만족감도 느끼고 카타르시스도 맛본다. 한마디로 나를 살맛나게 하는 흥미롭고 즐거운 취미 생활이라고 자신 있게 말할 수 있다.

한번 생각해 보라. 40대 아줌마가 자기 혼자만의 생각으로 라디오방송 프로그램을 이끌어 간다는 일은 참 근사하고 멋진 일이 아닌가. 일주일에 몇 시간 동안 혼자만의 조용한 시간을 보내면서 조금 더 특별한 세상 경험을 하고 싶거나 자신의 목소리를 내고 싶은 사람이 있다면 나처럼 소 출력 라디오에 도전해 보길 권한다. 아니 꿈을 좀 더 크게 꾸는 것도 좋을 것이다. 조금은 특별한 취미 생활은 나를 특별한 사람으로 이끌어 주게 된다. 뭔가 하고 싶은 것이 있지만 이러저러한 이유로 주저하는 사람이 있다면 더 이상 미루지 말고 당장 도전해 보길 바란다. 40대 이후의 주부라면 더더욱.

방송국을 스쳐 가는 사람이 많다. 월급이 있는 것도 아니고, 인기가 많은 방송국도 아니니 더더욱 지치기도 할 것이다. 때로는 원고 쓰는 것도 부담일 것이다. 그런 점에서 나의 대 선배이신 윤익로 국장님은 참으로 존경스럽다. 나처럼 방송 봉사를 시작으로 지금은 국장의 자리에 오르신 분이다. 긴 시간 한곳을 지킨다는 것은 사명감과 애정이 없으면 하기 힘든 일이다. 그런 국장님께서 언젠가 이런 말씀을 하셨다. 많은 사람들이 방송을 그만두는 이유 중 가장 큰 이유가 '더 이상 쓸 말이 없어서'라고 하셨다. 방송을 계속해서 이어갈 말이 없다는 것은 결국 흥미가 없고 애정이 식었기 때문이 아닐까.

취미 생활이든 어떤 일이든지 즐겁고 재미가 있어야 오래 지속할 수 있다. 가능하면 본인이 즐기는 일이랑 연관이 있거나 좋아하는 일이면 시너지 효과는 몇 배가 될 것이다. 이것이 지치지 않고 오래갈 수 있는 길이다.

방송을 하다 보면 자주 듣는 소리가 있다.

"잘 안 들리던데?"

"아예 안 들려요."

지방의 소 출력 방송국이다 보니 흔히 듣는 소리다. 처음엔 이 소리를 들으면 짜증도 나고 너무 아쉬운 마음도 들었다. 그렇지만 이젠 씩 웃고 만다. "네 그렇죠." 하며 맞장구도 친다. 정말 관심 있어 하면 스마트폰으로 어플을 다운받아 들을 수 있는 방법을 알려주기도 한다. 열악한 지역 방송이다 보니 원고 쓰고, 녹음하고, 편집하고, 방송 등록도 해야 하고 장비를 다루며 DJ도 봐야한다.

일인다역을 소화해야 하는 환경이지만 나의 일방적 <영주에프엠> 라디오방송 사랑은 계속된다. 왜? 이만한 취미 생활은 어디에서 쉽게 만날 수 있는 것이 아니기 때문이다. 그리고 돈 들여서 하는 여느 고급 취미보다 폼 나지 않은가. 무엇을 하든 자기만족이 제일 중요한 법이니까. 이 점에서 만큼은 나에게 라디오 DJ는 아주 흡족한 명분이 되어 준다.

지금까지 <영주에프엠> 방송을 한 번이라도 애써 들으신 청취자 분들께 고마움을 전한다. 그동안 변치 않고 지지해준 분들에게도 감사 인사를 드린다.

MBC라디오 프로그램 노홍철의 <굿모닝FM>에서 노홍철 씨가 엔딩 멘트로 외치는 소리다.

"여러분 하고 싶은 거 하세요!"

이 말을 들을 때마다 가슴이 따뜻해진다. 누가 나에게 조건 없이 하고 싶은 것을 하라고 응원해 주었던 적이 있었던가. 무한 긍정으로 나의 등을 포근하게 감싸 안아주는 것만 같은, 들을 때마다 기운이 나고 기분 좋은 말이다.

때론 힘들고 지쳐도 자신이 하고 싶은 것을 하는 사람은 얼굴에 미소가 떠나지 않는다.

이렇듯 자신만의 취미 생활을 갖게 되면 일상생활에 활력을 되찾고 기분전환을 하는 데 큰 도움이 된다.

전업 주부들의 생활은 대개 지루하고 단조롭다. 따라서 기분전환을 하고 활력을 얻고 싶다면 가사 이외에 다른 일에 관심을 가져야 한다.

일과 놀이의 차이점은 즐거운가, 즐겁지 않은가로 나뉘게 된다. 몸을 움직이는 것은 같지만 일을 할 때는 피곤함을 많이 느낀다. 반면 놀이는 즐겁다. 집안일처럼 단조롭고 지루한 일에는 그만큼 즐거움을 찾기가 어렵다. 어떤 취미 생활이든 그것이 누군가와 나눌 수 있는 것이라면 더없이 행복한 일일 것이다. 아무튼 나를 행복하게 할 수 있는 취미 생활을 하루빨리 찾도록 노력해 볼 일이다.

인생의 운전대를
남편에게 넘기지 마라

생각하는 대로 살지 않으면 사는 대로
생각하게 된다.
－랜디 포시

남편들이 아내에게 가장 화나게 하는 행동은 '무슨 일이든지 왜
나랑 상의하지 않는가?'이다. 어떤 일이든지 부부가 서로 합의하에
진행된 일이라면 혹시라도 잘못될 경우 비난은 하지 않는다. 그러
나 '독불장군' 캐릭터의 남편이라면 비난을 피해 가기 어렵다. 특
정 기념일일 경우, 남편들은 아내가 아주 근사하고 멋있는 것들을
바란다고 착각하는 경우가 많다. 아무래도 남자들이 여자의 마음
을 읽기가 어려운 탓이리라.

　아내의 생일날만 되면 부부 싸움을 하는 지인이 있다. 그의 남
편은 뭐든지 자신의 기준에서 최고로 좋은 것을 사 주려고 한다.

전혀 아내의 취향이 아님에도 불구하고 본인의 만족을 위해 무리를 해 가면서도 비싼 선물을 선호한다. 정작 아내가 원하는 것은 남편과 오붓하게 자신이 원하는 음식을 먹는 소박한 한 끼 식사이다. 그러나 남편은 고집을 꺾지 않는다. 생일날은 비싸고 근사한 걸 먹어야 한다고 생각한다. 본인의 기준에서 맛있는 집은 선택하는 것을 통 큰 배려를 하는 것인 양 착각하는 것이다.

아내에게 그 음식이 맛이 있을 리가 없다. 남편의 입맛에 맛있는 집일뿐이다. 남편이 아내를 배려하는 기준은 돈의 크기에 달려 있다. 비싸고 고급스러운 것을 해야 자기만족이 되는 것이다. 결국은 부부 싸움으로 이어지고 만다. 아내는 생일날만이라도 본인이 원하는 음식을 먹고 싶다고 말해 봐도 소용없다. 오히려 수준 낮다고 타박만 할 뿐이다. 선물도 아내가 원하는 것은 마음에 드는 예쁜 티셔츠 하나다.

그런데 이번에도 남편은 무리해서 평소에 잘 입지도 않는 스타일의 비싼 옷을 골라서 사 버린다. 어쩔 수 없이 사 오지만 아내는 잘 안 입게 된다. 아내의 취향이 아니므로 당연한 결과이다. 이것이 또 부부 싸움의 원인이 돼 버린다. 왜 비싼 옷을 사 줬는데도 안 입느냐는 것이 싸움의 불씨가 되는 것이다. 남편은 아내 인생의 운전대마저 본인의 잣대로 휘어잡으려고 한다.

이런 경우 그동안 좋은 게 좋다고, 둥글둥글 대충 남편의 기준에 맞춰 살아온 아내의 잘못이 크다. 나중에 후회하지 않는 삶을 살고 싶으면 지금부터라도 남의 기준에 맞춰진 삶에서 벗어나야 한다. 자신에게 좀 독해질 필요가 있다. 지금까지 나 자신에게 너무 관대하게 살아온 것이다. 차라리 남편한테 후하게 굴고 나 자신에게 더 독하게 굴어라.

그동안 이래도 좋고 저래도 좋다고 일을 회피하거나 수수방관해 온 자신의 삶을 되돌아보고 점검해 보라. 남편의 행동은 내 행동에 대한 결과물이다. 인간관계는 상대적일 수밖에 없다. 처음부터 아닌 것은 아니라고 똑 부러지게 말하라. 남편은 고집이 세니까 내가 져주어야 된다고 생각했다면 끝까지 그럴 수 있는지 고민해 보아야 한다. 참을 때까지 참다가 나중에 더 이상 못 참겠다고 화를 낸다면 불씨만 키우는 격이다. 처음부터 타협점을 찾는 것이 문제를 크게 키우지 않는 것이다.

만약에 남편이 절대로 안 바뀌는 사람이라고 생각한다면 차라리 다음 생일에는 후회 안 할 현명한 선택을 해 보자. 최고로 맛있는 식당에 가서 그중에서 내가 좋아하는 제일 비싼 요리를 시켜라. 옷가게 가서도 남편이 정한 가격보다 훨씬 더 비싼 옷을 고르고 비용을 지불하게 해 보라. 아니면 다른 것을 더 추가해서라도 남편이 정한 기준보다 높은 금액의 옷을 선물로 받도록 하자. 아마 본인의 생각을 계속 고집할 수는 없을 것이다. 다음번에는 내가 만족하는 디자인으로 그보다 더 비싼 것을 고르면 되니까.

아내들은 누구나 남편에게 평생 사랑 받고 싶다. 변하지 않는 진실이다.

아내들은 남편과 살아가면서 수백 번, 수십 번 마음속으로 묻는다. 이 남자와 남은 인생을 잘 살아갈 수 있을지, 지금 행복하지는 않더라도 앞으로 편안한 삶을 살아갈지, 그동안 살아온 고난보다 더 큰 문제는 없을지, 아니면 날마다 지친 일상을 이어 가게 될지, 남편과 해소되지 않는 감정 때문에 심신이 더 힘들어 질지, 지금 사랑하고 있는지, 무엇보다 이 생활을 계속하는 것이 서로의 삶에 도움이 되는 것인지 묻지 않을 수가 없다.

사람은 잘 변하지 않는다. 특히 공감하기 어려운 정서라면 절대로 바뀌지 않을 확률이 높다.

엄마는 자식에게 평생 동안
'차 조심하라고 말한다.'

아내는 남편에게 30년 동안
'술 좀 마시지 말라고 말한다.'

아이들은 아빠에게 20년 동안
'일찍 들어오라고 말한다.'

세월이 흘러도 이 말들은 여전히 통용된다. 아무것도 변한 것이 없다. 앞으로 천 년 후에도 변할 수 없는 것들이다. 변하지 않는 장벽을 향해 더 이상 목메는 바보 같은 짓은 하지 말자. 나를 바꾸는 것이 변화의 시작이 될 수 있다.

'아내들은 남편을 어느 순간 가장 버리고 싶은가?'

이것이 이 책을 쓰기 위한 주제에 대한 고민이었다. 질문을 바꾸어 말하면 어떻게 하면 가장 나답게, 내 인생의 주체로 살아갈 것인가에 대한 고민이다.

다음은 나의 고민들이다.

* 스스로 의지가 약해서 아무것도 시작하지 못할 때
* 문득 나는 무엇인가? 원초적인 물음이 일어날 때
* 나만의 홀로 서기가 필요하다고 느낄 때
* 남편 도움 없이 내 인생 스스로 책임을 져야 한다고 느낄 때
* 남편에게, 가족에게 너무 의존하고 있다고 느낄 때
* 더 늦기 전에 내 삶을 의미 있게 살고자 할 때
* 내 삶에 허무감이 밀려왔을 때
* 어떤 것으로도 마음이 위로가 안 될 때

내 마음으로부터 남편에게 의지하는 마음을 거두어들일 수 있다면 멋진 홀로 서기는 성공할 것이다. '남편 버리기 연습'은 자신의 삶의 진정한 주인공이 되고자 하는 물음이다. 지금 내 삶을 온전히 즐기지 못한다면 시간이 지날수록 내 삶은 내 것이 아닌 다른 누군가의 것이 되고 만다. 당신의 찬란한 인생을 위하여 핸들을 꼭 움켜잡아라.

나다운 아내, 엄마로
살아라

당신의 마음과 상관없는 곳에서 헤매고 있다면
자기 세계로 돌아가야 한다.
—G.W. 헤겔

어떤 인생을 살든지 지금 인생에 불만이 없는 사람이라면 굳이 나를 외치지 않아도 괜찮다. 그런데 '이대로는 안 돼.'라고 생각하는 사람이라면 불행을 최대한 빨리 벗어나야 한다.

늘 결혼 생활이 불만이라고 토로하는 지인이 있다. 그의 언어 사용은 부정적인 언어가 대부분이다. 그의 불평불만은 끝이 없다. 수다스럽다. 신기하게도 불평불만과 수다스러움은 본인만 모르고 있다. 언제 어디에서든 이야기의 주도권을 쥐려고 한다. 자신에게 도취되어 자신의 관점에서만 이야기하려 하고 상대방 이야기를 들으려고 하지 않는다.

그는 어떤 일을 해 보지도 않고 남편 핑계를 대며 도전 자체를 포기하기 일쑤였다. 그의 일상은 변함이 없다. 10년 전이나, 20년 전이나, 지금이나 변함없이 한결같다. 하고 싶은 일이 있다고 말은 하지만 단 한 번도 시도한 적이 없다. 그는 도전한 적이 없기 때문에 실패한 적도 없다. 무엇을 하든 안 된다고 단정 지으며 자기 합리화하기 일쑤이다. 그의 시간은 늘 과거에 머물러 있다. 변화가 있을 수 없는 삶의 전형적인 표본이다.

그를 오랫동안 지켜본 결과는 그는 이해심이 없고 자기애적이고 이기적이라는 사실이다. 불평불만이 많은 이유는 관점이 편협하기 때문이다. 시급히 마음을 고쳐먹고 나답게 살기 위한 대열에 합류해야 한다. 성숙하지 않으면 나이가 먹을수록 외로워 질 것이다.

세상은 관점을 바꾸면 다르게 보인다. 세상에는 참 다양한 사람이 공존하고 있다. 나는 어느 쪽이냐 하면, 당연히 쉴 새 없이 새로운 도전을 하는 편이다.

결혼 후 뜻하지 않은 어려움을 맞았다. 정신적으로 피폐해져 가는 나 자신을 바로잡고 싶어서 시작한 것이 나를 채우는 공부였다. 일을 하면서도 틈틈이 배울 만한 교육이 있으면 모든 일을 제쳐 두고 쫓아다녔다. 남편의 잔소리가 늘 따라다녔다. 홈패션, 수지침, 컴퓨터 기초, 각종 세미나를 찾아다녔다. 좋은 기회라 지인들에게 권유도 해 보고 주위 사람들에게 이야기를 해 봤지만 고개를 절레절레 흔들거나 따가운 시선이 대부분이었다. 오히려 "그

나이에 자식이나 챙기지 왜 그러고 살아?" 하는 타박인지 충고인
지 모를 잔소리를 듣게 되는 경우가 많았다.

딸이 원하는 사격을 허락한 것에도 알 수 없는 따가운 시선이
쏟아지기도 했다.

"딸 운동을 시켜서 뭘 어쩌려고 그러냐?"

"딸 장래 걱정은 안 하냐?"

"엄마 맞아?"

딸이 사격을 하겠다고 말했을 때, 나는 이런 고민을 했다.

'사람이 한평생을 살면서 자신의 꿈을 이루고 눈을 감는 사람
이 얼마나 될까? 또 얼마나 많은 사람들이 자신의 꿈을 이루며 살
아가고 있을까?'

결론은 딸은 자신의 꿈을 다른 이들보다 조금 일찍 발견한 것
이고, 마땅히 축복해 주어야 한다는 것이다. 그래서 기쁜 마음으로
허락했다. 여전히 이 마음에는 변함이 없다. 무한 응원을 하고 있
다. 자신의 꿈 크기만큼 발전하고, 노력한 만큼 성장해 갈 것이란
걸 믿는다.

나는 '나답게' 살기 위해 오래전부터 나만의 버킷리스트를 작
성해왔다. 다음은 2015년 1월 1일에 작성한 나의 버킷리스트 내용
이다.

1. 대학원 논문으로 졸업하기

2. 시집詩集 100권 필사하기

3. 각종 모임 줄이기(낭비되는 시간 관리)

4. 외국 여행

5. 나만의 서재 갖기

6. 혜민이 관련 책 쓰기

7. 베스트셀러 작가 되기

8. 나눔 실천하기

9. 매일 두 시간 이상 나만의 독서하기

10. 시집 출판하기

절반은 이루었고 나머지는 여전히 진행 중이다. 머지않아 모든 것을 달성할 수 있다고 믿는다. 왜냐하면 나는 절대로 포기하지 않을 것이므로.

사람마다 주어진 환경이나 생각이 다를 수밖에 없다. 다른 사람들의 부정적인 시선을 받을 때마다 '그러려니'가 최선이다. 하지만 항상 내 선택과 판단은 언제나 지금 상태에서 결정한 최선책이라고 믿었다. 인생은 도전의 연속이다. 인내와 한계를 넘어서는 일은 그 자체가 기쁨이 될 수 있다. 부정적인 사람들은 도전의 기쁨과 보람을 모르는 것 같다.

무슨 일이든지 미리 겁먹고 한 발 내딛어 보지도 못하고 그대로 주저앉아 버린다면 우리의 인생은 영원히 제자리걸음일 수밖에 없다.

나는 등산을 좋아한다. 산을 통해 삶에 좀 더 적극적으로 살아가는 방법을 배우고 있다. 산 정상에 오르면 더 멀리 더 넓은 세상이 눈에 들어온다. 산을 오르는 과정에서 극한의 고통을 맛

볼 때도 있다. 하지만 포기하지 않고 오르는 사람은 정상에서 산에 오르지 못한 사람들은 절대 느낄 수 없는 쾌감을 맛볼 수 있다.

　나는 언제부터인가 시간을 쪼개어 쓰기 시작했다. 시간을 낭비하기 싫기 때문이다. 시간을 버는 일이 행복을 끌어당기는 일이다. 그렇기 때문에 시간은 돈보다 귀한 것이다. 많은 사람들이 시간이 흐르면 사람은 늙는 것이라고 생각한다. 사람이 늙기도 하지만 자라기도 한다. 성장은 어린아이에게 제한된 말은 아니다. 어른들도 열심히 배우고 익혀서 성장할 수 있다. 똑같은 시간의 사용을 어떤 이는 성장하고 어떤 이는 제자리에 머물기도 한다. 제한된 시간 안에서 얼마만큼 성장하느냐, 그것은 전적으로 자기 자신에게 달렸다.

　어느 날 우연히 시내에 갔다가 오랜만에 지인을 만났다. 간간이 소식은 전해 들었던 사람이었다. 반가움에 차나 한잔하자면서 커피숍을 갔다. 앉자마자 그녀는 이야기보따리를 풀어 놓았다. 어디 하소연할 곳이 마땅찮았는지 이야기는 끝이 없다. 두 시간 정도를 훌쩍 넘기면서 들은 이야기이다.

　그녀는 워킹 맘으로 살면서 시댁으로부터 풍족한 지원을 받았는데, 아이의 육아도 시어머니가 해결해주다 보니 이러쿵저러쿵 간섭이 많다고 했다. 시댁에서의 경제적 지원은 생활에 풍족함을 더해줬다.

　사는 내내 경제적 지원이 이어지다보니 자연히 며느리로서 해야 할 일들도 덤으로 많이 따라온다는 것이었다. 결혼할 때는 아파트를 사줬고, 살면서 차를 바꿔 주는 것은 기본이고 생활비도 만만찮게 지원해 주는데 문제는 며느리의 사소한 일상까지 침범한다는 것이었다. 그동안은 사소한 것이라 생각하고 경제적 지원을 위로 삼으며 참고 지냈다고 했다. 젊었을 때는 시댁에 자주 가는 것이 싫어서 직장 생활을 그만둘 수도 없었지만, 나이 들면서 직장에 다니는 것이 힘에 부치는데도 직장을 그만둘 수가 없다고 했다.

그만두고 싶어도 눈치가 보인다는 것이다. 아이들 교육 문제도 일일이 간섭 받다 보니 스트레스가 이만저만이 아니라고 한다. 이 날도 아이들 문제로 부부 싸움을 하고 집에 있기 싫어 밖으로 나온 것이라고 했다. 헤어지고 나서도 우울한 그녀의 얼굴이 떠나지 않았다. 누구에게든 내 인생을 휘둘리면서 살다 보면 점점 힘들어진다. 인생은 공짜가 없다는 말이 떠오르기도 했다. 그러면서 문득 그런 생각이 들었다.

'나는 지금 내 인생에 만족하는가?'

대답은 만족한다. 비록 부자 시댁은 아니지만 불만 가득한 그에 비하면 내 인생 지금 괜찮다고 느낀다. 그녀처럼 넓은 평수의 아파트에 살지는 않지만 시댁 눈치 안 봐도 되는 내가 훨씬 좋다. 비록 남들이 부러워하는 넓은 평수의 아파트는 아니지만, 누구 눈치 볼 필요 없이 마음 편하게 사는 것이 위안이 된다. 행복은 내 안에 있다. 그러니 나답게 살자.

누구에게 전적으로 의지하고 기대는 삶이 옳은 삶은 아니다.

어떤 조건과 타협하여 자신을 속박한다면 결말도 자신의 의지대로 해결할 수가 없게 된다. 처음 하는 일은 누구나 서툴다. 신혼부부가 부자가 되는 일은 부모의 지원 없이는 불가능한 일이다. 그러니 불가능한 일에 조급해 할 필요는 없다. 나보다 부자인 사람이 무조건 행복한 삶을 살아가는 것도 아니다. 우리가 간절히 원하는 일들은 조금 늦게 찾아온다.

늦더라도 자기답게 묵묵히 노력하다 보면 부자도 되고 현명한 부모도 되는 법이다. 육아에 서툴면 육아 관련 서적을 보면 되고, 남편과 갈등이 생기면 다른 돌파구를 찾으면 된다.

나는 비교적 책을 가까이하면서 내면의 갈등을 잘 다스려 온 것 같다. 앞서 간 선인들의 지혜를 탐독할 때는 그들의 지혜를 모방도 하고, 심리적인 위축이 들 때면 관련 서적을 보면서 위안을 찾으려고 애를 썼다. 몰랐던 것들을 하나하나 알아가는 동안 태도에도 많은 변화가 찾아왔다. 삶의 여유가 조금씩 늘어감에 따라 불안도, 외로움도 어느 정도 다스리게 되는 경지에 이르게 되었다.

그냥
나쁜 아내로 찍히는 게 낫다

남편들이 보통 친구들에게 베푸는 것과 꼭 같은 정도의 예의만을
부인에게 베푼다면 결혼 생활의 파탄은 훨씬 줄어들 것이다.
－화이브스타인

나를 우울하게 만드는 것은 의외로 자기 자신일 때도 많다. 스스
로 타인과 나를 비교하면서 자신을 괴롭히게 된다. 이는 사실 여
부와 상관없이 스스로를 불행한 사람으로 만든다. 다음은 결혼 초
기에 있었던 이야기다.

비디오가게에 딸린 좁은 방에서 생활할 때, 첫째 아이가 태어
났다. 그때의 소원은 제대로 된 방 하나만 있으면 하는 것이었다.
우리 세 가족이 나란히 누울 수 있는 공간과 따스한 햇살이 들어
오는 방에서 산다면 더 이상 바랄 것이 없었다.
화장실도 부엌도 없는 그곳에서 살면서 희망은 잃지 않았다.

미소 짓는 아기를 바라보며 우리 부부는 행복했다. 서로의 체온이 느껴질 정도로 비좁은 공간이었다. 일회용 기저귀가 흔할 때였지만, 기저귀 값을 아끼기 위해 천으로 기저귀를 만들어 삶아서 사용했다. 그런 우리 부부에게는 좀 더 나은 곳으로 이사를 해서 아이를 더 좋은 환경에서 자라게 하고 싶은 것이 유일한 소망이었다.

골방에서 4년의 세월을 보내고 드디어 남편의 직장에서 제공하는 임대아파트로 이사를 할 수가 있었다.

그렇게 이사한 아파트에서 둘째가 태어났다. 생활이 조금 안정이 되어가는 듯했다. 그런데 이사를 하고 얼마 지나지 않아 우리는 치열하게 싸우기 시작했다. 이사만 하면 행복의 날개를 달 것만 같은 생각은 온데간데없고 서로에게 민감하게 날을 세우며 생채기를 내기에 바빴다. 그렇게 우리 부부의 사이는 자꾸만 어긋나기 시작했다.

안정적으로 잘살고 있는 이웃도 눈에 들어왔다. 점점 비교 대상 범위가 확장되어 가기 시작했다. 평탄해 보이는 이웃들의 삶이 부러워 보였다. 그러다보니 서로에 대한 원망이 늘어나기 시작했고 부부 싸움은 더욱 잦아졌다. 남편은 하루가 멀다 하고 술을 마셨다. 일 년에 술 안 마신 날을 꼽으면 열 손가락 안에 들 정도로 심각했다. 게다가 습관이 되어 버린 남편의 음주 운전은 나를 여러 번 좌절하게 했다.

그 무렵 남편은 부산에 가서 큰 수술을 했다. 두 달간의 병원 생활을 마치고 돌아왔지만 남편은 다른 사람으로 변해 갔다. 약을 장기간 복용해야 하는 시기였지만 술을 거침없이 마시기 시작했다. 아니 하루도 빠짐없이 술독에 빠져 살았다고 말해야 옳을 것이다.

약을 먹으면서 술을 마시는 남편을 도저히 이해할 수가 없었다. 가정은 전혀 돌보지 않고 밖으로만 돌기 시작했다. 그런 남편 때문에 눈물이 마를 날이 없었다. 아무리 싸워도 남편의 행동이 변하지 않았다.

더욱 기가 막히는 일은 남편은 내가 손이 크고 씀씀이가 헤퍼서 살림이 안 모아진다며 나를 원망했다. 경제적 압박은 점점 심해졌다. 그 무렵 난 가계부에서 손을 뗐다. 남편은 어딜 가든 사람 좋다는 평판을 듣지만, 집에서는 전혀 다른 이중인격자 같은 사람으로 느껴졌다. 유독 나한테만 지독하게 구는 사람이 남편이 맞나 싶을 정도였다.

평생을 믿으며 어떻게 사나 눈앞이 캄캄해질 때가 많았다. 내가 어떻게 지금까지 버티어 왔는데 나한테 이럴 수 있나, 남편에 대한 원망이 점점 쌓여 갔다. 그때 난 생각했다. 아이들만 생각하기로 했다. 두 아이가 성장할 때까지만 일단 참고 지내자고 다짐했다.

이후로는 오기로 독기로 버티어 낸 세월이다. '남편, 그래 어디 두고 보자. 이다음에 깔끔하게 당신과 헤어져 줄 테니까. 아이들 클 때까지만 기다려라.' 수만 번도 더 다짐했던 말들이다.

철저하게 아내의 자리는 의미가 없으므로 거부하기로 했다. 남편이 미웠기 때문에 나쁜 아내가 되는 길은 어렵지 않았다. 대신 엄마의 자리는 굳건하게 지키기로 마음먹었다. 엄마로서 부끄럽지 않게 그리고 나답게 잘살아 보자 다짐했다.

남편에 대한 실망 때문에 사는 것이 너무 힘들고 아픈 시기였다. 외롭고 억울해서 밤마다 베개를 적셨다. 외롭고 힘들지만 포기할 수 없는 내 인생이었다.

아이들만 생각하기로 했지만 내가 숨 쉴 수 있는 통로를 만들어 나가야 했다. 그러기 위해서는 우선 나 자신부터 챙겨야 했다. 몸도 마음도 망가진 상태에선 아무것도 할 수가 없었다. 얼마 후 다시 사회생활로 뛰어들었다. 내가 할 수 있는 최선의 선택이었던 셈이다. 둘째를 낳고 약 6개월 동안 궁리한 결과였다. 그렇게 해서 나의 최대 휴식 기간은 마무리되었고 어린 아이들을 데리고 옷가게를 시작했다. 그렇게 살고자 하는 나의 몸부림이 시작된 것이다.

이제껏 보잘것없고 보여줄 것 없는 인생을 살아왔다. 그것으로 충분하다. 더 이상 나락으로 떨어지긴 싫었다. 왜냐하면 나는 엄마였으니까 강하게 이겨내야 했다.

늦지 않았다고 생각했다. 이제라도 내 마음에 드는 삶을 살아가면 되기 때문이다. 남편에게 의지하는 삶이 아닌 홀로 서기를 선택했다. 나 스스로 나를 귀하게 여기는 연습이 필요했다. 힘들고 지칠 때마다 나는 스스로에게 주문을 건다. 나의 가장 큰 응원군은 바로 나 자신이다. 그러니 세상과 한번 당당하게 맞서 보자. 누구 때문에 내 인생을 포기하는 것은 정말 어리석은 일이다. 특히 나를 돌아보지 않는 남편이라면 더더욱.

"담배를 끊어야지!"

"술을 끊어야지!"

이것은 10년 이상 계속된 남편의 새해 목표 넋두리다. 변화를 포기하는 사람들 중 대부분은 '해도 그만, 안 해도 그만'이라는 사고방식을 갖고 있다. 남편도 같은 생각을 하고 있는 사람으로 보인다. 아니면 아주 의지가 약한 사람임에 틀림없다. 이젠 나도 아이들도 남편의 이 새해 다짐을 더 이상 믿지 않는다. 이와 관련된 잔소리를 안 한 지도 오래되었다. 본인 스스로 끊고자 한다면 이미 끊었을 것이다. 그런 걸 자꾸 얘기하는 것은 공허한 메아리일 뿐이다. 결국엔 서로 감정 상하는 말이 오갈 수도 있다. 본인의 의지에 달린 문제를 가족이 뭐라고 한들 그게 가족들 마음처럼 쉽게 이루어질 리 없다.

건강을 위한 염려가 잔소리가 되고 싸움이 되느니 차라리 초긍정적인 나쁜 아내가 되는 것이 가정의 평화를 위해서 보다 나은 선택이라고 위로한다. 주변에서 다른 남편들이 술을 끊었다, 담배를 끊었다는 소리를 들으면 내심 부럽지만 어쩌겠는가. 남편의 의지에 달린 문제이니 내 마음같이 할 수 없는 것이 안타까울 뿐이다.

술 때문에도 여러 번 생각지도 못할 고충이 있었지만 여전히 술을 마시고 즐기는 남편을 보면 정말 저 사람은 무슨 생각으로 살까 싶다.

오늘도 부글부글 끓어오르는 속을 꾹 눌러 참고 만다. 자신의 건강은 스스로의 몫이라는 변명과 가정의 평화를 위해서라는 명목 아래 말이다.

그래서 남편의 건강과 관련해서도 더 이상 잔소리를 안 한다. 끝까지 포기히지 않고 진소리를 한다면 님편이 달라질까? 알 수 없는 일이다. 언제 끝날지도 모르는 기나긴 싸움, 끝도 없는 언쟁을 정말 하고 싶은 여자는 없을 것이다.

싸우면서도 건강 챙기라고 잔소리를 계속하는 아내는 남편을 정말 사랑하는 사람이거나, 남편이 정말로 아내를 사랑하는 사람일 확률이 높다. 나는 좋은 아내는 아닌 것 같다. 잔소리 대신 우아하게 입을 다문다.

그냥 나쁜 아내로 사는 게 훨씬 편하다는 사실을 남편들은 모를 것이다. 잔소리하는 아내는 그마나 아직은 애정이 남아 있다는 걸 안다면 이 세상 남편들은 달라질까?

나를 중심으로
라이프 시스템을 만들어라

나는 내가 생각하기 원하는 것을 생각하고, 걷고 싶은 거리를 걷고, 읽기
원하는 책들과 보고 싶은 친구들을 만나기에 하루하루가 여전히 짧다.
－존 버로

요즘은 가끔 거울을 보다가 거울 속에 비치는 얼굴에 깜짝 놀랄
때가 있다. 푸석한 피부, 늘어난 주름, 화가 난 듯 무표정한 얼굴이
나라는 사실에 적잖이 충격이다.

무표정과 삭막한 얼굴은 내가 원하는 얼굴이 아니다. 나 자신
스스로가 낯설다는 느낌은 참 서글픈 감정이다. 무엇보다 우울한
것은 거울을 보며 애써 활짝 미소를 지어 봐도 어딘지 모를 쓸쓸
함이 묻어나고 어두운 표정이 역력하다는 것이다.

'대체 거울 속의 저 우울한 표정은 뭐지?'

낯선 중년의 여자가 나라는 사실에 또 한 번 스산한 바람이 가
슴을 쓸고 지나간다. 더 이상 가슴 설레며 눈을 반짝이던 생기는

찾아볼 수가 없다. 더 이상 젊지도 않고, 그저 축 처진 피부에 초점 없는 동공이 안쓰럽게 보일 뿐이다. 꼿꼿하던 허리를 한순간에 휘청거리게 한다. 무릎에 힘이 탁, 풀린다. 이제는 거울을 통해 생생하게 자신과 직면하는 용기가 필요해졌다.

언젠가 아들과 나눈 대화다.

"영훈아, 엄마는 어떤 엄마로 보여?"

"……"

"너 친구들 엄마랑 비교해서 말이야."

"엄마는 친구들 엄마에 비하면 아줌마 같지 않아."

"응, 그게 무슨 말이야?"

"친구들 집에 가보면 어떤 엄마들은 완전 아줌마 같은데 엄마는 그렇진 않아."

"그리고 엄마는 라디오 진행도 하고 직장도 다니고 하니까 아줌마 같지는 않아. 또 학생도 아닌데 공부도 계속 하잖아."

그 말을 듣는 순간 피식 웃음이 났다. 아무래도 팔이 안으로 굽은 것 같은 대답이었지만 기분은 좋았다.

그런데 아들과 나눈 대화를 통해서 나는 중요한 것을 깨달았다. 난 그나마 나만의 삶의 질을 그래도 잘 가꾸어 왔다는 사실이었다.

나이를 먹는 것은 불가항력적인 일이다. 그렇지만 나이를 들어감에 있어 어떤 삶을 살 것인지는 스스로 선택할 수 있다. 난 그 선택을 매 순간 최선을 다해왔고, 나름 열심히 살아왔다는 자부심이 생겼다.

두 아이를 출산하고 방황하던 시기에 근본적인 물음에 놓인 적이 있었다.

'아, 나는 무엇을 위해 살아야 하나?'

'나는 앞으로 어떻게 살아야 하나?'

그때 다짐한 것이 나 자신을 위한 삶을 포기하지 말자는 것이었다.

아이들이 어렸지만 방송대 공부를 시작했다.

지금까지 내 인생의 휴식 기간은 둘째 낳고 약 6개월 정도 쉰 것이 전부다. 그동안 비디오 가게, 옷가게, 건강식품 가게, 화장품 영업, 떡집 아르바이트 그리고 회사 사무원에 이르기까지 다양한 직업을 거쳤다. 이런 경험들은 내가 대학원까지 누구의 도움도 받지 않고 졸업할 수 있는 경제적 통로가 되어 주었다. 그리고 3년째 영주FM라디오 <음악이 있는 문화 산책> DJ 봉사 활동을 이어오고 있다.

지금도 여전히 공부의 끈을 놓지 않고 있다. 아마도 이런 엄마의 모습이 아이들에게도 여느 엄마와는 조금 다른 엄마로 비춰진 것 같다.

방송대 공부를 하던 시절에는 가게도 하고 아이들도 어려서 공부할 시간 확보가 녹록치 않았다. 그때 새벽 5시에 일어나서 두 시간 정도 공부하던 것이 습관이 되어 지금도 기상 시간은 별로 변한 것이 없다. 여전히 나의 하루 일과는 시간 쪼개기를 반복하면서 분주하게 보내고 있다.

나만의 시간 확보는 결국 나에게 삶의 질을 조금씩 발전시켜 주었다. 그것이 나의 삶을 풍요롭게 해 주는 윤활유가 되었다. 여자로, 아내로, 엄마로 살아가면서 자존감을 찾는다는 것은 쉽지 않은 길이지만 난관을 잘 넘어서면 행복에 이르는 지름길이 되기도 한다.

나의 진실한 친구가 있다. 남들이 늦은 나이라고 하는 47세에 결혼 후 첫 직장을 가졌다. 나는 누구보다 기쁜 마음으로 축하를 해 주었다. 점점 삶에 자신감을 찾아가고 생기가 넘치는 친구를 볼 때마다 나도 덩달아 기분이 흡족하고 좋았다. 자신의 월급으로 딸의 노트북을 사고 집에 텔레비전을 바꾸었다고 웃으며 말하는 친구의 환한 얼굴이 빛나 보였다. 언젠가 그 친구가 한 말이 웃음이 나면서도 찡했다.

"나도 이젠 내 밥벌이는 한다."

이 말을 들으면서 내색은 안 했지만 그동안 아무도 모르게 가슴앓이를 했을 친구의 속마음이 읽혀서 코끝이 시큰하기도 했다. 경제적으로 많은 시간 동안 어려움을 겪었기 때문에 누구보다 친구의 뱉어내지 못하는 속마음을 잘 알 수 있었다. 얼마나 많은 주부에게 이 단순한 말이 뼈 있는 말인지 남편들은 아마 모를 것이다.

주변에 보면 가족을 위해 자신을 제대로 돌보지 않고 살림을 열심히 하면서도 뭔가 주눅 들고 당당하지 못한 아내들이 많다. 남들은 다 직장을 다니는데 나만 집에서 살림만 한다는 자괴감도 깃들어 있다. 그래서 아내들은 스스로 작아지는 마음이 들기도 하는 것이다. 속상하고 안타까운 일이지만 현실적으로 이런 일은 비일비재하다.

웬만한 일에는 끄떡도 하지 않는 강심장을 장착한 주부들이 간과하지 말아야 할 것이 있다. 그것은 바로 내 인생의 주인공은 나 자신이라는 사실이다. 누구도 내 인생을 대신 살아 줄 수는 없는 것이다.

드라마 속에서도 주인공이 불행하면 주변의 사람들도 영향을 받게 되어 있다. 그러니 가족을 위해서라도 우선 나부터 행복한 사람이 되어야 한다는 사실을 잊지 말자. 그리고 '오늘 행복하지 않으면 영원히 행복할 수 없다'는 말을 명심하자. 이 말은 곧 오늘의 행복이 미래의 행복으로 연결된다는 말이기 때문이다. 그러니 더 늦지 않게 오롯이 나만을 위한 행복한 꿈꾸기를 해야 한다.

가끔은 그동안 나는 왜 즐기는 인생을 살지 못했나 하는 후회가 들 때가 있다. 어차피 한번 살다 갈 인생인데 왜 그리 아등바등하며 살았을까 생각될 때도 있다. 지금도 늦지 않았다고 생각하자. 지금부터라도 그렇게 살지 않으면 된다는 긍정적인 생각을 하면 된다. 이 생각이 시작이다. 이제부터라도 내가 진정으로 하고 싶은 일을 찾으면 된다.

거울 속의 나는 여전히 젊고 예쁜 얼굴은 아니다. 하지만 다시 보니 지금까지 살아온 나의 역사가 고스란히 담겨져 보여 정감 있어 좋다. 남들 앞에 내세울 만큼 화려하거나 우아한 외모는 아니지만 지금까지 괜찮은 삶을 살아왔다고 자부한다. 돌아보면 나름 치열하게 살아왔기에 부끄럽지 않은 삶이라고 말할 수 있다. 이런 나에게 너그러워지자고 생각하니 얼굴에 환하게 생기가 돈다.

중년에 이르면 이따금씩 찾아드는 우울감에 자신을 잃어버리거나 삶에 무기력해지기 쉽다. 그러나 정말 기억해야 할 것은 삶이란 지금의 내 모습이 가장 아름답다는 시절이라는 것을 명심해야 한다. 오늘이란 시간은 내가 지상에서 살아있는 날의 가장 젊은 날이기 때문이다.

언제든 자기감정을
솔직하게 조절하기

행복은 우리 주변에서 자라나며, 낯선 이의 정원에서
얻어지는 것이 아니다.
－더글러스 제럴드

'통즉불통 불통즉통通卽不痛 不通卽痛'- 동의보감에 나오는 말로 '통하면 아프지 않고, 통하지 않으면 아프다'는 뜻이다. 물론 의학 서적이므로 기氣나 피의 흐름에 대해서 이야기한 것이다. 그러나 이걸 '소통'이나 '커뮤니케이션'에 대입해도 뜻이 잘 통한다.

요즘 주위를 둘러보면 서로 소통이 되지 않아서 아파하는 사람들이 너무 많다. 정치인들이나 직장 상사와 부하직원에 이르기까지 다양하다. 학교에서는 교사와 학생이, 집에서는 아내와 남편이 그렇다. 서로의 감정이 잘 통하지 않기 때문에 속으로 앙금이 쌓이다가 결국 폭발하고 마는 것이다. 몸의 흐름이 원활하지 않으면 몸이 아픈 것처럼, 소통에서도 흐름이 원활하지 않으면 통증이 따르게 된다. '통즉불통 불통즉통'이 나뉘는 것은 육체만이 아닐 것이다. 우리가 살고 있는 사회의 기는 언로言路로 소통된다고 해도 과언이 아니다. 그러니 언로가 막히면 기의 흐름이 끊기게 된다. 달고 기름진 음식만 찾으면 성인병에 걸리듯이, 듣기 좋은 소리만 들으면 소통이 단절되기 쉽다. 반면 힘들어도 운동을 하고 나면 몸이 개운해지듯이, 듣기에 거슬려도 쓴 소리에 귀를 기울이며 갈등을 줄여 나가야 한다.

나이가 들어갈수록 몸이 둔해지고 움직이는 것이 귀찮아진다. 해가 바뀔 때마다 몸이 예전 같지 않다는 말을 하곤 한다. 남편과 트러블이 생겨도 그냥 다 귀찮다는 생각이 앞설 때가 있다. 그럴 땐 더 이상 싸우고 싶지도 않다. 기력도 달린다. 그래서 남들한테 싫은 소리 듣기 싫고, 남들이 들으면 기분 상할 말을 가급적이면 줄이게 된다. 서로에게 점점 무관심해지기 시작한다. 무관심도 병이 될 수 있다. 이는 잘못이다. 이럴 때일수록 더 마음을 열고 대화를 이어 나가야 한다.

사람은 자유로운 존재이다. 몸은 물론이고 사고는 더더욱 그렇다. 때로는 몸과 마음이 다를 때가 있다. 마음은 놀고 싶은데, 몸이 안 따라 주는 경우가 그렇다. 예전에는 하룻밤을 거뜬히 지새웠지만 이제는 새벽을 넘기기가 어렵다. 심지어 생각과 말이 따로 놀 때도 있다. 분명 머릿속으로는 다른 말을 하려고 했지만 입을 통해 나오는 말이 전혀 다른 경우도 있다. 마음도 제어가 잘 안 되고 내가 왜 이럴까? 이럴 때가 부지기수다. 이쯤 되면 예전의 풋풋한 시간을 소환하고 싶은 마음이 간절해진다. 내 마음을 나도 잘 모를 때가 많다. 사람은 이렇게 자기 자신조차 마음대로 할 수 없는 존재이기도 하다. 하물며 남편 속을 무슨 수로 다 알 수 있겠는가? 예기치 못하게 찾아오는 몸의 작은 변화에도 서로 관심을 가지고 대화를 나눌 수 있다면 평생 친구 같은 부부 관계가 유지되지 않을까. 나이가 들어갈수록 솔직하게 서로의 마음을 나누는 일이 필요하다.

　가끔 정말 말도 안 되게 사소한 일로 부부 싸움을 할 때가 있다. 아내가 생각하기에 너무도 당연한 것들이 남편의 입장에서는 상상할 수도 없는 것일 수도 있다. 반대로 남편이 생각하기에는 세상 사람들이 다 아는 상식이지만 아내 입장에서는 상식적이지 않는 것들이 더러 있다.

　기념일도 서로의 생각 차이가 많이 나는 것 중 하나이다. 아내에게는 너무 소중한 것인데 남편에게는 지극히 평범한 경우가 그것이다. 부부가 수십 년을 함께 살아도 서로를 다 안다고 할 수 없다. 행동과 표정만 봐도 무엇을 원하는지 척하고 알 수 있는 것이 있고, 자세히 설명하지 않으면 도무지 감도 못 잡는 것이 있다. 자세하게 하나하나 짚어주지 않으면 절대로 소통할 수 없는 것들이 있다.

　흔히 남자들은 매일 밥하는 게 뭐 그리 힘드냐고 말하는 경우가 있다. 많은 여자들이 가장 보람되면서도 신경 쓰이는 것이 '밥'이다. 매일 하는 일의 수고로움과 사랑이 포함된 이 밥이 평생 여자의 발목을 부여잡고 있다. 평생 동안 하는 일이 아무리 보람 있고 행복하다고 하지만 가끔은 무거운 짐으로 다가올 때도 있음을 알아야 한다.

아무리 오랜 세월을 함께 살아온 부부라도 남편은 남자의 사고 방식으로 살고, 아내는 여자의 사고방식으로 살아간다. 남녀의 공통분모가 되는 영역에서는 말하지 않아도 서로 손쉽게 소통할 수가 있지만, 각기 다른 영역의 문제 앞에서는 알아듣게 설명하지 않으면 소통은 불가능해진다. 주방은 아내의 영역이고 회사는 남편의 영역이다. 요즘은 이 금기 사항도 서서히 무너지고 있다고는 하지만, 여전히 주방은 남편에게 어색한 공간이다. 전업 주부에게는 회사가 미지의 영역이다.

"집안일이 얼마나 힘든지 당신은 너무 몰라!"

"남편이 밖에서 얼마나 힘들게 버티는지 좀 알아줄 때도 되지 않았어?"

이런 말들은 서로 가슴에 묻고 살아야 하는 말들이다. 여자는 남자의 영역을 알 수 없고, 남자도 여자의 고유 영역을 제대로 이해할 수 없다. 서로를 이해하기 위해서는 시시콜콜한 것까지 자세히 설명해야 한다.

"꼭 말을 해야 아느냐고?"

이런 말은 하지 말아야 한다. 되도록 아주 상세하게 콕콕 짚어서 얘기해 줘야 한다. 간혹 지나치다 싶을 정도도 자세하게.

어떤 관계에서 답답하다고 느낀다면 말하는 사람과 듣는 사람이 서로 다른 것을 생각하고 있는 것이다. 남편이든 아내든 상대가 충분히 이해할 만큼 자세히 설명하지 않으면 오해가 깊어진다.

그러다가 어느 날 쌓인 것이 한 번에 폭발하면 그야말로 걷잡을 수 없는 지경에 이르게 된다. 이혼도 아주 사소한 것에서 시작하는 법이다. 큰 일로 키우지 않으려면 평소에 잘 설명하는 습관을 기르자.

"내 마음 잘 알겠지?"

"오해 없이 잘 이해하겠지?"

아무리 믿음이 두터운 관계라도 절대로 알 수 없는 것이 속마음이다. 속마음은 말을 해야 알 수 있는 것이다. 사람은 신이 아니다. 누가 속마음까지 읽어 낼 수 있단 말인가?

오래전 남편이 처음으로 외박을 한 적이 있다. 여러 차례 전화를 해도 받질 않았고, 사전에 어떠한 연락도 없이 다음날 아침에 들어왔다. 들어와서도 외박에 대한 부연 설명도 없이 그저 미안하다고만 했다. 나는 '외도'로 받아들였다. 왜 외박을 했냐고 물어봐도 그냥 무턱대고 미안하다고만 했다. 누구를 만났는지 무슨 일이 있었는지 전혀 정보를 주지 않았다. 추측 가능한 모든 상상을 하니 견딜 수가 없었다. 안으로 상처만 깊었다. 그렇게 한동안 냉랭한 기운이 감돌았다.

한참 지난 다음에 내가 내 감정에 대해 솔직하게 얘기를 하자 남편은 깜짝 놀랐다.

"지난번 당신의 외박은 내게 큰 상처로 남아 있다."

"지금도 당신의 외도를 생각하면 화가 난다."

남편이 처음에는 조금 어처구니없다는 반응을 보이더니 이렇게 말했다.

"왜 진작 말하지 않았느냐?"

정말로 내가 그런 생각을 하고 있을 줄은 생각도 못했다는 것이다. 뒤늦게 사실을 확인하고 나니 허탈하기까지 했다. 정말 웃지 못 할 해프닝이었다고 말할 수밖에 없는 사건이었다. 사실 확인을 한 후 그동안 혼자서 마음고생 한 것이 정말 어이없게 느껴지기도 했다.

그날 사건은 이랬다. 멀리서 찾아온 교수님 접대를 마지막까지 혼자 남아 남편이 하게 되었다. 술이 약한 남편이 취해 버리자 교수님이 호텔로 데리고 가서 재웠다. 눈을 뜨니 아침이었고 연락 없이 외박하게 된 것이 미안해서 남편은 그냥 미안하다고만 한 것이 사건을 키우게 된 것이다.

얘기를 마친 남편의 속마음은 이렇다.

'미안하다는 말 속에 숨겨진 내 마음을 모두 이해해 주겠지?'

천만에! 절대로 모른다. 그러니 절대로 과정을 생략하지 말아야 한다. 말하지 않는데 어떻게 그 속을 다 알겠는가. 제발 콕콕 짚어서 확인 시켜 주길 바란다. 자세하게 설명하지 않으면 평생 알 수 없는 것이 사람 마음이다.

제5장

여자는 죽을 때까지
사랑하고 사랑받고 싶다

여자는 죽을 때까지 사랑하고, 사랑 받고 싶다
행복에도 전략이 필요하다 ‖ 꿈 아내로 살아라
여자의 인생이 육아, 내조로 끝나지 않게 하자
상처 받는 것을 두려워하지 마라 ‖ 꿈이 있는 여자는 늙지 않는다
자신의 외모를 꾸밀 줄 아는 아내가 사랑 받는다
아내들이여, 가슴 뛰는 삶을 포기하지 마라

여자는 죽을 때까지
사랑하고, 사랑 받고 싶다

사랑 받고 싶다면 사랑하라. 그리고
사랑스럽게 행동하라.
−벤자민 프랭클린

여자라면 누구나 가지고 있는 공통된 생각이 있다. 죽을 때까지 사랑하고, 사랑 받고 싶다는 것이다. 막상 결혼을 하고 나면 삐꺽 거리기 시작한다. 어느새 '사랑은 변한다.' 결혼은 더 이상 환상이 될 수 없다. 평생을 행복하게 살고 싶은 여자라면 결혼을 더 신중하게 생각해야 한다. 나의 평생 반려자를 잘 만나야 더 행복한 삶을 살 수 있기 때문이다. 결혼 전에는 아무것도 예측할 수 없는 것이 결혼 생활이다. 삶은 늘 계획대로 이루어지지 않는다. 특히나 결혼 생활은 예측 불가능한 것이다.

남편은 딸 많은 집의 외아들이라 그런지 그 또래 남자들보다 다소 권위적이었다. 그래서인지 무슨 일이 생기면 남의 탓을 많이 한다. 남편과 나는 삶을 대하는 방식이 무척 달랐다. 나는 내 위주의 주관적 삶을 살아간다면, 남편은 삶의 중심을 남들의 시선에 비중을 많이 두고 있었다. 이것이 우리 부부의 갈등의 큰 원인이 되었다. 결혼 생활 내내 행복하다는 생각은 별로 하지 못했다. 걸핏하면 나를 탓하는 남편 때문에 가슴이 답답했다.

아이들 앞에서 만큼은 엄마 아빠가 싸우는 모습을 보이지 말아야겠다는 원칙도 서서히 무너지고 말았다. 부부 싸움이 격렬하던 어느 날 아이들 표정이 심상치 않았다. 특히 아들이 상처가 컸던 것 같았다. 씩씩거리는 남편을 뒤로 하고 아이들한테 사과를 하기 위해 먼저 딸아이 방문을 노크했다.

딸아이는 의젓했다.

"저는 이해하니 동생이나 챙겨 주세요"

가슴이 무너졌다.

'아, 내가 지금 아이들한테 무슨 짓을 한 거지?'

순간 눈앞이 깜깜했다. 아들 방문을 열고 들어갔다. 아들은 침대에 드러누워 격하게 어깨를 떨며 울고 있었다. 차마 미안하다는 말도 안 나왔지만 용기를 내어 사과를 했다. 그런데 생각지도 못한 말이 아들 입에서 튀어나왔다.

"엄마는 왜 우리한테 약속을 안 지켜!"

무슨 말인지 영문을 몰랐다. 순간 아무 말도 못했다. 아들은 말을 이어갔다.

"엄마는 우리가 어릴 때부터 우리더러 엄마 보물이라면서, 엄마행동은 아니잖아!"

아들 말의 요지는 자신은 그만큼 엄마에 대한 믿음이 있었는데, 부부 싸움은 그 믿음을 저버리는 행동이라는 것이었다. 부부 싸움을 옆에서 지켜보던 아이들 마음이 와 닿아 얼굴이 화끈거렸다.

아이들도 알고 있는 사실을 나는 미처 깨닫지 못하고 있었다는 자책감이 들었다. 어느새 아이들이 이렇게 성장했는지도 모르고 살아왔다. 이 일을 계기로 우리 부부 싸움은 터닝포인트를 맞게 되었다.

이후 우리 부부에게는 많은 변화가 생겼다. 그때 이후로 싸울 일이 있어도 서로 조심하게 되었다. 가끔 대화가 필요하다 싶을 땐 밖에서 술 한잔하면서 문제를 해결해 가기 시작했다. 아이들과 나는 여러 가지 면에서 서로 잘 통한다. 시내에 가면 꼭 빠지지 않고 서점에 가야 하는 일이며, 관심 있는 새로운 영화가 상영되면 함께 예약해서 보러 가는 일 등 소소한 것들이 많다. 이런 소소한 일상에서 그동안 남편은 늘 제외되었다.

남편은 영화도 책도 등산도 좋아하지 않았다. 그런데 그런 남편이 이젠 함께 영화를 보러 가고 책도 읽는다. 가끔 등산도 함께 간다. 이제는 내 남편이 맞나 싶을 정도로 행동이 달라졌다. 요즘 남편을 물끄러미 쳐다보는 일이 잦아졌다.

사람이 저렇게 변할 수도 있구나, 문득 문득 그런 생각이 들었다. 일단 무조건 불끈 화부터 내던 성격이었는데, 그런 행동도 많이 줄어들었다. 가족 모두의 대화를 위해서 가족 카톡방을 개설했다. 전에는 일일이 다 얘기하지 못한 것들도 있었고, 어쩌다 깜빡 잊어버린 것도 있었기 때문에 카톡방이 가족의 대화 창구로 유용하게 활용됐다. 아이들도 서슴없이 필요한 얘기를 하곤 한다.

우리 부부의 문제는 무슨 문제든지 서로가 '당신' 때문이라는 사고방식이 지배적이었다. 서로가 상대방에게 문제가 있었다고 생각해왔던 것들이 내게도 원인이 있었음을 알게 된 것이 문제 해결의 전환점이 되었다. 세상의 다른 남편들은 다 아내한테 잘하고 사는데 내 남편은 절대 그럴 리가 없다는 나의 확고한 믿음이 그동안 남편의 변화를 가로막았다는 것을 깨닫게 되었다. 해답은 내 안에 있었다. 내가 조금씩 변화는 것이다.

내가 먼저 노력하고 내가 조금 더 참는 일이 늘어났다. 서로의 눈을 바라보며 함께하는 대화도 한몫했다. 정말 얼마 만에 두 눈을 바라보고 대화를 했는지 기억이 가물거렸다. 결과는 나쁘지 않았다. 화내지 않고 가볍게 서로의 감정을 풀어놓았다. 인생에는 정답이 없다. 서로 양보하면서 맞추어 나가는 것이 최선이다.

많은 여성들이 남편이 자신을 배려해 주지도 않았고 아무것도 해 주지 않는다고 불평을 한다. 나 역시 그랬다. 그런데 깨닫지 못하고 있을 뿐, 아내를 위해 남편들이 하는 일은 많다. 남편의 작은 배려나 서비스에 감사하는 습관을 들인다면 남편들이 아내를 위해 얼마나 많은 노력을 하는지 절실히 알게 될 것이다.

요즘 남편을 보면서 드는 생각이다.

'아, 저 사람도 휴식이 필요한 사람이었구나, 그동안 너무 책임감에 얽매여 혼자서 고군분투해왔구나.'

말을 안 하면 속내를 알 수 없다. 그러나 알 수 있는 방법이 있다. 그 사람이 언제 미소를 짓는지, 언제 기뻐하는지를 살피면 금방 알 수 있다.

인간은 영원히 살 수 없다. 누구나 자신만의 제한된 시간을 부여 받고 그 시간만큼만 이 세상을 살다가 간다. 그것이 인간이든 동물이든 무생물이든 정해진 공통된 운명이다. 성숙한 자아를 지닌 당신은 나처럼 아까운 시간을 낭비 없이 계획하고 보람 있게 사용하기 바란다. 그러므로 오늘 하루를 어떻게 살아가야 할 것인지 고심해 보아야 할 것이다. 매일 밥을 먹고 잠을 자는 일보다 더 중요한 과제인지도 모른다.

사랑을 한다는 건 모든 것들에게 애정 어린 인사를 하는 것과 같은 일이다. 따뜻하고 자애로운 마음의 인사를 매 순간 간절한 심정으로 건네는 일이 바로 사랑이다. 사랑은 목숨을 다하는 날까지 해야 하는 일이고 그것을 실천하는 사람에게는 정신적 풍요로움이 가득해진다. 가족에게, 이웃에게 더 많은 사랑을 주기 위해 노력하다 보면 도리어 자신의 사랑이 부족하지 않았는지 되돌아보게 된다.

마흔 여덟.

나는 이제야 비로소 우리 부부가 진짜 부부가 됐다는 행복감에 젖어 있다. 인생에는 공짜가 없다. 지금 누리고 있는 이 행복은 그동안 많은 위기와 고통의 순간들을 함께 잘 극복한 대가로 삶이 나에게 주는 선물이라고 생각한다. 지금 위기를 맞고 있는 부부라면 세월을 잘 견디고 힘든 시기를 잘 뛰어넘길 바라는 마음이 간절하다. 지나 보니 고통은 그리 길지 않았다. 참아 낸 세월에 대한 보상은 늦더라도 반드시 돌아오게 되어 있다.

　내가 먼저 손 내밀고, 내가 먼저 마음을 여는 일, 그리 어려운 것이 아니다. 연애는 관심과 애정으로 시작된다. 결혼도 마찬가지다. 그러나 대다수의 부부는 결혼 후에는 커뮤니케이션을 소홀히 생각한다. 그렇게 시간이 쌓이게 되면 서로 어긋나게 되는 것들이 늘어나게 된다. 문제가 있다고 파악했다면, 위기라고 느꼈다면, 일단 인내심을 가져야 한다.

　사람의 행동은 하루아침에 바뀌는 것이 아니다. 시간을 두고 대화하며 서로의 의견을 교환하는 습관을 길러야 한다. 많은 시행착오는 사람을 성장시킨다. 같은 실수를 반복하지 말고, 공을 들이고 노력하면 어떤 오해나 불화도 순리적으로 해결하게 된다.

　커뮤니케이션과 교류는 부부 상호간의 존중의 표현이기도 하다. 인간은 누구나 '사랑 받고 싶다'는 욕구를 갖고 있다. 이 욕구가 충족되면 행복하다고 느끼게 된다. 사랑은 근본적으로 두 사람의 애틋한 마음으로 이루어지는 것이다. 부부 공동의 노력으로 이루어 나가야 한다. 행복은 결코 타인의 손에 있지 않다. 행복은 스스로 개척하고 노력하지 않으면 결코 쉽게 얻을 수 없는 열매이다. 누구라도 먼저 웃으며 웃는 얼굴로 아침 인사를 하는 것부터 시작하면서 기본적인 애정 표현을 실천하기를 권한다. 우리의 생이 다하는 날, 자신의 지나온 삶에 대해 만족할 수 있는 소수의 축복 받은 사람이 되어야 한다.

행복에도
전략이 필요하다

행복이란 무엇을 의미하는가, 모든 불행을 살아내는 것.
빛은 무엇을 의미하는가, 온갖 어둠을 응시하는 것.
−니코스 카잔차키스

"여보, 나 오늘 어때?"

퇴근한 남편에게 한마디 던진다. 무심한 남편은 대꾸 없이 흘 깃 쳐다보고는 바로 욕실로 들어간다. 마음이 상한 아내는 입을 삐죽이며 부엌으로 가서 저녁밥상을 차린다. 오랜만에 미용실에 가서 머리를 하고 온 터라 내심 남편의 반응이 궁금해서 물어봤지 만 무심한 남편은 전혀 눈치를 채지 못하고 부엌에 들어와서 밥만 재촉한다.

"배고프다. 빨리 밥 줘."

남편은 늘 이런 식이다. 남편이 오기 전에 기대하고 설렌 마음 이 와락 무너지는 아내는 남편과 마주 앉아 밥을 먹을 마음이 없다. 최소한의 관심이라고 생각하는 아내와, 아내의 사소한 변화에 둔한 남편이다. 눈치가 꽝인 남편을 둔 아내는 이렇게 사소한 것에서부터 감정의 골이 깊어진다. 여자는 남편의 조그만 관심에 울고 웃는다.

하지만 남편은 이런 아내의 감정을 잘 헤아리지 못한다. 사람은 하루아침에 바뀌지 않는다. 그렇다면 이제는 남편에게 질문을 바꿔 보는 것이 어떨까? 남편이란 원래 여자의 사소한 변화에 둔하니까 내가 바라는 답을 넌지시 던져 보는 것이다. 남편은 나에게 무관심하다기 보다는 눈치가 조금 부족할 뿐이다. 무관심하다고 하더라도 일부러 그렇진 않을 것이다. 옆구리 찔러서 절 받기도 필요하면 해라. 옆구리 찔러서 절 받는다고 해서 흉볼 사람도 없다. 더군다나 남편에게 책잡힐 일도 아니다. 괜한 자존심 때문에 마음이 병들어 가는 것보다는 낫다. 오히려 서로가 감정을 안 다치게 하는 좋은 해결방법이 될 수도 있다.

"자기야, 나 오늘 파마했는데 어때? 예쁘지?"

"당신한테 이뻐 보이려고 파마했는데 어때?"

이처럼 말의 변화를 조금만 준다면 되돌아오는 대답도 분명 달라질 것이다. 이 모든 것은 아내 하기 나름이다. 좀처럼 변하지 않는 남편을 탓할 것이 아니라 아내가 생각을 바꾸는 것이 훨씬 지혜로운 일이다. 관점을 바꾸면 나부터 달라지는 경험을 하게 된다. 모름지기 남을 바꾸는 것보다는 내가 바뀌는 것이 훨씬 빠르다.

언제까지 변하지 않는 남편 등만 바라보며 한숨만 쉴 것인가? 그래봐야 나만 스트레스를 받을 뿐이다. 이럴 땐 아내가 먼저 배려하는 마음을 가지는 것이 원만한 부부 생활을 위한 처방이 될 수도 있다.

위의 내용은 우리 주변에서 흔히 접하게 되는 익숙한 풍경이다. 부부는 각자 내면의 다른 목소리를 담고 살아가고 있다. 남편의 입장에서는 "처자식 먹여 살리려고 이렇게 발버둥 치고 있는데, 더 무엇을 바라는 거야?"이다. 하지만 아내는 "당신을 위해 최선을 다하고 있는데 왜 몰라주는 거야?"이다. 이런 감정의 줄다리기는 끝이 없다. 어느 한쪽에서 먼저 선을 그어주는 것이 필요하다. 어떤 문제를 인식하는 과정에서 인지를 빨리 한 사람이 해답도 먼저 찾을 확률이 높다. 먼저 인지한 그만큼 고민의 시간이 길기도 하기 때문이다.

아무래도 감정 전달이 용이한 아내 쪽에서 부드러운 방법을 찾아 실천한다면 효과는 기대치 이상이 될 것이다. 사랑 받고 싶으면 화낼 일을 줄이는 연습을 하는 것도 행복한 결혼 생활을 위한 좋은 방법이다. 가정의 행복을 위하여 누구든 마음만 먹으면 손쉽게 할 수 있는 기분 좋은 전략이지 않은가?

행복한 부부에게는 그들만의 특별한 습관이 있다. 행복한 부부일수록 사소한 말 한마디도 소중히 여긴다. 사소한 말 한마디에도 서로의 마음을 귀하게 여기는 마음이 깃들어 있다.

"수고했어."

"고마워."

"사랑해."

부부간에 이보다 더 좋은 대화는 없을 것이다. 하루에 한 번만 이라도 한다면 집안 분위가가 달라질 것이다. 축 처졌던 남편의 어깨가 펴지고, 아내의 얼굴이 환하게 펴질 것이다.

난 가끔 '지금 행복하기 위해서 내가 무엇을 하면 좋을까?' '지금 이 순간 어떻게 하면 즐거울까?'를 스스로에게 물어본다. 이 질문을 통해 나의 결핍과 마주하는 시간이 잦아졌다. 결핍은 상처다. 결핍은 욕망을 낳는다. 욕망의 씨앗을 발견하고 키워 가는 일은 자신만의 삶의 여정을 즐길 수 있는 계기가 되어 준다. 어느 순간 욕망의 씨앗은 나를 성장시키는 영양제가 되어 준다. 그러니 되도록 새로운 욕망을 많이 하길 바란다. 그 안에 자신만의 꿈의 씨앗을 소중히 키워 가는 것이다. 머지않아 당신의 결핍은 아름다운 보석으로 둔갑해 있을 것이다. 우리에게 필요한 것은 치유를 위해, 상처와 더불어 살아갈 수 있음을 깨닫는 일이다.

아내로, 주부로 자신을 너무 옭아매지 마라. 과거의 상처에 너무 깊이 발을 담그지도 마라. 그럴 시간에 자신의 미래를 위한 전략을 세우길 바란다.

나만의 행복 프로젝트, 아주 거창하게 생각하지 마라. 가벼운 마음으로 내가 즐거워지는 일을 찾는 것이다.

하루에 10분이든 20분이든 시간을 내라. 그리고 익숙해지면 시간을 늘려 가면 된다. 음악을 좋아한다면 좋아하는 음악을 듣는 것도 나를 위한 선물이 될 수 있다. 산보가 좋으면 10분이고 30분이고 일단 걸어라. 가끔은 딴 짓도 해야 한다.

여자들이 딴 짓을 통해 자신만의 시간을 찾아가면 좋겠다는 생각을 한다. 내 인생의 가장 큰 행복은 딴 짓을 통한 배움이었다. 어떤 자극보다 강렬하고 달콤했다. 부디 자신만의 행복 주머니를 찾길 바란다. 열어볼 때마다 온몸이 전율하는 나만의 행복 주머니를 말이다.

곰곰이 생각해 보면 우리의 일상생활에서 발견할 수 있는 행복 주머니는 아주 많다. 자신을 위해서 꼭 찾아보길 바란다. 내 행복은 누가 찾아줄 수 있는 것이 아니다. 오직 자신만이 알아볼 수 있다. 행복은 멀리 있지 않다. 당장 찾기 어렵다면 주변에서 롤 모델을 찾아 봐라. 평소 행복해 보인다고 생각했던 사람을 잘 관찰하면 행복이 비로소 보일 것이다.

주위를 둘러보면 온 세상은 경이로움으로 가득하다. 이름 모를 잡초는 보는 이 없어도 꽃을 피운다. 상처 많은 나무도 비바람에도 묵묵히 견디며 열매 맺고 살아간다. 우리의 존재 또한 경이로운 것이다. 지금 이 글을 읽는 순간이 또한 당신이 선택한 기적이다. 그러니 당장 행복을 선택해라. 당신은 언제 어디서나 행복하게 살 권리가 있다.

바로 지금 행복을 선언하라.

꿈 아내로
살아라

앞으로 20년 후에는 당신이 했던 일보다 하지 않았던 일들을 떠올리며
더 후회할 것이다. 그러니 밧줄을 풀고 안전한 항구를 떠나라.
－마크 트웨인

이 시대의 아내들은 '꿈'이라는 말을 들으면 일단 머뭇거린다. 생
계형 생활 전선에 뛰어든 아내들이라면 더욱 그렇다. 그들에겐 지
금 당장 시간도 없다. 꿈은 사치라고 여긴다. 돈도 없고 바쁘다. 노
후도 준비되지 않아 엄두도 나지 않는다는 반응이다.

물론 틀린 말은 아니다. 그러나 이렇게 이유를 찾자면 한도 끝
도 없다. 중학교나 고등학교 때는 학교 공부와 학원을 다니느라
시간이 없다. 대학생들은 학점 관리와 취업 준비로 바쁘다.

취업에 성공한 직장인들은 더 바빠진다. 결혼하면 주부들은 육
아에 직장 생활에 도무지 내 시간이라곤 없다. 결혼을 하면 마치
저절로 모든 행복이 찾아올 것이라는 생각도 버려야 한다. 결혼을

했다고 아이를 낳았다고 나를 포기하는 순간 꿈은 연기처럼 사라지게 된다. 육아에 쫓기어 시간이 지나면 좋아질 거라는 기대는 이내 포기로 바뀌기 쉽다.

삶은 나를 더욱 바빠지게 한다. 더 시간이 흐르면 나이가 많아서, 체력이 안 되어서 또는 돈이 없어서 꿈을 꿀 시간이 없다.

나이가 들수록 꿈과는 점점 멀어지게 된다. 가혹한 현실은 내 인생을 다시 시작하라는 뜻일 수 있다. 내가 지금 미룬 꿈은 어디에서도 보상 받을 수 없다.

너무 거창한 꿈을 그리다 아예 시작도 못하고 끝내 버리는 어리석은 행동도 하지 말자. 청사진이 너무 큰 것에만 포커스를 맞추게 되면 이룰 수 없다는 생각이 지배하게 된다.

꿈을 조각내어 분산 시켜야 한다. 장기적인 목표와 단기적 목표로 설정하여 꿈의 조각을 나눠라.

지금 당장 할 수 있는 작은 실천부터 하다 보면 어느새 커다란 그림이 완성될 것이다. 작은 꿈을 이루어 나가다 보면 목표 달성이 쉬워진다. 자신의 가능성에 대한 믿음도 키우게 된다. 그러니 꿈을 더 이상 미루지 말자.

그럼 도대체 우리는 언제 꿈을 꿀 수 있을까?

자신에게 끊임없이 질문을 던지는 것으로부터 시작을 하면 된다. 자신의 꿈을 찾기 위해서는 반드시 이 과정이 필요하다. 지금껏 고민을 안 해 본 것이기 때문에 이제부터는 치열하게 고민해야 한다.

난 무슨 일을 할 때 행복하지?

내 어릴 적 꿈이 뭐였더라?

꼭 하고 싶은 것을 미룬 게 무엇이었지?

생각만으로도 기분 좋아지는 것이 무엇인가?

어차피 인생은 나의 선택에 달려 있다. 단 한 번뿐인 인생을 지금까지는 끌려왔다면, 이제부터라도 직접 주도하는 삶을 선택하자.

성공한 사람들은 보면 그들의 공통점은 '결핍'에서 '성공'으로 새 역사를 쓴 사람들이다. 나에게 부족한 것이 많을수록 그만큼 가지고 싶은 열망도 많은 법이다. 여러분도 부디 결핍을 성공의 발판으로 삼길 바란다.

야구선수 출신 양준혁의 《뛰어라 지금이 마지막인 것처럼》 중에 열다섯 살 때 아팠던 이야기가 나온다.

그는 중학교 때 심방세동心房細動이란 병으로 쓰러진 적이 있었다. 야구를 그만둘 운명이었지만, 아버지를 붙들고 펑펑 울면서 '병을 고쳐주세요!'라고 외쳤다. 야구가 너무 좋았기 때문에 절대로 포기하지 않았다. 불굴의 의지로 그의 야구 인생은 마흔이 넘어서까지 왕성하게 이어졌다. 모두가 자기 관리를 잘한 덕분이겠지만, 본받아야 할 중요한 것이 있다. 그것은 걸림돌을 디딤돌로 만들었다는 것이다.

자신의 한계를 벗어던진 예는 수없이 많다. 김연아 선수도 열악한 한국의 피겨스케이트 환경을 딛고 우뚝 일어서서 세계 정상의 피겨 퀸이 되었다. 자신이 닮고 싶은 선수의 동영상을 무한 반복 따라하며 "미셸 콴 같은 선수가 되겠다."고 입버릇처럼 말했다. 결국 상상은 현실이 되었다.

꿈을 이룬 많은 사례들은 수없이 많다. 사례들로 알 수 있는 것은 꿈은 꿈꾸는 사람의 몫이다. 오랫동안 꿈을 그리는 사람은 마침내 그 꿈에 다다르게 된다. 지금 나에게 꿈이 없는 것을 합리화할 궁리를 하지 말고 꿈을 위해 자신과의 다짐을 해 보자. 꿈에는 나이가 따로 없다. 죽기 전까지 누구나 꿈을 꾸고 꿈을 이룰 수 있다.

지금 나의 환경이나 처지를 운운한다면 소심한 변명에 불과한 것이다.

꿈을 미루게 되면 어느 순간 상실되고 만다. 습관처럼 꿈이 이미 이루어진 것처럼 상상하고 말을 해 보는 것이다.

삶은 얼마만큼 살았느냐가 중요한 것이 아니다. 얼마나 진정한 나로 살았는가가 더 중요하다. 그러니 힘든 현실이더라도 가슴 뛰는 삶을 추구해야 한다.

자신의 미래는 모두 자신이 만들어 가는 것이다. 지금 어려운 처지에 있다고 해도 희망을 포기하지 말고, 당당히 희망을 노래하자. 누구에게나 희망은 공평하게 온다. 희망이 언제나 찬란하게 오는 것은 아니다. 그렇더라도 희망을 품어라. 머지않아 당신의 미래가 밝아진다.

일본의 시바타 도요 할머니는 99세에 시를 쓰기 시작해서 시집 ≪약해지지 마≫를 출간해 전 세계적으로 화제를 불러일으킨 적이 있다. 99세의 나이에도 자신의 꿈을 당당히 이룬 기적 같은 기사를 보면서 '나는 내 나이 80이 되고 90이 되었을 때 어떤 모습으로 살고 있을까?' 생각해 본 적이 있다. 나의 꿈을 위해 더 열심히 계획하고 에너지를 집중해야 한다.

꿈을 이루고 싶다면 노력하라. 자신의 꿈을 의심하지 말고 더 노력하라. 자신이 되고 싶은 것, 자신이 소망하는 것 무엇이든지 그것이 꿈이라는 이름을 얻게 되면 당신의 열정의 단위만큼 날아오를 것이다. 소심하게 웅크리고 있던 당신, 울고 있던 당신, 세상을 한탄하던 당신, 세상을 비관하던 당신들 모두 지금 이 순간 당신이 원하는 삶으로 가고 있는 중이다. 당신이 노력한 만큼 그만큼의 꿈이 이루어질 것이다. 왜 시작도 하지 않고 포기하려 드는가! 왜, 끝까지 가보지도 않고 포기하려 드는가! 성공이 바로 저기에 있는데.

여자의 인생이
육아, 내조로 끝나지 않게 하자

사람들은 소망을 안고 사는 동안 아무리 고통스러워도 견디고
용감하게 살 수 있다.
－C. 네터링

운동선수를 생각하는 나의 기본적인 생각이 있다. 운동선수는 그저 열심히 해서만 되는 것이 아니다. 구체적인 목표가 있어야 하고 죽을 것처럼 최선을 다해야 한다. 운동선수라면 열심히 하는 것은 누구나 다 하는 일이다. 더 뛰어난 선수가 되려면 열심히 하는 것 이상의 자기 관리가 필요하다. 뚜렷한 목표를 가지고 남들이 하는 것 이상의 정신력을 발휘할 때 자신의 꿈을 이룰 수 있게 된다. 이렇게 생각하다 보니 어린 딸에게 자주 쓴 소리를 할 때가 많았다.

혜민이는 공기권총 10m 사격선수이다. 사격은 중학교에 입학하면서 시작했다. 사격을 한 이후 여러 번 슬럼프를 겪었다. 중학

교 2학년 때였다. 사격 때문에 힘든 것보다 선배와의 갈등 때문에 더 힘들어 했고 급기야 운동을 그만두려고 했었다. 그래서 정해진 시합만 나가고 그만두기로 했다. 시합을 다녀와서 코치님이랑 감독님께 말씀드리기로 했다. 그런데 마음을 비운 탓인지 다음 시합에서 의외로 좋은 성적을 거두는 바람에 사격을 다시 하게 된 일도 있었다. 그렇지만 뭔가 새로운 계획이 필요한 시점이었다. 더 밀착해서 딸의 일상을 체크하기 시작했다. 친구 관계 선후배 관계 등 하루도 빠짐없이 묻고 대화를 하기 시작했다. 엄마이자 친구처럼 나는 딸의 매니저가 되었다. 딸의 그날그날 컨디션이나 새로운 변화 등 전반적으로 체크해야 할 목록들이 늘어나기 시작했다.

어느 날 혜민이가 말했다.

"엄마, 저 국가대표가 될 거예요."

"그래, 왜 그런 생각을 했어?"

"엄마, 진종오 선수처럼 국가대표가 꼭 되고 싶어요. 멋있잖아요."

"이제부터 사격 정말 열심히 할 거예요."

"그래, 노력하면 뭐든지 할 수 있어!"

"너도 충분히 할 수 있어! 엄마도 도울게."

이 일을 계기로, 나는 마침내 혜민이가 스스로 재능을 발견했다고 판단했다. 자신의 재능을 찾은 딸을 응원하는 것은 엄마로서 당연한 일이다. 나는 아이들은 불러 주는 대로 자란다고 믿는다. 그래서 휴대폰 저장 명을 이때 모두 바꾸었다. 혜민이는 국가대표로, 아들인 영훈이는 자랑스러운 아들로 지금까지 저장되어 있다.

어쩌면 닉네임처럼 자라길 바라는 나의 염원일 수도 있다. 그러나 이 닉네임에는 아이들에 대한 굳건한 나의 믿음의 표상이기도 하다. 이 무렵 혜민이와 나는 중요한 약속을 하게 됐다. 혜민이는 국가대표가 되는 것이었고, 나는 대학원에 진학해서 글쓰는 것을 재대로 배워서 딸에 대한 책을 써 주기로 한 것이다. 이렇게 엄마와 딸의 '꿈꾸기'가 시작되었다. 우선 엄마로서 열렬한 응원군이 되기로 마음먹었다. 그래서 이때부터 시합장에 따라다니기 시작했다.

다음 내용은 처음으로 딸의 시합을 본 소감을 일기 형식으로 적었던 글이다. 조금 수정해서 옮겨 보았다.

2013년 7월 13일 토요일.

새벽이 밝아오기 시작한다. 가족들을 위해 서둘러 아침식사 준비를 마치고 낯선 도시 포항을 향해 출발한다. 여행은 늘 설렘이 있기 마련이지만 이번 일정은 긴장감으로 가득하다. 며칠 전 미리 출발한 딸의 뒤를 따라가는 길이다. 사격을 하고 있는 중3인 딸, 자신의 꿈을 향해 열심히 노력하는 아이를 응원하기 위한 깜짝 이벤트이다. 방학 기간에도 쉬지 못하고 계속 훈련을 했는데 컨디션이 안 좋은 상태로 시합을 떠난 딸이 마음에 걸린다. 찜통더위가 오전부터 기승이다. 도로 위에 열기들이 자동차 안까지 느껴진다. 에어컨을 켜도 강렬하게 이글거리는 태양을 가리기엔 역부족이다.

그래도 기운차게 고속도로를 달리는 자가용, 두근거리는 마음의 열기까지 더하여 얼굴이 활활 타오르는 듯하다. 3시간 정도를 달려 도착한 포항 시내에서 길이 낯설어 잠시 헤매다 31회 회장기

경북사격대회가 열리고 있는 포항실내사격장에 도착했다.

높은 아파트 단지 맞은편, 작은 동산 비탈에 만들어진 생각보다 자그마한 규모의 사격장이 시야에 들어온다. 사격장 안에 들어서니 열기로 가득하다. 사격장 방문은 처음이다. 북적이는 사람들이 뒤엉켜 선수인지 관중인지 분간이 어렵다. 반갑게 딸과 상봉을 하고 학생들 틈에서 초조한 마음으로 기다리는데, 경기 시작 안내 방송이 나온다. 어린 선수들이 각자 배정 받은 사대로 들어서자 술렁이던 실내가 순간 깊은 정적 속으로 빠져 들었다. 덜덜덜 속이 떨리어 온다.

아, 이렇게 숨 막히는 긴장감 속에서 3년을 저 아이가 버텨 오고 있었구나, 이렇듯 힘겹게 여물어 가고 있었구나, 코끝이 찡해 온다. 두 손을 모아 쥔다. 차마 딸을 바라볼 수가 없다. 눈을 감고 잠시 간절한 기도를 하며 침착하자, 침착해라, 나와 딸을 향해 나도 모르게 속으로 중얼거린다.

호흡을 가다듬으며 눈을 뜬다. 딸 등 뒤에 꽂히는 내 시선이 점점 얼음처럼 굳어 간다. 처음으로 사격을 하겠다고 떼쓰던 아이를 반대로 일관하면서 저러다 말겠지 했던 순간이 주마등처럼 스친다. 자신이 좋아서 시작한 사격, 포기하지 않고 저렇게 당당히 서 있는 자그마한 딸의 어깨가 오늘따라 더 안쓰럽다. 흐트러짐 없이 반듯하게 서 있는 뒷모습이 너무 대견하여 가슴이 벅차오른다. 그동안 많이 힘들었을 훈련을 묵묵히 견디고, 오늘 저 자리에 또 저렇게 외로이 서서 긴 시간 사투를 벌여야 한다.

사격은 무엇보다 집중력이 중요하다는데, 부디 끝까지 집중해

라. 지금껏 늘 밝게 웃으며 성장해 온 네가 너무 고맙다. 격발할 때 마다 온 정신을 집중하는 일이 얼마나 위대한 일인가. 그렇게 50분간 40발의 격발을 모두 마치고 환하게 웃으며 들어오는 딸을 그저 말없이 꼭 안아 주었다. 공기권총의 경기 결과는 369점으로 개인 종합 1위를 했다.

딸의 꿈을 응원하며 뜨거워진 심장이 또 다시 꿈틀댄다. 국가 대표 사격선수가 목표인 딸의 꿈과 딸의 얘기를 책으로 쓰는 것, 딸과 나의 꿈은 현재 진행형이다. 엄마와 딸이 서로의 꿈을 지지하고 응원하는 것이야말로 여성으로서의 멋진 삶의 좋은 표본이 되지 않을까.

아이들의 성장을 돕고 응원하면서 나도 아이들과 동반 성장하는 엄마로 발전했다. 아이들은 어느새 몸도 마음도 하루가 다르게 커 가고 있었다. 남편이 챙기지 못한 아이들 뒷바라지는 오롯이 나의 몫이었다.

직장을 다니면서 공부를 계속하는 동안 엄마 역할, 아내 역할도 충실히 했다. 여전히 집안일에는 담을 쌓고 지내는 남편을 더 이상 미워하지도 않았다. 내 삶이 바쁘게 돌아가는 탓도 있었지만 내가 원하는 삶을 이어가다 보니 자연스럽게 남편의 존재가 그리 크게 느껴지지도 않을 뿐더러 크게 기대하는 것도 없어졌다.

어느새 마음의 근육이 단단해진 것이다. 남편의 변함없는 행동들이 그저 그러려니 할 정도로 미약했고 남편에 대한 조급한 마음도 사라졌다. 어쩌다가 일찍 귀가하는 남편을 나도 아이들도 격하게 환영해 주기까지 했다. 그러면 남편은 멋쩍게 웃으며 현관을 들어서곤 했다. 신기한 것은 나의 이런 변화가 남편에게도 생기게 되었다. 남편이 알게 모르게 집에 머무는 날이 늘어나기 시작했다는 것이다. 사람살이가 참 신기하다는 생각이 들었다. 큰 기대감이 없는 상태에서 남편이 조금씩 가족의 테두리 안으로 들어오고 있는 것이 신기하기도 했다. 이런 변화는 아마도 내 삶을 주도적으로 살았기에 가능한 것이었다고 생각한다.

남편이야 어떻든 내 자리를 변함없이 지키며 치열하게 살아왔다. 아이들과의 일상도 아빠 자리가 비어도 할 건 과감하게 했다. 우리끼리 얼마든지 즐겁게 생활할 수 있다는 걸 보란 듯이 해왔다. 그럴수록 남편은 점점 소외감이 느껴졌을 것이다. 가족이 둘러앉아 대화를 해도 남편은 한 박자 늦을 수밖에 없는 상황이었다. 이런 현상은 늘 남의 시선이나 남의 부탁을 들어주는 일이 우선인 남편이 자처한 결과였다. 남편의 변화는 더 늦기 전에 아이들과 시간 좀 보내라고 잔소리를 하는 대신 그 자리를 나 혼자라도 채워 주려고 했던 시간들이 뒤늦게 보상 받는 느낌이 들게 했다.

상처 받는 것을
두려워하지 마라

견딤의 크기가
쓰임의 크기를 결정한다.
− 정호승

애니메이션 영화 <겨울왕국>이 화제였던 때가 있었다. 나도 아이들과 재미있게 봤던 영화이다.

주인공 엘사는 얼음을 마음대로 다룰 수 있는 능력의 소유자다. 사랑하는 동생 안나를 기쁘게 해 주려다 상처를 주고 말았다. 이후 자신의 힘을 통제할 수 없었던 엘사는 다른 사람을 다치게 할까 봐 궁전을 떠나 깊은 산속으로 들어가 자신만의 얼음 궁전을 만들어 스스로를 가두어 살게 된다.

이 영화의 결론은 사랑의 상처는 사랑으로 풀 수 있다는 교훈을 주는 영화로 볼 수 있다.

우리가 살아가면서 본의 아니게 사랑하는 사람에게 상처를 주게 되는 경우가 많다. 간혹 나 혼자 있을 때는 별 문제가 안 되었던 행동들이 결혼을 하고 나면 상대에게 상처를 주게 되는 경우도 있다. 어차피 사람은 서로에게 알게 모르게 상처를 주거나 받게 되어있다. 사랑을 하면서도 의도치 않게 상처를 주게 되는 것은 누구에게나 해당된다.

누구도 예외일 수가 없다. 그러니 쿨하게 인정해야 한다. 상처받는 것을 두려워할 필요가 없다. 우리의 일상이고 삶의 연장일 뿐이다. 우리들은 누구를 만나든 상처를 주고 상처를 받을 수밖에 없는 존재이기 때문이다. 피할 수 없다면 현명하게 대처해야 한다. 우리가 해야 할 일은 서로에게 상처를 줄 수 있는 가시가 있음을 인정하고 서로 머리를 맞대고 서로에게 상처 주지 않을 방법을 고민하는 것이다.

여성의 역사는 상처의 역사다. 나 또한 상처가 많은 사람이다. 어쩌면 스스로 상처를 키운 부분도 적지 않을 것이다. 여자들은 왜 그럴까.

내가 만난 여자 중에서 상처로부터 자유로운 사람은 없었다. 누구든 상처가 있다. 다 가슴 아픈 사연 한두 가지는 가슴에 묻어두고 살아간다. 내 어머니이건 내 할머니이건 모두 그렇게 푸른 멍 하나씩 가슴에 달고 살아가는 것이다. 여자들의 수다 속에 상처받은 가슴앓이 내용이 가장 많다. 여성들은 그만큼 아픔에 익숙해져 있다.

오랜 기간 알고 지낸 지인이 있다. 가끔씩 만나 속 깊은 이야기를 나누어서 서로의 속사정까지 알고 지내는 사이다.

그녀의 인생은 평범했다. 결혼 전에는 막내딸로 사랑 받으며 자랐다. 결혼을 하면서 나이 차이가 나는 남편을 만나 생활에 억압은 있었으나, 큰 불편함 없이 그저 평범한 주부로 살아왔다. 그랬던 그녀에게 시련이 닥친 것은 남편의 건강에 빨간 등이 켜지면서부터이다.

어느 날 나를 찾아왔다. 아버지가 폐암으로 돌아가신 것을 알고 찾아온 것이었다. 남편이 폐암 말기 진단을 받았는데 어떻게 해야 할 줄을 모르겠다는 것이었다.

그녀의 고민은 이제껏 한 번도 경제 활동을 한 적이 없다는 것도 한몫했다. 당장 어떻게 무엇을 해야 하는지도 모를 정도로 정신적 멘붕을 겪고 있었다.

그녀는 과거 첫사랑과의 이별의 상처가 깊은 사람이었다. 집안의 반대로 헤어진 첫사랑과의 이별의 상처가 여전히 아물지 않고 있었다. 결혼 후에도 첫사랑을 가슴에 품고 살아 남편에게 늘 미안한 마음으로 살아왔다. 남편의 병이 자신의 부족한 사랑도 한몫했다는 죄책감마저 안고 있었다. 남편에 대한 미안함과 앞으로 살아갈 것에 대한 두려움이 그녀를 혼란스럽게 하고 있었다. 이별의 상처가 깊은 그는 아직 남편과의 이별을 감당할 자신이 없다며 눈물을 하염없이 흘렸다. 어떻게 살아가야 할지 모르겠다며 울먹이던 그녀의 모습이 아직도 아른거린다. 한참을 같이 울었다. 지금도 생각하면 가슴이 먹먹하다. 사람이 살아가면서 피할 수 없는 상처도 어쩔 수 없이 받게 된다. 죽을 것처럼 힘들어 하던 그녀는 남편을 떠나보내고 지금은 아이들과 씩씩하게 잘살고 있다.

새로운 것에 도전하면서 또 다시 크고 작은 상처를 맛보지만 그녀는 견뎌 내고 있다. 이전처럼 도전하는 것에 두려워하지도 않는다. 죽을 것처럼 힘든 시간도 견디면 결국 지나간다. 어쩔 수 없다면 순응하며 견뎌내야 하는 때도 있다.

그러다 보면 삶의 다른 길이 보이기 시작한다. 그러니 아직 가보지 않는 길에 대해서 겁먹고 두려워할 필요는 없다. 어떤 시련도, 어떤 길도 지나고 보면 우리가 미리 두려워했던 만큼의 큰 무게는 아니다. 지나온 길도 앞으로의 길도 삶의 일부분일 뿐이다.

살아가는 내내 우리는 상처로부터 자유로울 수 없다. 짊어져야 하고 함께 껴안고 뒹굴어야 하는 것이 상처다. 결코 두려움의 대상은 될 수 없다. 상처도 아물고 나면 결국 추억이 된다.

친구들과 수다 중에 나온 말이다. 평소에 얌전하기로 소문난 친구였다.

남편과 함께 드라이브 중이었는데 문득 남편에게 키스를 받고 싶었는데 말을 못했다고 했다. 말을 못한 것은 남편이 거절할 것 같아서이다. 그 친구 말이 거절하면 창피하기도 하지만 자신이 상처 받는다는 것이었다. 그러면서 다들 한 번씩은 그럴 때 없었냐고 물어 본다.

다른 친구가 불쑥 나선다.

"야, 그럴 땐 말을 해야지 바보야."

"남편도 좋아했을 텐데."

이어지는 그 친구의 말에 다들 귀를 쫑긋했다. 어느 날 그 친구는 장거리를 가야 할 일이 있어서 함께 차를 타고 가는 도중에 이 말이 불쑥 튀어나왔다고 했다.

"여보, 나 당신 안고 싶어!"

그런데 놀라운 것은 남편의 반응이었다.

"어, 당신이 웬일이야! 그런 말도 다하고."

그들 부부는 곧장 모텔로 직행했다는 얘기를 듣고 한참이나 깔깔거렸던 추억이 있다.

나이가 들어감에 따라 대화도 농익어 간다. 전에는 부끄러워하지 못했던 말들도 이제는 서로가 조언하고 상담해 주는 관계가 되었다. 우리들의 결론은 다음부터는 다들 '자기감정에 솔직해 보자'를 이구동성으로 외쳤다.

안으로만 움츠려들게 하는 생각의 굴레를 벗어나면 생각지도 못한 경험을 맛보게 된다. 지레짐작으로 겁먹고 두려워하지 말고 솔직하게 얘기해 보길 제안한다.

이제부터 자신의 감정을 숨기지 말고 솔직하고 당당하게 남편에게 말하기!

꿈이 있는 여자는
늙지 않는다

스무 살이건 여든 살이건 배우기를 멈추는 사람은 늙은 사람이다. 배움을
계속하는 사람은 나이에 관계없이 젊음을 유지한다.
－헨리포드

우리는 제자리에 가만히 있어도 위기를 만난다. 또 앞을 향해 거
침없이 나아갈 때도 위기와 맞닥뜨린다.

그렇다면 이 둘 중에서 어느 쪽을 선택하는 것이 인생에 도움
이 될까?

나는 후자를 선택하는 삶을 살았다. 어느 시점에서는 한동안
내게 주어진 운명을 피할 수 없었다. 처음에는 세상을 원망하고
남편을 원망하고 그런 내 모습이 싫어서 스스로를 한탄했다. 그래
봤자 삶은 더 나아지지 않았다. 불행의 강도만 커져 갔다.

어느 순간 정신을 차려 보니 초라한 몰골의 여자가 눈앞에 앉
아 있었다. 거울 속의 나 자신이었다. 낯선 이방인 같은 여인이 되

어 버린 나를 보면서, 문득 다시 환하게 웃는 보습을 보고 싶다는 생각이 들었다.

그래서 세상을 원망하기 보다는 어떻게든 감사할 것을 찾기로 결심했다. 그러다 보니 사소한 고마운 것들이 눈에 들어오기 시작했다. 하루를 온 가족이 함께 눈뜨는 것에도 감사하고, 아프지 않고 건강한 것에도 감사했다. 아직은 가족을 위해 무엇인가를 할 수 있는 것도 감사한 일이다. 점차 감사한 것들이 늘어나기 시작한 것이다.

지나온 내 삶의 시련에도 감사하는 마음이 생겼다. 젊었을 때 고생한 것들이 나의 삶을 더욱 단단하게 해 주었던 것 같다. 이렇듯 위기가 나를 더 돌아보게 하고, 지금 이 순간에 더욱 분투하게 하는 원동력이 되었다. 이것을 토대로 더욱 성장하고 더 높은 도전을 꿈꾸었다.

새로운 도전을 하는 것 자체만으로도 나의 시야는 더 넓어졌고 인생은 더 풍요로워졌다.

마흔이 넘으면서 나는 부쩍 어린 시절을 자주 떠올리곤 한다. 영주시 단산면 좌석리 산골 마을에서 어린 시절을 보냈다. 중학교까지 보낸 곳이다.

초등학교부터 엄마는 딸들은 돈 들여 키워봤자 소용없다는 말을 입버릇처럼 하셨다. 어린 시절 가장 많이 들었던 말이 '망할 놈의 지지바'였다. 유난히 남아 선호 사상이 깊었던 엄마였다. 그래서 그런지는 몰라도 중학교 보내주는 것을 큰 배려처럼 말씀하시곤 했다. 중학교 졸업하면 돈 벌어서 시집이나 가라는 말씀을 경전처럼 읊으셨다.

틈만 나면 밭으로 들로 일을 따라나서야 했다. 어린 시절을 생각하면 왈칵 서러움이 복받쳐 오는 기억밖에 없다. 모든 것은 오빠들 우선이었다. 아니 엄마에게 자식은 똑똑한 둘째 오빠밖에 없는 듯했다.

엄마는 내 생일을 단 한 번도 챙겨 주신 적이 없었다. 내 결혼을 앞두고 미안하다는 말씀과 함께 처음이자 마지막으로 손수 생일상을 차려주셨다.

나의 첫 사회생활은 서럽게 시작되었다. 중학교 졸업을 앞두고 서울로 향했다. 산업고등학교를 가기 위해서였다.

아무것도 모르는 산골 소녀의 서울 생활은 눈물 바람 그 자체였다. 낮에는 공장에서 일하고 밤에는 야간학교를 다니는 생활이 시작되었다. 원래 내 인생은 그런 것이라고 아무런 반항도 없이 묵묵히 버텨 낸 세월이다. 혼자 자취 생활을 하는 동안 라면이 주식이었다. 자취 생활에 필요한 모든 것을 스스로 해결해야 했기 때문에 생활비가 늘 부족한 것은 당연한 일이다. 서울 생활은 고되고 외로웠다. 생활비가 모자라 한겨울에도 연탄을 피우지를 못했다.

이불을 뒤집어쓰고 자다가 추워서 잠이 깨면 드라이기를 품안에 넣어 돌리다가 멈추기를 반복하며 밤을 보낸 적도 많다. 그때 나에게 위로가 되었던 것들이 책이랑 라디오였다. 틈틈이 책을 읽으며 시간을 보냈다. 돈이 없으면서도 세계문학전집을 세트로 구입하여 읽기도 했다. 또 잠드는 밤이면 외로웠다.

외로움을 달래기 위해 라디오를 틀어 놓고 잠이 들기도 했다. 밤에 홀로 듣는 라디오는 나에게 큰 위로가 되었다. 신곡도 대부분 라디오를 통해서 알았다. 좋은 곡이 나오면 녹음도 하면서 가사를 필사하며 외우기도 했었다.

80년대 그 시절은 라디오가 대세였던 시대였다. 그때 막연히 라디오 DJ에 동경이 컸었는데 우연인지는 모르겠지만, 우연히 찾아온 기회로 신기하게도 지금 내가 라디오 DJ가 되었으니 어릴 적 꿈을 이룬 셈이나 다름없다. 힘든 서울 생활의 목표는 어떻게든 '고등학교 졸업만 하자'였다.

우여곡절 끝에 무사히 고등학교 졸업을 했다. 힘들었지만 그래도 혼자의 힘으로 내 인생의 첫 목표가 잘 갈무리된 것이다. 고등학교를 졸업하고 나니 다시 대학교를 가고 싶었다. 엄마한테 등록금만 내주면 혼자 다니겠노라고 했지만 돌아오는 말은 "감히 올라가지 못할 나무 쳐다보지 말고, 정신 차리라."는 쓴 소리가 돌아왔다. 이 말이 참 서러웠다. 응어리진 마음이 풀리기까지 참으로 오랜 세월이 걸렸다.

공부에 대해 더 욕심을 못 내고 주저앉아 버렸다. 그때 누구라도 내게 응원해 주는 사람이 있었으면 어땠을까? 가족은 많았지만 누구 하나 살뜰하게 살펴주는 사람이 없었다. 모두가 자기 살기에도 버거웠던 탓이다. 딸들이 많았지만 언니들도 사정이 나와 별반 다르지 않았기 때문이다.

그렇게 묻어 두었던 공부에 대한 욕망이 결혼 후 힘든 순간에 슬며시 고개를 들었다. 나는 극한의 고통에 몰리면 오기가 생기는 특이한 사람인 것 같다. 그렇게 나의 꿈은 다시 시작되었다. 가슴 속에 묻어 두었던 꿈은 나이가 들어갈수록 더 간절해지고 더 열정 적으로 다가온다는 것을 경험하게 되었다.

지금까지 꿈을 하나씩 이루어 가는 과정 또한 쉬운 게 하나도 없었다. 그렇지만 나는 포기하지 않았다. 언젠가는 이루리라는 믿음으로 준비를 하면 꿈은 이룰 수 있다는 것도 경험했다. 남들이 생각하기에는 대단한 것이 아니라도 상관없었다. 평범한 삶의 가치를 나는 몸소 겪었기 때문에 누구보다 소중함의 가치를 잘 알고 있다. 평범하게 살기가 얼마나 고되고 힘든 일인지도 잘 알고 있다. 그래서 평범한 소시민들이 대단한 사람들이라고 말하고 싶다. 그들 모두는 그것을 유지하기 위해 누구나 피나는 노력을 하는 삶의 주인공들이기 때문이다.

그러니 대단하진 않아도 그저 내가 즐겁고 만족하는 것이면 충분했다. 내가 원하는 것을 지금도 꾸준히 하나씩 이루어 가고 있다.

꿈이 있는 사람은 인생이 즐겁다. 꿈이 있다는 것은 간절히 원하는 것이 있다는 말이다. 이것을 하나씩 이루어 나갈 때 느끼는 성취감은 이루 말할 수 없는 기쁨이자 행복이다.

우디 앨런은 말했다.

"가끔 실패하지 않는다면 언제나 안이하게만 산다는 증거다."

그렇다. 실패를 두려워할 필요는 없다. 나는 수많은 시행착오를 겪었다. 하지만 실패는 더 나은 삶을 위해 지불하는 비용과도 같다는 것을 알게 되었다.

지불하는 값이 많을수록 꿈을 향한 거리는 짧아지게 된다. 삶이 힘들지 않는 인생은 없다. 그러니 시련을 두려워할 이유는 더더욱 없다. 시련은 삶의 더 많은 경험을 하게 해 주고 더 많은 기회를 제공해 준다. 시련은 우리를 성장으로 이끄는 계단이다. 계단을 두려워하지 않고 한 발 한 발 오르는 사람이 꿈의 정상에 오를 수 있다.

나는 자기 계발 서적에 한동안 많은 흥미가 있었다. 그런데 이와 관련된 책들을 읽다 보면 감탄이 절로 나올 때가 많다. 나는 죽었다 깨어나도 도저히 이루지 못할 것들을 많은 사람들이 이루고 있기 때문이다. 많이 자극이 되면서도 나는 정말로 보잘것없는 사람이라는 사실과 마주하게 된다. 그런데 중요한 것은 보잘것없는 사람도 뭔가 할 수 있다는 동기 부여를 받을 수 있다는 점이 좋다.

평범함 속에서도 나만의 꿈을 찾게 해 주는 길잡이인 독서를 꾸준히 한 것을 천만다행이라고 생각한다.

당신은 한 번뿐인 인생을 어떻게 살고 싶은가!

인생을 실패하지 않고 행복으로 이끄는 삶을 원한다면 꿈을 이루면 된다.

꿈이 있는 사람은 늙지 않는다. 나이를 떠나 꿈과 희망을 잃는 순간 우리는 늙기 시작한다. 늙으면 기다리고 있는 것은 죽음뿐이다. 아무런 기대도 미래도 없는 시간이 기다리고 있다.

꿈을 간직하고 살아간다는 것은 어떤 일보다 시급하고 중요한 일이다. 지금 당신에게 꿈이 없다면 그것은 삶의 목표가 없다는 뜻이다.

꿈이 없으면, 왜 살아가야 하는지를 모르는 채 시간을 낭비하고 있는 것이나 마찬가지이다. 나이가 들어도 꿈을 꾸는 사람만이 젊음을 유지할 수 있다.

요즘은 정년퇴직을 하고 인생의 제2막을 준비하는 사람들이 늘어나고 있다. 이들은 늙어가는 것이 아니라 성장을 이어가는 것이다. 전에는 많은 사람들이 퇴직과 더불어 성장을 멈추었다면 이제는 계속 성장을 꿈꾸고 있다. 지금이라도 내 뜻대로 살아 보도록 하자. 당장 가슴이 시키는 일을 하는 것이다.

자신의 외모를 꾸밀 줄 아는 아내가
사랑 받는다

하나의 작은 꽃을 만드는 데도 오랜 세월의
노력이 필요하다.
－윌리엄 블레이크

이집트의 여왕 클레오파트라는 '아름다움'의 대표 주자나 마찬가
지이다. 클레오파트라의 미용법은 현재에도 널리 알려지고 있을
정도로 뛰어난 방법들이 많다.

남성이 주가 되는 사회에서 자신의 비범한 지혜와 미모로 이집
트의 멸망을 두 차례나 막았던 그녀는 미색을 유지하기 위해 화장
품 공장을 운영할 정도로 용모 가꾸기에 투자를 아끼지 않았다.
여러 가지 약초를 이용해서 만든 미용수이며, 목욕 제품에 이르기
까지 다양한 미용 제품을 개발하여 사용했다고 전해진다. 미색의
철저한 자기 관리는 그녀에게 특별한 무기가 되었다.

지금의 시대에도 여성이 성공을 거두는 것은 쉽지 않은 일이

다. 남성과 대등한 관계에서 평화롭게 교류하고 자신의 실력으로 두각을 나타낼 기회는 많지 않다.

여성의 아름다움은 예나 지금이나 통용이 된다. 여성이 아름다움을 편법 없이 잘 활용한다면 남성의 우월한 조건을 넘어서는 데 분명 도움이 될 것이다.

보편적으로 직장이나 사회생활에서 미모가 뛰어난 여성이 그 아름다움 덕분에 남자들에게 편애를 받는다는 통념이 있다. 사람은 누구나 타고난 자신만의 매력을 가지고 있다. 현명한 사람은 자신의 매력을 어떻게 활용해야 하는지 잘 알고 있다. 여성의 부드러움은 강하다.

어느 직장인의 이야기다.

유난히 옷을 못 맞춰 입는 여직원이 있다. 누가 봐도 촌스러운 스타일이다. 헤어스타일도 구식이고, 신발이랑 옷은 늘 따로국밥이었다. 하여간 전체적으로 언밸런스하다. 남자 직장 동료가 제발 스타일 좀 어떻게 해 보라고 할 정도인데, 정작 본인은 이런 반응에도 아랑곳하지 않는다고 한다.

주변의 어떤 요구에도 그녀의 옷차림은 좀처럼 변화가 없다. 때문에 좀 민망하고, 당황스럽고 안타까운 것은 여자 동료들의 몫이라는 것이다.

남들에게 칭찬을 받을 정도로 드러내놓고 꾸밀 필요는 없겠지만 직장 여성이라면 어느 정도 수준의 센스는 가지고 있으면 좋다. 조금만 신경을 쓰고 노력하면 되는 일이다. 요즘은 남자들도 외모를 가꾸는 것이 대세다. 남녀를 막론하고 그만큼 외모도 자산인 것이다.

하와이 원주민들 사이에 전해져 내려오는 한 여인에 대한 이야기이다.

일찍 돌아가신 어머니 대신 첫째는 어릴 때부터 집안의 모든 살림을 책임져야 했다. 꽃다운 청춘의 시기도 가사노동과 함께 흘러갔다. 첫째 언니 덕에 동생들은 청순한 모습으로 성장할 수 있었다.

남자들은 마음에 드는 신붓감을 데려오기 위해 처가에 소를 주어야 했다. 보통은 소 한 마리가 필요하지만 신붓감이 빼어나면 두 마리 혹은 세 마리를 줄 때도 있다. 살림을 하느라고 햇볕에 그을리고 투박해진 언니에겐 청혼이 들어오지 않고 동생들에게 청혼이 들어왔다.

아직 첫째가 청혼을 받지 못했다고 이야기하자, 신랑들은 소를 더 줄 테니 청혼을 받아달라고 했다. 아버지는 어쩔 수 없이 동생들이라도 먼저 시집을 보내기로 결정했다.

동생들은 언니 덕에 소를 세 마리씩 받고 청혼을 받았다. 동생들이 신랑을 따라 다 떠나고 세월이 흘렀지만 언니에게는 청혼이 들어오질 않았다. 너무 고된 가사노동으로 여인의 매력을 잃어 버렸기 때문이다.

마음이 다급해진 아버지는 동네 총각들에게 장녀가 살림을 얼마나 잘하는지, 성격이 얼마나 좋고 착한지, 엄마 대신 살림을 하

기 전에는 얼마나 고왔는지를 이야기하고 다녔다. 그리고 누구라
도 소 한 마리만 주면 청혼을 허락하겠다는 말도 흘렸다.

그렇게 소문을 내고 다녀도 아무런 소식이 없던 어느 날, 멀리
서 소문을 듣고 찾아왔다는 남자가 나타나서 큰딸을 데려가겠다
고 했다. 큰딸에 대한 소문을 들었고, 와서 보니 마음에도 든다고
했다. 아버지는 가까운 마을로 보내고 싶었지만 이번 기회를 놓치
면 영영 큰딸을 시집보낼 수 없을지도 모른다는 생각에 청혼을 받
아들이기로 했다.

신랑이 처가에 주는 소의 숫자는 여인과 가문의 자존심이기도
했다. 평소에 한 마리만 주어도 청혼을 받아들인다는 소문을 낸
아버지였지만 혹시라도 소를 더 받을 수는 없을까 하는 생각으로
남자에게 소는 준비되었느냐고 물어보았다.

남자가 대답했다.

"네. 따님의 소문을 듣고 와서 보니 제 마음에 딱 드는 신붓감
입니다. 소 열 마리를 청혼의 값으로 드리겠습니다."

소 열 마리를 준다는 이야기에 가족들은 깜짝 놀랐다. 아직까
지 그렇게 비싼 대접을 받은 여인이 없었기 때문이다.

아버지는 그동안 고생한 큰딸이 그 정도 대접은 받아도 된다고
생각했지만 현실적으로는 너무 과분한 대접이었다. 혹시 다른 속
셈이 있는 것은 아닐까 하는 생각이 들기도 했지만 앞으로도 그
이상의 대접은 받을 수 없을 것이라는 생각에 혼인식을 준비하기
로 했다.

결혼식을 마치고 큰딸과 사위는 떠났다. 딸이 떠난 후 1년이

지나 친정에 인사를 드리러 온다는 소식에 모든 가족이 한자리에 모였다. 멀리서 걸어오는 큰딸과 사위가 보였다.

1년 만에 돌아온 사위는 그대로였지만 큰딸은 전혀 다른 사람이 되어 있었다. 목소리나 행동거지는 영락없는 큰딸이었지만 얼굴과 피부색과 표정은 성에 사는 공주와 다를 바 없었다. 달라진 큰딸은 소 100마리도 아깝지 않은 빼어난 모습의 여인이었다. 사위는 그런 큰딸의 참모습을 알아보고 소 열 마리를 주고 신부로 맞아들였던 것이다.

가족을 위한 큰딸의 희생은 심성이 외모보다 더 빛나고 아름다웠을 것이다.

내면이 아름다운 사람은 어떻게든 드러나기 마련이다. 큰딸이 살림만 하며 집 안에 머물러 있을 때, 그녀가 처한 환경은 그녀를 투박하게 만들었다. 하지만 그녀의 숨겨진 아름다움을 발견한 남자가 있었던 것이다. 가치를 알아본 남자에 의해서 새로운 환경이 주어지자 그녀의 아름다움이 제대로 꽃을 피우게 되었다.

아무도 보지 않는 내면을 아름답게 가꾸는 여자는 어둠 속에서도 홀로 빛나는 지혜를 얻게 될 것이다.

퇴근하고 들어오는 남편을 헝클어진 머리를 하고 맞이하면서, 남편에게 어떤 사랑을 바란다는 것은 다소 이기적이다.

오늘부터라도 퇴근하는 남편에게 작은 이벤트를 해 보는 것은 어떨까. 단정하게 화장도 하고 다정하게 반겨준다면 남편의 반응은 분명 입이 귀에 걸리게 될 것이다. "뭐 그렇게까지."라고 말할 수도 있을 것이다.

이것은 단지 사랑 받는 아내가 되기 위한 것임을 잊지 말자. 이런 노력을 통해 서로가 더 애틋하게 발전할 수도 있다. 어느 순간 느슨해진 부부 관계에 활력소가 되어 줄 것이다.

나의 매력을 관리할 줄 알아야 사랑도 새롭게 생겨난다. 부부 관계는 일방적일 수 없다. 예뻐지고 매력적으로 바뀐다면 남편은 더 멋있는 사람으로 거듭날 것이다. 부부 관계는 시간이 흐를수록 시들해지기 쉽다. 관리를 소홀히 한다면 어느 누구도 피해 갈 수 없다. 아내가 애써 단장을 하고 퇴근하는 남편을 맞는다면 남편도 달라지게 된다. 가는 것이 있으면 오는 것이 있음이 당연한 이치 아니겠는가.

아내들이여,
가슴 뛰는 삶을 포기하지 마라

아직 이루지 못한 꿈이란
아직 도전하지 않는 일일 뿐이다.
－추성훈

우리 주변에는 꿈이 없는 사람들이 의외로 많다. 그들의 입에서는 늘 부정적인 언어들이 쏟아져 나온다. 뭔가 도전해 보지도 않고 온갖 안 될 이유를 말하기 바쁘다. 모든 것을 변명이나 자기 합리화하려는 심리가 깔려 있다. 지나친 피해 의식도 엿보인다. 무엇이든 실천을 해야 좋은 결과를 얻을 수 있다. 할까 말까 망설이는 것이 있다면 일단 도전하는 것이 좋다.

나는 무엇인가를 늘 분주히 계획하고 이루려고 노력했다. 새로운 무엇인가를 할 때마다 걱정 어린 말이나 비난 또는 따가운 눈총을 받아야 했다.

"그 나이에 뭘 그렇게 아등바등하며 살아?"

"이젠 좀 친구들도 만나고 여유롭게 살지, 왜 그렇게 바쁘게 사냐?"

이런 말을 들을 때에는 네가 뭐 대단한 사람이라고 그리 바쁜 티를 내냐는 속말이 숨겨진 말로 들린다.

사람은 모두가 자기 가치관에 따라 살아간다. 어떤 사람은 단 세 글자인 자신의 이름을 알리기 위해 생애를 걸고 고군분투하는가 하면, 또 어떤 사람은 자신의 이름은 잊은 채 허송세월하며 살아가는 사람이 있다. 자신의 인생을 적극적으로 가꾸지 않는 사람은 타인을 향한 비난의 말도 쉽게 한다. 그들은 자신을 가꾸는 시간보다 다른 사람들을 엿보는 시간이 많기 때문이다.

어느 순간 이들에겐 더 이상 내 이야기를 하지 않았다. 그들의 이야기 또한 귀담아 듣지 않게 되었다. 부정적인 사람의 언어는 듣는 사람에게도 부정적 기운을 전파하기 때문에 나는 가급적 그런 사람을 피했다. 부정적인 사람은 듣는 사람의 마음도 지치게 만든다. 긍정적으로 에너지를 집중 시켜도 무슨 일을 하려면 어려움이 많이 따른다. 부정적인 말들을 던지는 이들은 꿈을 꾸는 사람의 꿈을 시기하고 있는지도 모른다.

꿈을 간직하는 일은 자신을 굳게 믿어야 만이 가능한 일이다. 끊임없이 마구잡이로 흔들어 대는 주변의 비평과 비웃음에 결코 흔들려서는 안 된다. 어떤 부정적인 말에도 결코 흔들리지 않는 단단한 마음의 근육을 지니고 있어야 한다. 자기가 자신을 굳게 믿어 주어야 한다. 꿈을 간직하고 꿈을 이루기 위해 두둑한 배짱으로 앞으로 나아가야 한다. 부정적인 사람과는 최대한 거리 두기를 해야 한다.

그러므로 부정적인 말을 입에 달고 사는 사람은 되도록 멀리하는 것이 좋다. 나에게 좋은 기운을 불어넣어 주는 사람과의 만남을 지향하는 편이 도전적인 일을 이어가는 데 도움이 된다. 힘이 들 때에는 독하게 자신을 믿고 성공한 미래의 모습을 상상하라. 매일매일 상상하다 보면 그 상상이 현실이 된다.

언젠가 조카 소민이가 게임을 하고 있었다. 아직 애기라고 생각했는데 게임을 곧잘 했다. 그런데 스마트폰 화면을 바라보다가 궁금한 생각이 들었다. 아직 어려서인지 게임이 금방 끝나 버리고 화면에 게임 오버라는 영문이 자주 떴다. 그런데 소민이는 망설임 없이 다시 시작했다. 아직 영어를 읽을 정도의 나이가 아니었다. 그래서 소민이에게 물어보았다.

"소민아, 이게 무슨 뜻인 거 같애?"

"응, 이모 이건 다시 시작하면 되는 거야."

순간 참 놀랍다는 생각이 들었다. 우리 어른들은 게임 끝이라고 해석하지만 아이들은 다시 시작하면 된다는 긍정적인 해석을 하고 있다는 사실이 나를 또 한 번 자극 시켰다. 같은 상황이라도 절대적으로 긍정적 해석을 할 필요가 있다. 부정적인 감정의 개입이 전혀 필요치 않는 것이 어쩌면 우리들 삶일지도 모른다.

꿈을 잃고 사는 지인이 있다. 볼 때마다 항상 투덜거린다. 이런 사람은 세상 어디를 가더라도 투덜거린다. 틀에 박힌 생각으로 아집에 사로잡혀서 생각을 닫고 산다. 그 사람의 일상은 늘 바쁘다.

그것도 꽤 활기차게 살아가고 있는 듯이 보인다. 그런데 막상 뚜껑을 열어 보면 아무것도 아닌 쓸모없는 삶을 살아가고 있다. 아침부터 저녁까지 부지런히 사람들을 만나고 아무런 의미 없는 언어들로 위안을 삼고 유쾌하게 수다를 떤다. 행복하고 즐거워 보인다. 얼핏 보면 그렇다. 그들은 매일 똑같은 말을 하고 똑같은 일상으로 어제나 오늘이나 변함없이 살아간다.

이런 사람의 미래는 과거와 같을 수밖에 없다. 지금 나의 모습이 미래로 연결되는 것이다. 대충 보면 인간성 좋고 유쾌한 삶이지만 실제로는 자기 정체성 상실로 인해 방황하고 있는 것이다. 세상 밖으로 나와서 입을 열면 그의 입에서는 불평불만이 가득하다.

집에 있으면 혼자만 뒤처질까 두려워서 거리로 나오지만 막상 그가 만날 수 있는 사람은 극히 제한적일 수밖에 없다. 그러니 시야에 갇히게 되고 자기가 아는 것이 세상의 전부인 양 목소리만 커진다. 남들은 다 보이는 것을 본인만 모르고 있는 격이다. 그러다 보니 새로운 것에 도전하는 사람은 별난 사람으로 볼 수밖에 없다.

꿈꾸기가 왜 중요할까? '나'란 존재 즉, 인생을 살아가는 데 있어서 그저 그런 무의미한 삶이 아니고 의미 있고 가치 있는 삶을 살아야 하기 때문이다.

가슴속 깊은 곳에 자신만의 소중한 꿈을 고이 간직해라. 꿈꾸기에 늦은 나이는 없다. 나를 응원하는 사람들을 자주 만나라. 꿈

친구를 자주 만나 시너지 효과를 얻어라. 그들은 당신의 앞날을 축복해 줄 것이다. 꿈이 있는 사람들은 상대방의 소중한 꿈을 지지해 준다.

진정으로 나를 위하는 사람이라면 다음과 같은 말을 한다.

"참 좋은 생각인데, 열심히 해봐!"
"넌 정말 멋진 생각을 하고 있어!"
"너라면 분명히 이룰 수 있어!"
"열심히 해봐, 내가 응원할게."

나의 소중한 친구는 내가 어떤 말을 하든지 이렇게 얘기해 주었다. 늘 힘이 되는 고마운 친구다. 언제나 속마음을 드러내 보일 수 있는 유일한 친구이기도 하다. 나 보다 더 나를 속속들이 알고 있는 친구가 고맙다.

친구의 응원은 늘 나에게 큰 힘이 된다. 나 또한 그 친구의 행복한 미래를 진심으로 응원한다. 우리의 미래가 기대가 된다. 아마도 5년 후, 10년 후 우리의 모습은 더 만족하는 인생의 주인공이 되어 있을 것이라 믿는다. 더 행복하게 웃고 더 많은 사랑을 나누며 살아갈 것임을 확신한다.

내일 죽을 것처럼 오늘을 살고, 영원히 살 것처럼 내일을 꿈꾸라

"내일 죽을 것처럼 오늘을 살고, 영원히 살 것처럼 내일을 꿈꾸라."

내가 평소에 좋아하는 문구이다. 나는 한동안 휴대폰 상태 메시지로 저장해서 늘 들여다보면서 힘을 얻곤 했다. 이처럼 이 책을 읽고 있는 당신도 자신을 믿는 데 조금의 의심도 하지 않기를 바란다. 자신의 꿈을 확실하게 믿어야 한다.

꿈을 이루기 위해서는 절대로 시간을 소홀히 하지 마라. 그러면 반드시 꿈은 당신이 믿는 대로 이루어질 것이다. 우리는 '백세시대'에 살고 있다. 시간은 누구에게나 공평하게 주어진다. 하지만 나이 듦에 따라 시간의 활용을 어떻게 하였느냐에 따라 결과에는 많은 차이가 있다.

나는 죽을 때까지 포기하지 말아야 할 것 중의 하나가 꿈이라고 말하고 싶다.

　영원한 혁명가 체 게바라는 이런 명언을 남겼다.

　"우리 모두 리얼리스트가 되자. 그러나 가슴속에는 불가능한 꿈을 가지자."

　"시간을 지켜야 한다는 건, 단 한순간의 진실을 위해서 모든 것을 내걸 수 있을 때 해야 할 약속이다."

　"무언가를 위해 목숨을 버릴 각오가 되어 있지 않는 한 그것이 삶의 목표라는 어떤 확신도 가질 수 없다."

　꿈은 평생 꾸고 이루어 나가는 것이다.

　미래의 내 모습을 위해 어떠한 삶을 살 것인지 목표가 생겼다면 더 이상 미루거나 지체하지 말고 실천하기를 바란다. 나의 경우, 나는 나 자신을 항상 긍정적으로 믿었다. 그리고 포기하지 않으면 꿈은 반드시 이루어진다는 것 또한 믿었다. 그 결과 내가 오랜 세월 꿈꾸어 왔던 작가라는 꿈을 마침내 이루었다. 이제는 또 다른 꿈을 위해 새로운 도전을 할 것이다.

　아무것도 내세울 게 없었던 내가 이런 꿈을 이루었다. 보잘것없는 나도 성공했으니 누구나 꿈을 꾸면 이룰 수 있다는 것 또한 말하고 싶다.

　나를 가슴 뛰게 하는 삶은 바로 꿈을 꾸고, 꿈을 이루는 것이다. 이제는 당신이 소중한 꿈의 주인공이 되기를 진심으로 바란다.

남편 버리기 연습

정선남 지음

1판1쇄 인쇄   2017년 3월 13일
1판1쇄 발행   2017년 3월 15일

발행인   이태선
발행처   창작시대사
서울특별시 마포구 성미산로 188 (연남동)
대표전화 02) 325-5355
팩시밀리 02) 325-5385
이메일 changzak@naver.com

등록번호   제2-1150호
등록일자   1991년 4월 9일

ISBN   978-89-7447-206-1

- 책값은 뒤표지에 표시되어 있습니다.
- 저자와의 협의로 인지는 붙이지 않습니다.
- 잘못 만들어진 책은 바꾸어 드립니다.
- 창작시대의 책은 인생의 참의미를 밝혀 줍니다.